ELMORE LEONARD

Zuckerschnute

Buch

Jack Foley, ein gutaussehender Mittvierziger mit den blauen Augen eines Paul Newman und dem Charme eines Robert Redford, hat es geschafft: Er ist durch einen schlammigen Tunnel aus dem Gefängnis ins Freie gekrochen – unglücklicherweise geradewegs vor die blitzende Remington von Deputy US-Marshal Karen Sisco. Eigentlich hatte Jack nur seinen Kumpel Buddy erwartet, aber man ist ja flexibel. Gemeinsam mit Buddy gelingt es ihm, Karen zu überwältigen und ihr eine Mitfahrgelegenheit im Kofferraum von Buddys Wagen anzubieten. Jack, ganz der Gentleman-Bankräuber, leistet ihr dort Gesellschaft, bis sie in Sicherheit sind. Zwischen Handschellen und anderem Kleinkram bahnt sich eine zarte Romanze an, die ein jähes Ende findet, als Karen die Flucht gelingt. Doch natürlich begegnen sich die beiden wieder. Nur daß diesmal die Karten neu gemischt sind und Karen ihr Bestes gibt, um den größten Coup in Jacks Karriere zu vereiteln …

Autor

Elmore Leonard, geboren 1925, begann Ende der sechziger Jahre mit dem Schreiben und hat seither über dreißig Romane verfaßt. Zahlreiche seiner Bücher gelten mittlerweile als moderne Klassiker, der Autor selbst ist laut *New York Times* »der größte Krimischriftsteller Amerikas«. Sein Bestseller *Schnappt Shorty* wurde in der Verfilmung mit John Travolta und Danny De Vito einer der größten Kassenschlager der letzten Jahre. Elmore Leonard lebt mit seiner zweiten Frau in Bloomfield Hills, Michigan.

Elmore Leonard im Goldmann Verlag

Alligator (5981) · Jede Wette (43776) · Kopf und Kragen (43609) · Schnappt Shorty (42177/43489) · Volles Risiko (43480)

ELMORE
LEONARD

Zuckerschnute

Roman

Aus dem Amerikanischen
von Jörn Ingwersen

GOLDMANN

Die Originalausgabe erschien 1996 unter dem Titel
»Out of Sight« bei Delacorte Press, New York

Umwelthinweis:
Alle bedruckten Materialien dieses Taschenbuches
sind chlorfrei und umweltschonend.
Das Papier enthält Recycling-Anteile.

Der Goldmann Verlag
ist ein Unternehmen der Verlagsgruppe Bertelsmann

Deutsche Erstveröffentlichung 1/1998

Umschlaggestaltung: Design Team München
Umschlagfoto: TIB / Melford
Satz: Uhl + Massopust, Aalen
Druck: Elsnerdruck, Berlin
Verlagsnummer: 43819
Redaktion: AB / Jochen Stremmel
Herstellung: Heidrun Nawrot
Made in Germany
ISBN 3-442-43819-5

1 3 5 7 9 10 8 6 4 2

Für Michael und Kelly

1

Foley hatte noch nie ein Gefängnis gesehen, in dem man bis an den Zaun spazieren konnte, ohne erschossen zu werden. Das erwähnte er einem Wärter gegenüber, den sie Pup nannten, machte Konversation: Sträfling und Wärter standen auf einem schattigen Streifen zwischen der Kapelle und einem Wachturm, Gebäude aus roten Ziegeln in einem Gefängnis aus roten Ziegeln, beide Männer mit Blick auf den Sportplatz. Mehrere hundert Insassen standen am Zaun und sahen sich das Footballspiel an, das ohne Schulterpolster ausgetragen wurde. Beide Seiten trugen dasselbe Anstaltsblau und versuchten bei jedem Spielzug die anderen in Grund und Boden zu rammen.

»Was die da tun, wissen Sie«, sagte Foley, »oder? Ich meine, abgesehen davon, daß sie ihre Aggressionen abarbeiten.«

Pup sagte: »Was redest du für'n Scheiß?«

Der Typ war so ziemlich der dümmste Schließer, den Foley bei seinen drei Gefängnisstrafen, zwei staatlichen, eine im Bundesgefängnis, dazu ein halbes dutzendmal in Countyknästen, kennengelernt hatte.

»Sie spielen Super Bowl«, sagte Foley, »tun so, als wären sie nächsten Sonntag draußen im Sun Devil Stadion. Beide Seiten halten sich für die Dallas Cowboys.«

Pup sagte: »Die sind doch einen Dreck wert, alle wie sie da sind.«

Foley drehte sich soweit um, daß er den Wärter im Profil ansehen konnte, der den Schirm seiner Kappe um die Sonnenbrille gebogen hatte. Beigefarbenes Hemd mit dunkelbraunen Schulterstücken, die zu seinen Hosen paßten, Funkgerät und

Taschenlampe am Gürtel eingehakt, ohne Waffe. Foley sah ihn sich an, Kopf an Kopf mit Pup bei einsdreiundachtzig, aber von da an, wo Foley in seinem Anstaltsblau mehr oder weniger stramm war, hatte ihm der Wachmann etwa vierzig Pfund voraus, das meiste davon um die Taille herum, und sein beigefarbenes Hemd paßte ihm wie die Pelle einem Würstchen. Foley wandte sich wieder dem Spiel zu.

Er sah, wie ein trickreicher Farbiger einen Paß annehmen wollte und eine Bauchlandung machte, als er nach dem Ball griff, niedergemäht von einem anderen trickreichen Farbigen in der Verteidigung. Die wenigen Weißen, Biker, die mutig und groß genug waren, hielten sich wacker und schlugen mit Fäusten aufeinander ein. Keine Latinos im Spiel. Die standen am Zaun und sahen zu, abgesehen von zwei Männern, die ihre Runden Seite an Seite ums Feld herum drehten: gegen den Uhrzeigersinn, wie Sträflinge hier und in allen Gefängnissen, von denen Foley je gehört hatte, einen Hof umkreisten. Dieselben beiden liefen jeden Tag der Woche zehn Meilen. Als sie jetzt zu diesem Ende des Feldes kamen, immer näher, ihren Schritt verlangsamten, dann schlenderten:

José Chirino und Luis Linares, Chino und Lulu, Mann und Frau, beides kleine Männer, die beide ihre Mindestzeit von fünfundzwanzig wegen Mordes absaßen. Schlenderten. Ihre zehn Meilen hatten sie noch nicht mal im Ansatz absolviert. Während sie zu diesem Ende des Feldes kamen und dann zur Seitenlinie spazierten, an den Häftlingen vorbei, die sich das Footballspiel ansahen, hatten sie Foleys ungeteilte Aufmerksamkeit.

Eine Minute etwa verging, dann sagte er: »Ein paar Leute wollen hier raus. Wie wär's, wenn ich Ihnen sagen würde, wo und wann?«

Jetzt würde ihn der Pup anstarren, die Augen hinter seiner Sonnenbrille zu Schlitzen zusammengekniffen, so, wie er normalerweise beurteilte, ob ein Sträfling die Wahrheit sagte oder ihm einen Haufen Scheiße erzählte.

»Von wem reden wir hier?«

Foley sagte: »Nichts ist umsonst, Pup«, und sah ihn immer noch nicht an.

»Ich besorg dir deinen Schnaps.«

»Und Sie machen dabei gutes Geld. Nein, was ich brauche«, sagte Foley und drehte sich nun zu ihm um, »ist etwas Ruhe. Das hier ist der beschissenste Bau, in dem ich je war, glauben Sie mir. Mittlere Sicherheit, und die meisten Insassen hier sind Gewalttäter.«

Pup sagte: »Und du bist einer davon.«

»Wenn ich einer war, hab ich nachgelassen. Sehen Sie sich die Jungs da draußen an, das ist eine Meute von üblen Verbrechern. Ich selbst bin nicht so sehr gewalttätig als eher notorisch, anfällig dafür, draußen da weiterzumachen, wo ich aufgehört habe, weshalb sie mich hier drinnen behalten wollen, bis ich ein alter Mann bin.«

Der Pup sah ihn noch immer mit zusammengekniffenen Augen an. »Du willst Spitzel werden?«

»Ist doch okay«, sagte Foley, »wenn man es macht, um seine Zukunft zu sichern. Ich geb Ihnen die Chance, einen Ausbruch zu verhindern, Sie sammeln Punkte, bringen Ihre Karriere als Wärter voran. Ich bekomme meine Ruhe. Ich würde erwarten, daß Sie sich um mich kümmern, solange Sie hier sind. Mich meine Geschäfte machen lassen, mich mit Arbeitsdiensten verschonen …«

Pup kniff noch immer die Augen zusammen.

»Wie viele gehen raus?«

»Sechs, soweit ich weiß.«

»Wann?«

»Anscheinend heute abend.«

»Weißt du, wer es ist?«

»Weiß ich, aber das sag ich Ihnen noch nicht. Treffen wir uns in der Kapelle, kurz vor halb sechs, direkt vor der Abendzählung.«

Foley wartete, starrte in diese Schlitzaugen, die ihn durchschauen wollten.

»Kommen Sie schon, Pup, wollen Sie ein Held sein oder nicht?«

Beim Mittagessen trug Foley seinen Schweinebraten mit Kartoffeln den Mittelgang entlang und suchte zwischen all den weißen T-Shirts mit dunklem Haar nach Chino. Da saß er, an einem Tisch mit seinen kleinwüchsigen Landsleuten, aß Makkaroni mit Käse, ein Gericht, das Foley in der Schlange weitergereicht hatte. Meine Fresse, aß einen ganzen Berg davon. Ein Mann, der Chino gegenübersaß, gab ihm noch mehr, kratzte Makkaroni von seinem Tablett auf Chinos. Der Blick des Mannes hob sich Foley entgegen, dunkle Augen unter Klumpen von vernarbtem Gewebe, alles, was er von seiner Karriere als Weltergewichtler vorzuweisen hatte, bevor das Alter und der Mord an einem Mann ihn aus dem Geschäft warfen. Chino war fast fünfzig, aber gut in Form. Foley hatte gesehen, wie er dreißig Klimmzüge an einer Stange machte, ohne mit den Beinen zu zappeln, als wollte er durch die Luft klettern. Chino nickte ihm zu, machte aber weder Platz, noch ließ er einen seiner Leute am Tisch aufstehen. Lulu saß neben ihm, vor einem Tablett mit Makkaroni, Wackelpeter und einem Becher Milch, den man Insassen unter einundzwanzig gab, damit sie groß und stark wurden.

Foley nahm sein Mittagessen an einem Tisch mit Outlaw-Bikern ein, Knastbrüdern, denen Foley Flachmänner mit Rum für den dreifachen Preis dessen verkaufte, was er Pup zahlte, damit der das Zeug reinschmuggelte. Er saß da und hörte sich an, wie sich die Outlaws amüsierten, seinen Rum mit Pisse verglichen und es weitertrieben, Freude an diesem Wort hatten, spekulierten, was es wohl sein mochte, Hundepisse, Katzenpisse, wie wäre es mit Alligatorpisse? Das gefiel ihnen. Foley merkte, daß es eine ungewöhnliche Sorte von Pisse sein mußte, und sagte: »Wie wäre es mit Hühnerpisse?« Sie kauten mit einem Grinsen und zustimmendem Grunzen. Foley arbeitete sich durch seine Mahlzeit und ging nach draußen, um eine zu rauchen und auf Chino zu warten.

Er schleppte Lulu mit, als er kam, Lulu süß wie ein Vögelchen mit seinen mädchenhaften Wimpern und diesem schmollenden Blick, mit dem er einen ansah. Chino hatte so manchen Freier in die Flucht schlagen müssen, bis Lulu ihm allein gehörte. Er hatte Foley erzählt, daß Lulu nicht homosexuell gewesen sei, bevor er in dieses Leben trat, es dann jedoch geworden sei und seine Sache gut machte. Vertraute ihm solche Sachen an, nachdem Foley Chino gesagt hatte, er sei der aggressivste Weltergewichtler, den er je hatte kämpfen sehen. War bei seiner Niederlage gegen Mauricio Bravo in L.A. gewesen, als er sich da drüben Banken vornahm. Hatte gesehen, wie er gegen Palomino, diesen mexikanischen Jungen, unterlag, im Grand in Las Vegas – harte Nummer, technischer K.O. in der sechsten, als Chinos rechtes Auge zuschwoll und der Kampf abgebrochen wurde. Foley sagte: »Ich hab nie einen Boxer gesehen, der so viele Treffer einstecken und trotzdem immer wieder aufstehen konnte... abgesehen von Rocky Balboa.« Chinos Statistik war zweiundzwanzig zu siebzehn, nicht gut, wenn man der Boxer war, nicht übel, wenn man ihn dafür bewunderte, daß er so lange dabei blieb. Foley war der einzige Anglo, den der Kubaner an sich heranließ.

Er hatte seinen Arm um Lulus Schulter, als sie näher kamen, dann ließ er ihn herabgleiten und hakte den Daumen in Lulus Gürtel ein, als führte er ihn an der Leine.

Foley sagte: »Heute ist es soweit, hm? Aufgeregt?«

Der Mann war cool, ohne Ausdruck: »Ich hab es dir gesagt, Mann, Super-Bowl-Sonntag.«

»Ja, aber ich sehe, ihr habt es vorgezogen.«

Da war ein Funkeln in den Augen zu sehen. »Wieso glaubst du, es wäre heute?«

»Ihr seid heute morgen gejoggt, habt an eurer Routine festgehalten, für den Fall, daß jemand darauf achten sollte. Aber ihr seid nur ein paar Meilen gelaufen, habt eure Kräfte für den Hauptkampf aufgespart. Dann sehe ich, daß du schlapp fünf Kilo Makkaroni ißt. Kohlehydrate zur Ausdauer.«

»Wenn du willst«, sagte Chino, »ich hab dir gesagt, du kannst mit.«

»Würde ich, aber ich mag mir die Finger nicht schmutzig machen.«

»Ist fertig. Wir hauen jetzt nur noch ab.«

»Seid ihr bestimmt schon hinterm Zaun?«

»Fünfzehneinhalb Meter, einer drüberweg.«

Vom überdachten Kriechgang unter der Gefängniskapelle zur Wiese gleich hinter dem Zaun aus rasiermesserscharfem NATO-Draht. Vor Weihnachten schon hatten sie mit den Händen und einer kaputten Schaufel zu graben begonnen und die Wände des Tunnels mit Holzresten von der Baustelle des neuen Flügels der Kapelle abgestützt. Am ersten Weihnachtstag hatte Foley Chino und Lulu zufällig zwischen den Feigenbüschen vor der Kapelle herauskommen sehen, die Gesichter mit schwarzem Dreck wie Schlamm verschmiert, aber mit sauberem Blauzeug. Was machten sie da, trieben sie es in den Büschen? Das war nicht Chinos Stil, also sagte Foley, der Boxfan: »Erzähl mir nichts davon, wenn du nicht willst.« Und Chino sagte damals zu seinem Anglo-Freund: »Willst du mitkommen?«

Foley sagte, damit wolle er nichts zu tun haben – mit diesem einen Meter hohen Kriechgang unter der Kapelle, stockfinster da drinnen, wo sie sich vielleicht Auge in Auge mit verdammten Maulwürfen wiederfanden. Vielen Dank. Er sagte zu Chino: »Wißt ihr nicht, daß ihr euch durch den Morast der Everglades wühlt? Ich hab mit Leuten geredet. Sie sagen, er ist feucht und sackt über einem zusammen.« Chino sagte, ja, das dachten die Leute, aber der Tunnel sei erst einmal eingebrochen. Wenn sie vorsichtig wären, sich Zeit ließen, klebte der Schlamm zusammen, trocknete und sei okay. Er sagte Foley, sie hätten vier Fuß tief gegraben und dann in Richtung Zaun, der Tunnel einen Meter breit und einen Meter hoch. Es grub immer nur ein Mann, und der Schlamm wurde nach hinten gereicht und im Kriechgang da unten verteilt, damit keiner ihn sah. Sie arbeiteten zu zweit in schmutzigen Sachen, die sie dort unten aufbewahrten, und zogen sauberes Zeug an, bevor sie wieder rauskamen.

An diesem ersten Weihnachtstag sagte Foley zu Chino: »Wenn ich es gemerkt habe, wieso keiner von den Wärtern?«

Chino sagte: »Ich glaube, sie denken genau wie du, daß keiner einen Tunnel durch den Schlamm graben kann. Oder sie wollen nicht reinklettern, um es rauszufinden. Sie sehen, daß wir schmutzig sind, und glauben, wir arbeiten am Bau.«

An diesem Tag sagte Chino, sie wollten am Super-Bowl-Sonntag abhauen, wenn sich alle anderen das Spiel ansahen, um sechs Uhr.

Aber jetzt gingen sie fünf Tage früher.

»Ihr seid vor dem Termin fertig?«

Chino sah zum Zaun vorn um den Hof, zwischen dem Verwaltungsgebäude und dem Wachturm nahe der Kapelle. »Siehst du, was sie machen, diese Pfosten da draußen? Stellen noch einen Zaun auf, fünf Meter hinter dem, der da schon steht. Wenn wir bis zum Super-Bowl-Sonntag warten, können sie den zweiten Zaun fertig haben, und wir müssen noch mal neun, zehn Tage graben. Also hauen wir ab, sobald es dunkel wird.«

»Während der Zählung.«

»Klar, und wenn sie merken, daß die Zahl nicht stimmt«, sagte Chino, »müssen sie von vorn anfangen. Das läßt uns etwas mehr Zeit, hier rauszukommen. Wenn du willst – es ist mein Ernst –, du kannst noch immer mitkommen.«

»Ich hab nicht beim Graben geholfen.«

»Wenn du sagst, du kommst mit, kannst du.«

»Ich weiß dein Angebot zu schätzen«, sagte Foley mit einem Blick zum Zaun und dem Besucherparkplatz gleich dahinter, ein paar Wagen in der vorderen Reihe mit der Schnauze in ihre Richtung, keine zwanzig Meter vom Zaun entfernt. »Und es ist eine Versuchung. Aber, Mann, der Weg in die Zivilisation ist weit, hundert Meilen bis Miami. Ich bin zu alt und nicht verrückt genug, so eine Nummer abzuziehen.«

»Du bist nicht älter als ich.«

»Ja, aber ihr seid in Form, du und Klein-Lulu.« Foley zwinkerte dem Schwulen erneut zu und erntete grundlos einen gemeinen Blick. »Wenn ich jemals wieder rauskomme, dann nicht in Staatsklamotten und ohne einen Schimmer, wohin ich soll. Scheiße, ich bin hier ziemlich neu, taste mich noch immer durchs System.«

Chino sagte: »Du kommst schon klar, Mann. Um dich mach ich mir keine Sorgen.«

Foley legte dem kleinen Mann eine Hand auf die Schulter. »Ich wünsch dir Glück, Partner. Wenn du es nach draußen schaffst, schreib mir 'ne Karte.«

Ein paar von den neueren weißen Jungs, die wegen Drogen einsaßen, riefen fast jeden Tag nach dem Mittagessen zu Hause an. Sie standen am Telefon vor dem Büro des Captains Schlange. Foley ging hinein, um seinen Namen auf die Liste zu setzen, kam heraus und spazierte zum vorderen Ende der Schlange, sagte: »Jungs, ich muß einen echten Notruf machen. Damit hat doch keiner von euch Probleme, oder?«

Er erntete scharfe Blicke, aber keinen Widerspruch. Diese Jungs waren kleine Fische, und er war ein prominenter schwerer Junge, der mehr Banken ausgeraubt hatte, als sie zum Scheckeinreichen je von innen gesehen hatten. Er hielt bei Treffen der Anonymen Alkoholiker Vorträge über Selbstachtung, wie man hier drinnen überlebte, ohne sich zuviel gefallen zu lassen. Wenn man es kommen sah, sollte man mit etwas Schwerem zuerst zuschlagen. Foley empfahl ein Stück Bleirohr, einen halben Meter lang etwa, nie ein Messer, ein Messer war primitiv, hinterhältig, es brachte einen auf dieselbe Ebene wie die Schläger und Schweine. Nein, man sollte dem Kerl das Rohr übers Kinn ziehen und – wenn einem die Zeit blieb – auch noch seine Hände damit brechen. Wenn man den Mann nicht kommen sah, war man am Arsch, also mußte man die Augen offenhalten. Das war so ziemlich alles, was man diesen kleinen Fischen vermitteln konnte.

Eine weibliche Stimme war bereit, die Gebühren zu übernehmen, Foleys Ex-Frau, die inzwischen in Miami Beach lebte. Er sagte: »Hey, Adele, wie geht's?«

Sie sagte: »Was ist?« Ohne jeden Unterton, stellte nur eine simple Frage.

Adele hatte sich von ihm scheiden lassen, als er sieben Jahre in Lompoc einsaß, in Kalifornien, und war nach Florida gezogen. Foley hatte es ihr nie übelnehmen können. Sie hatten sich in Vegas kennengelernt, wo sie als Cocktailkellnerin in einem knappen paillettenbesetzten Kostüm arbeitete, das oben tief und an den Beinen bis zum Schritt geschlitzt war, hatten eines Abends geheiratet, als sie beide gut drauf waren, und kaum ein Jahr später ging er nach Lompoc. Sie führten nicht mal einen Haushalt, sozusagen. Ein paar Monate nach seiner Entlassung kam Foley nach Florida, und sie schienen da weiterzumachen, wo sie aufgehört hatten, tranken, gingen zusammen ins Bett ... Adele sagte ihm, sie liebte ihn noch immer, aber bitte kein Wort mehr von der Ehe, okay? Foley fühlte sich schuldig, daß er sie nicht hatte unterstützen können, als er im Gefängnis war, und dieses Gefühl brachte ihn wieder hinter Gitter. Er raubte eine Barnett Bank in Lake Worth aus, wollte Adele die gesamte Beute geben – ihr zeigen, daß sein Herz am rechten Fleck saß –, wurde aber gefaßt und landete oben in Glades, wo er dreißig bis lebenslänglich absaß. Es bedeutete, so wie die Strafzumessung inzwischen arbeitete, daß er mindestens vierundzwanzig Jahre hier sein würde, bis er ein Anrecht auf Bewährung hatte. Und alles, weil er ein guter Mensch sein wollte.

Er sagte zu Adele: »Du erinnerst dich an diese Super-Bowl-Party? Man hat das Datum geändert. Sie läuft heute abend sechs Uhr.«

Es folgte Schweigen in der Leitung, bis Adele sagte: »Hast du mir nicht mal erzählt, daß Anrufe nicht abgehört werden?«

»Ich sagte: nicht grundsätzlich.«

»Und wieso kommst du nicht damit raus und erzählst mir, wovon du redest?«

»Da hör sich einer Miss Schlaumeier an«, sagte Foley, »da draußen in der freien Welt.«

»Was soll daran frei sein? Ich bin auf Arbeitssuche.«

»Was ist mit Mandrake the Magician passiert?«

»Emil the Amazing. Der Hurensohn von einem Kraut hat mich gefeuert und ein anderes Mädchen engagiert, eine Blondine.«

»Er muß verrückt sein, daß er dich eintauscht.«

»Emil sagt, ich bin zu alt.«

»Um was zu tun? Dir anzusehen, wie Tauben aus einem Hut fliegen? Du hast diesen süßen, erstaunten Blick toll drauf, in deinem kleinen Assistentenkostüm. Bevor du dich versiehst, hast du schon einen anderen gefunden. Gib eine Anzeige auf. Jedenfalls, ich will nicht das Thema wechseln«, sagte Foley, »aber der Grund, warum ich anrufe ...«

»Ich höre.«

»Es ist heute, nicht Sonntag. Gegen sechs, in ein paar Stunden. Also mußt du Buddy zu fassen kriegen, egal was er gerade macht ...«

Adele sagte: »Und den, der den anderen Wagen fährt.«

»Was sagst du?«

»Buddy will zwei Wagen benutzen.«

»Du hast gesagt *vielleicht*.«

»Na ja, er will es so, deshalb hat er diesen Typen aus Lompoc geholt. Glenn Michaels.«

Foley sagte nichts, sah einen jungen Mann vor sich, der ständig eine Sonnenbrille trug, sogar im Kino.

»Nett, aber gepflegt«, sagte Adele, »hat echt lange Haare.«

Aber keine auf der Brust. Foley erinnerte sich daran, wie sich der Typ dauernd auf dem Hof sonnte. Glenn Michaels. Der Typ stahl teure Autos auf Bestellung und lieferte sie sonstwohin, sogar nach Mexiko. Gab sich hip und erzählte Geschichten von Frauen, die sich an ihn ranmachten, sogar Filmstars, aber keine, von denen Foley oder Buddy je gehört hatten. Sie nannten ihn Studs.

»Du hast ihn kennengelernt?«

»Buddy fand es gut, für alle Fälle.«

»Welche Fälle?«

»Ich weiß nicht, frag ihn. Glenn sagt, er findet dich echt cool.«

»Findet er, ja? Sag Buddy, wenn ich seh, daß dieser Typ seine Sonnenbrille trägt, trete ich drauf. Vielleicht nehm ich sie ihm vorher nicht mal ab.«

»Du bist noch immer komisch«, sagte Adele.

»Spätestens Viertel nach sechs. Aber ruf ihn nicht von deinem Telefon aus an.«

»Das sagst du jedesmal«, sagte Adele. »Paßt du bitte auf? Und laß dich nicht erschießen!«

Um zwanzig nach fünf fand Foley einen Kinderschänder, den sie Troll nannten, allein in der Kapelle, ohne Licht: ein magerer, weißer Junge, der mit hängenden Schultern bei den Fenstern saß, ein Stapel Broschüren neben sich auf der Kirchenbank. Foley machte das Licht an, und der Junge sah sich mit rundem Rücken nach ihm um, fürchtete zweifellos, wieder verprügelt zu werden, das Schicksal Pädophiler unter Gefängnisinsassen, die sich überlegen fühlten.

»Du wirst dir die Augen verderben«, sagte Foley, »wenn du versuchst, diesen inspirativen Scheiß im Dunkeln zu lesen. Geh raus, ja? Ich muß meinen Erlöser unter vier Augen sprechen.«

Als der Troll draußen war, machte Foley das Licht aus und ging an der Reihe von Fenstern entlang, zog alte braungefleckte Jalousien halb herunter, ließ gerade so viel Helligkeit herein, daß die Umrisse der Kirchenbänke zu erkennen waren. Er ging auf die andere Seite der Kapelle hinüber und trat durch eine Öffnung in den Flügel, der dort angebaut wurde; der Rahmen stand, es roch nach frischem Holz, mit großen Löchern, wo die Fenster eingesetzt werden sollten.

Er sah sich den Haufen von Holzresten an, den die Gefängnistischler, die sich einen Dreck dafür interessierten, verschwendet hatten. Ein Vierkantholz fiel ihm auf. Foley hatte für das, was er tun wollte, ein Rohr benutzen wollen – davon lagen genug herum – aber ihm gefiel, wie dieser Holzrest gesplittert war und sich an einer Seite verjüngte wie ein Baseballschläger.

Er hob es auf, machte einen Probeschlag und stellte sich einen pfeifenden schnurgeraden Drive vor, der zum Sportplatz hinüberflog, wo die halbe Belegschaft – er konnte sie durch die Fensteröffnungen sehen –, fünf-, sechshundert Häftlinge, untätig herumschlurfte, weil es nicht genug Jobs gab, um sie zu beschäftigen. Inzwischen war es dunkel, der Himmel zeigte ein paar letzte rote Streifen, und da war er, der Pfiff: alle für die Abendzählung zurück in den Zellentrakt. Es würde eine halbe Stunde dauern, dann noch mal eine Viertelstunde für die Neuzählung, bis sie sicher wußten, daß sechs Insassen fehlten. Bis sie die Hunde geholt hatten, rannten Chino und seine Jungs schon durchs Zuckerrohr.

In kleinen Gruppen kamen die Häftlinge jetzt vom Sportplatz, gingen durch ein Tor auf den Gefängnishof. Foley beobachtete sie und dachte: Die Zeit läuft, Junge.

In der Kapelle legte er seinen Baseballschläger in eine Bankreihe, auf den Sitz, zog seine Jeansjacke aus, um sie daraufzulegen. Chino wäre jetzt da unten im Schlamm und sagte seinen Jungs, sie sollten sich gedulden, es müsse dunkel sein, bevor sie rauskletterten.

Foley drehte sich um, als er hörte, daß sich die Kapellentür öffnete. Er sah, wie der Pup hereinkam und sich umsah, bevor er die Tür schloß. Hatte keine Waffe bei sich, nur Funkgerät und Taschenlampe, den Schirm seiner Kappe tief über die Augen gezogen, ängstlich der Mann. Seine Hand ging zum Lichtschalter an der Wand bei der Tür, und Foley sagte: »Lassen Sie es aus.« Der Pup sah ihn an, und Foley legte den Zeigefinger an die Lippen. Jetzt passierte es, und er ließ sich Zeit.

»Sie sind direkt unter Ihnen, Pup. Die haben einen Tunnel gegraben.«

Schon zog der Wärter das Funkgerät aus seinem Gürtel. Foley sagte: »Moment. Noch nicht.«

2

Karen verließ West Palm um fünf, fuhr in den Sonnenuntergang, vorbei an endlosen Meilen von Zuckerrohr, und hatte ihre Scheinwerfer an, als sie auf den Parkplatz einbog und mit Blick auf das Gefängnis anhielt. Ihr Fernlicht zeigte einen Grasstreifen, einen Gehweg, noch einen Grasstreifen, den Zaun, mit Geräuschdetektoren und NATO-Draht durchzogen, dunkle Gestalten in weißen T-Shirts hinter dem Zaun, gemauerte Unterkünfte, die wie Kasernen aussahen, Picknicktische und ein paar Gartenlauben, die an Besuchstagen benutzt wurden. Licht wurde eingeschaltet, hoch hängende Scheinwerfer, die das Gelände mit seinen Wegen und Rasenflächen zeigten. Bei Nacht sah es gar nicht mal so schlimm aus. Sie steckte sich eine Zigarette an und wählte eine Nummer auf ihrem Autotelefon.

»Hi. Karen Sisco noch mal. Ist Ray schon zurück? ... Hab ich versucht, ja. Wenn er sich meldet, sagen Sie ihm, wir können uns nicht vor sieben treffen. Okay?«

Sie betrachtete die Häftlinge, die sich am Tor des Sportplatzes drängten, hindurchschoben und dann verteilten, im Scheinwerferlicht zu ihren Zellen gingen. Sie nahm das Telefon und wählte eine Nummer.

»Dad? Karen. Würdest du mir einen großen Gefallen tun?«

»Muß ich dafür aufstehen? Ich hab mir gerade einen Drink gemacht.«

»Ich bin draußen in Glades. Ich soll mich um sechs mit Ray Nicolet treffen und krieg ihn nicht zu fassen.«

»Welcher ist das, dieser Bundesbeamte, der Typ von ATF?«

»Das *war* er. Ray ist jetzt beim Florida Department of Law Enforcement. Er hat gewechselt.«

»Aber er ist immer noch verheiratet, oder?«

»Technisch gesehen. Sie haben sich getrennt.«

»Oh, ist er ausgezogen?«

»So gut wie.«

»Dann sind sie noch nicht getrennt, oder?«

»Würdest du bitte versuchen, ihn zu erreichen? Er ist unterwegs. Sagst du ihm, daß ich später komme?« Sie gab ihrem Dad die Nummer von Rays Pieper.

»Was treibt dich nach Glades?«

»Eine Beschwerde über die Vollzugsbedingungen. Bin den ganzen Weg hier rausgefahren ...« Scheinwerfer blendeten in Karens Rückspiegel, ein Auto hielt in der Reihe hinter ihr. Die Lichter gingen aus, dann gingen sie wieder an, und Karen verstellte ihren Spiegel, um nicht geblendet zu werden. »Ich muß den ganzen Weg hier rausfahren, weil irgendein Häftling, der mindestens einmal lebenslänglich hat, Makkaroni mit Käse nicht mag. Er klagt, sagt, ihm bleibt keine Wahl bei dem, was aufgetischt wird, und das verstößt gegen seine Bürgerrechte.«

Ihr Dad sagte: »Was hab ich dir gesagt? Die meiste Zeit

machst du Papierkram und schiebst Wachdienst, hängst in Gerichtssälen rum, fährst Gefangene zu Anhörungen...«

»Ich soll sagen, daß du recht hattest?«

»Es würde dir nicht schaden.«

»Ich geb dem Büro in West Palm ein Jahr. Wenn sie mich bis dahin nicht wieder zu den Haftbefehlen versetzen, kündige ich.«

»Meine Tochter, der Satansbraten. Du weißt, daß du jederzeit bei mir einsteigen kannst, Vollzeit für mich arbeiten. Gerade hab ich einen Fall bekommen, der dir gefallen würde. Die Rechte des Opfers stehen auf dem Spiel.«

»Dad...«

»Da dringt einer in ein Haus ein, schlägt eine alte Dame zusammen und beraubt sie ihrer gesamten Ersparnisse, siebenundachtzigtausend in bar. Sie kriegen den Kerl, und sein Anwalt handelt mit dem Staatsanwalt einen Deal aus, zwei bis fünf Jahre, und wenn der Mann rauskommt, soll er das ganze Geld zurückzahlen. Er reißt fünfzehn Monate ab, wird entlassen und taucht unter. Der Sohn der alten Dame engagiert mich, ihn zu finden.«

Karen sagte: »Wenn ja, was dann? Der Typ überfällt Banken, um es ihr zurückzuzahlen?«

»Eigentlich würde es dem Sohn der alten Dame schon genügen, wenn man dem Kerl die Scheiße aus dem Leib prügelt.«

»Ich muß los«, sagte Karen.

»Wann sehen wir uns?«

»Ich komm Sonntag und seh mir mit dir das Spiel an, wenn du Ray anrufst.«

»Machst du dich für diesen Kerl schick?«

»Ich trage das Chanel-Kostüm, nicht das neue, das andere, das du mir Weihnachten vor einem Jahr geschenkt hast. Ich trage es *zufällig*.«

»Mit dem kurzen Rock. Du willst, daß er morgen schon zu Hause auszieht, was?«

»Bis bald«, sagte Karen und legte auf.

Ihr Vater, siebzig, nach vierzig Jahren im Geschäft jetzt im Halbruhestand, führte die Firma Marshall Sisco Investigations Inc. in Coral Gables. Karen Sisco, neunundzwanzig, war Deputy United States Marshal, kürzlich von Miami zum Büro in West Palm Beach versetzt. Sie hatte Beschattungsjobs für ihren Dad gemacht, als sie die University of Miami besuchte, kam zu dem Schluß, daß ihr die Arbeit in der Strafverfolgung gefallen könnte, und wechselte zu Florida Atlantic in Boca Raton, um deren Ausbildung in Kriminaljustiz aufzunehmen. Verschiedene Bundesbeamte kamen in die Schule, hielten Vorträge und rekrutierten, FBI, DEA – Karen rauchte damals Gras, also kam die Drogenfahndung für sie nicht in die engere Wahl. Sie dachte an den Secret Service, aber die Agenten, die sie kennenlernte, gaben sich so verdammt geheimnistuerisch. Man fragte sie was, und sie antworteten: »Da werden Sie in Washington nachfragen müssen.« Sie lernte ein paar Marshals kennen, nette Jungs, die nahmen sich nicht so ernst wie die Typen vom FBI. Also ging Karen zum Marshals Service, und ihr Dad sagte ihr, sie sei verrückt, daß sie sich mit dem ganzen bürokratischen Mist abgeben wollte.

Karen war auf den mittelhohen Pumps, die sie zu ihrem schwarzen Chanel-Kostüm trug, einsfünfundsiebzig groß. Stern und Ausweis lagen bei den Gerichtsunterlagen in ihrer Handtasche auf dem Sitz. Ihre Pistole, eine .38er Sig Sauer, war im Kofferraum bei ihrer schußsicheren Weste, ihrer Dienstjacke, mehreren Paar Handschellen, Fußeisen mit Ketten, einem ausziehbaren Schlagstock, chemischer Keule und einer Remington Pumpgun. Sie hatte die Pistole in den Kofferraum geschlossen, damit sie sie im Gefängnis nicht abgeben mußte. Die Sig Sauer war ihr die liebste, ihre Waffe für die Abendgarderobe. Sie wollte sich nicht Gedanken darüber machen müssen, daß irgendein Wärter damit herumspielte.

Okay, sie war bereit. Karen nahm einen letzten Zug von ihrer

Zigarette und warf sie aus dem Fenster. Sie verstellte den Rückspiegel, um sich anzusehen, und wandte sich sofort vom grellen Licht ab: Der Wagen hinter ihr hatte noch immer sein Fernlicht an.

3

Buddy sah den Spiegel aufblitzen und blondes Haar im Licht seiner Scheinwerfer, eine Frau in einem blauen Chevy Caprice parkte direkt vor ihm, mit Kennzeichen aus Florida.

Er sah keine anderen Wagen in der ersten Reihe. Gut. Häftlinge kamen vom Sportplatz, aber er sah keine Wärter, die wie verrückt herumrannten, und hörte auch keine Trillerpfeifen. Das war sogar noch besser. Er war pünktlich. Nachdem er sich den Arsch aufgerissen hatte, um es hierher zu schaffen, war nichts dagegen einzuwenden, wenn er sich ein paar Minuten ausruhen konnte. Noch immer konnte er sein Glück nicht fassen, daß er Glenn nur wenige Stunden vorher erwischt hatte, um ihm zu sagen, daß es losging. Nicht erst Sonntag, heute, jetzt. Glenn wollte wissen, wieso. Buddy sagte: »Wir haben keine Zeit zum Quatschen, okay? Nimm dir einen Wagen und warte, wo ich es dir gesagt habe. Irgendwann nach sechs. Glenn? Einen weißen Wagen.«

Glenn sah nicht ein, wieso es auf die Farbe ankam.

»Damit wir einigermaßen sicher sind, daß du es bist«, sagte Buddy, »nicht irgendein Cop, der mit einer Radarpistole in einem Zivilwagen sitzt. Und nimm deine Sonnenbrille ab.«

Auch das paßte Glenn nicht, und Buddy erklärte ihm: »Junge, tu, was ich dir sage, und du kommst gut klar.«

Buddy mußte sich beeilen, um sich selbst einen Wagen zu besorgen, einen weißen, den Foley sehen würde, ohne den Parkplatz absuchen zu müssen, dann war er fast drei Stunden von Miami hierher gefahren.

Minuten verstrichen, und er fragte sich, ob die Frau, die da im Chevy saß, darauf wartete, daß Kubaner aus einem Loch gekrochen kamen. Er wußte, daß Latinos Chevys mochten, und vielleicht war diese Frau selbst eine Latina mit gefärbtem Haar. Buddy drehte seinen Kopf hierhin und dorthin, sah sich um, fragte sich, ob hier noch mehr Autos warteten, um Häftlinge abzuholen. Wie an einer Vorortbahn, Ehefrauen, die ihre Männer abholten.

Die Blondine stand an der richtigen Stelle. Foley hatte Adele gesagt, der zweite Zaunpfahl vom Wachturm bei der Kapelle, das sei die Stelle, an der sie rauskommen würden.

Buddy haßte Wachtürme, selbst von draußen gesehen, die Vorstellung, daß da oben ein Mann mit einem Gewehr stand und jeden deiner Schritte auf dem Hof beobachtete. Foley sah oft zu einem Turm auf und sagte: »Stell dir vor, du wünschst dir, einen Mann auf dem Zaun zu sehen, damit du ihn abschießen kannst. Du betest um die Gelegenheit. Was für ein Mensch muß das sein?« Buddy sagte, ein ganz gewöhnlicher Feld-Wald-und-Wiesen-Wärter, dumm und gefräßig.

So hatten sie sich kennengelernt, festgestellt, daß sie beide dieselbe Art von Arbeit verrichtet hatten, und wurden im USP Lompoc Freunde fürs Leben: fünf Meilen vom Pazifischen Ozean entfernt und randvoll mit großen kalifornischen Dopedealern, Hochstaplern, Bauernfängern ... Foley sagte oft: »Buddy, was machen zwei Profis wie wir in diesem Hundezwinger, zusammen mit Verlierern, Verrätern und fehlgelenkten Arschgeigen?«

Drei Monate nacheinander wurden sie entlassen.

Buddy, der zuerst rauskam, blieb in L.A. bei seiner älteren Schwester Regina Mary, einer Ex-Nonne, die von der Wohlfahrt lebte, Sherry trank und jeden Tag in die Messe ging, um für Buddy und die armen Seelen im Fegefeuer zu beten. Als Buddy unterwegs war und Banken besuchte, rief er sie jede Woche an und schickte Geld. Im Knast konnte er nur schreiben, da Regina die Kosten nicht übernehmen wollte, wenn er anrief.

Foley stand mit seinen fünfzig Dollar Entlassungsgeld vor dem Tor und nahm den Bus nach L.A., wo Buddy in einem Wagen auf ihn wartete, den er für diese Gelegenheit geklaut hatte. Am selben Nachmittag überfielen sie eine Bank in Pomona – für beide das erste Mal mit einem Partner – und räumten bei zwei verschiedenen Kassierern gleichzeitig eine Gesamtsumme von fünftausendsechshundert ab, fuhren nach Las Vegas, wo sie einen wegsteckten und alles verloren, was von ihren fünftausendsechshundert noch übrig war. Also fuhren sie nach L.A. zurück und beackerten ein paar Monate lang Südkalifornien als Team: zwei Kassierer gleichzeitig, um festzustellen, wer von beiden mehr abräumen konnte, ohne den Alarm auszulösen. Buddy vermißte seinen Partner sehr.

Als Foley ihn wegen dieser Sache angerufen hatte, war Buddy noch drüben in Kalifornien und wohnte bei seiner Schwester. Er sagte: »Um Himmelswillen, was machst du denn schon wieder im Bunker?«

»Ich such einen Weg nach draußen«, sagte Foley. »Ein Richter mit Hummeln im Arsch hat mir dreißig Jahre aufgebrummt, und ich habe es nicht verdient, hier zu sein. Hier gibt es nur Kretins und Verlierer, aber auch nur mittelmäßige Sicherheitsvorkehrungen, wenn du verstehst, was ich meine.« Der eigentliche Grund, nach Florida zu kommen, sagte er, sei gewesen, daß er Adele besuchen wollte.

»Weißt du noch, wie sie dauernd geschrieben hat, als wir in Lompoc waren?«

»Nachdem sie sich von dir hat scheiden lassen.«

»Na ja, ich war nie ein großer Ehemann. Hab ihr nie mit Geld geholfen oder Alimente gezahlt.«

»Wie solltest du auch, bei zwanzig Cent die Stunde?«

»Ich weiß, aber ich hatte das Gefühl, daß ich ihr was schulde.«

»Also hast du eine Bank in Florida besucht«, sagte Buddy.

»Es erinnerte mich an damals in Pasadena, als ich rauskam und der Wagen nicht anspringen wollte.«

»Sieben Jahre lang hast du davon erzählt«, sagte Buddy, »und dich gefragt, wieso du den Motor nicht hast laufen lassen. Erzähl mir nicht, dir wär in Florida dasselbe noch mal passiert.«

»Nein, aber so ähnlich. Als hätte ich meine zwei schlimmsten Reinfälle beide wegen Autos gehabt, verdammt.«

»Hast du einen Unfall gehabt?«

Foley sagte: »Ich erzähl es dir, wenn wir uns sehen.«

Von da an war es Adele, die anrief, immer von einer Telefonzelle aus, um mit ihm über diese Sache mit den Kubanern zu sprechen.

Als das Datum feststand, war Buddy von Kalifornien herübergefahren und hatte eine Einzimmerwohnung in den Shalamar Apartments in Hallandale gemietet. Die lagen am Meer, direkt im Norden von Miami.

Dann hatte Adele angerufen und gesagt, es ginge heute abend über die Bühne, und, Mann, er mußte *Gas* geben. Hatte Glenn Dampf gemacht, sich dann auf die Suche nach einem Wagen begeben und das ideale Fluchtfahrzeug an einer Mall am Dania Strip gefunden: einen weißen Cadillac Sedan DeVille Concours. Gerade wollte Buddy die Tür aufbrechen, als eine Frau von Winn-Dixie kam, mittleren Alters, mit Perlen und Pfennigabsätzen am Nachmittag, aber sie schob den Karren mit ihren Lebensmitteln selbst, damit sie nicht einem Botenjungen, irgendeinem armen Haitianer, der in einem Ruderboot hierher gekommen war, Trinkgeld geben mußte. Buddy schob das Brecheisen in seine Hose, hinten am Kreuz. Er wartete, bis die Frau ihren Kofferraum aufmachte, dann trat er vor und sagte: »Kommen Sie, ich helf Ihnen eben dabei, Ma'am.« Sie schien sich nicht sicher zu sein, was sie davon halten sollte, ließ ihn aber die Lebensmittel in den Kofferraum laden und den Schlüssel abziehen. Die Frau sagte: »Ich habe nicht um Ihre Hilfe gebeten, also erwarten Sie auch kein Trinkgeld.«

Buddy winkte ab. »Ist schon okay, Ma'am.« Er sagte: »Ich nehm einfach Ihren Wagen.« Stieg ein und fuhr ab. Vielleicht hatte die Frau ihm etwas hinterhergeschrien, aber da die Fenster zu waren und die Klimaanlage auf vollen Touren lief, konnte er nichts hören. Es war das erste Mal, daß er einen Wagen auf diese Art und Weise geklaut hatte, fast etwas, das man »Car-jacking« nannte.

Viertel vor sechs. Wenn es so laufen sollte, wie Foley sagte, mußte es jeden Augenblick passieren. Fast alle Häftlinge waren vom Sportplatz zurück, ein paar Nachzügler kamen ohne Eile hinterher, schlenderten durchs Licht der Scheinwerfer.

Dann beobachtete Buddy wieder die Frau im Chevy. Er sah, wie ihre Hand aus dem Fenster kam, um eine Zigarette fallen zu lassen, und er gewann den Eindruck, daß sie von dem Ausbruch wußte und sich bereitmachte. Er sah, daß sie die andere Hand hob, im Wagen, an den Spiegel, und sah, wie seine Scheinwerfer wieder im Spiegel blitzten, wie schon vorhin, als er angekommen war. Augenblicke später wurde das Licht am Chevy ausgemacht. Buddy war ziemlich sicher, daß sie gleich aussteigen würde.

Er wartete, neugierig darauf, wie sie aussehen mochte.

4

Foley sah sich an, wie der Pup den Mittelgang hinab nach vorn in die Kapelle schlich, den Blick auf den Boden gerichtet, lauschte zweifellos auf Geräusche von unten. Und dann sagte er tatsächlich: »Ich hör nichts.«

»Sie graben nicht mehr, Pup, damit sind sie fertig. Sechs von denen sitzen da unten im Tunnel, während wir uns hier unterhalten, bereit abzuhauen.« Foley fiel etwas ein, was er vielleicht wissen mußte, und sagte: »Wie heißt es, wenn Sie einen Ausbruch melden?«

»Das ist ein gelber Alarm«, sagte Pup. »Bist du sicher, daß sie da unten sind?«

»Ich hab gesehen, wie sie im Kriechgang verschwunden sind.«

»Wo kommt der Tunnel raus?«

»Zweiter Zaunpfosten neben dem Turm da draußen. Machen Sie nur, sehen Sie nach.«

Pup wandte sich um, ging durch den Mittelgang und vorn an den Kirchenbänken vorbei zu einem Fenster. Lichter vom Hof spiegelten sich auf dem Glas und färbten die Jalousien schmutziggelb ein. Pup sagte: »Ich seh da nichts.«

Foley nahm seine Jacke mit dem Vierkant-Baseballschläger und schob sich durch die Bänke zum Fenstergang, sagte: »Aber gleich. Sehen Sie genau hin.«

Pup sagte: »Um diese Tageszeit ist da niemand in Turm sechs ... falls sie wirklich rauskommen.«

Foley sagte: »Meinen Sie, die wüßten das nicht?«, trat hinter den Pup, sah das stramm gespannte Hemd am Rücken des Mannes, reichlich Muskeln. Foley ließ seine Jacke zu Boden gleiten. Jetzt hielt er den Vierkant in der Linken, unten am Bein.

Pup sagte: »Da drüben sind ein paar Autoscheinwerfer ...« Schon zog er sein Funkgerät aus dem Gürtel, sagte: »Verdammte Scheiße ...« Sagte ins Funkgerät: »Mann vor dem Zaun! Bei Turm sechs!« Nichts von gelbem Alarm – zu aufgeregt. Foley schob sich näher heran, um die Autoscheinwerfer auf dem Parkplatz zu sehen, die dort den Zaun beleuchteten, ein dunkelblauer Wagen und ein weißer dahinter, was Buddy sein mußte, die gute Seele. Foley stand auf Zehenspitzen, spähte in die Freiheit, spürte sie – Mann, da vorn –, während der Pup sich identifizierte, sagte, hier sei Officer Pupko und wo er war, gab die Nachricht zu früh aus, bevor Foley bereit war. Dann sah er eine Gestalt am Zaun, blau leuchtend im Scheinwerferlicht, als Pup in sein Funkgerät brüllte: »Ich seh ihn direkt vor mir, um Himmels willen!«

Foley brauchte einen Moment, um sich daran zu erinnern, daß er nicht zögern durfte, daß er es durchziehen mußte. Zögerst du, versaust du es. Er hatte den Winkel, den er wollte, trat vor, als wollte er einen hohen, harten Ball schlagen, und hieb den Vierkant *batsch* seitlich an Pups Kopf. Mähte ihn mit einem Schlag um, daß er an den Fensterrahmen und schließlich zu Boden sackte, ohne daß von ihm auch nur ein einziger Laut zu hören war. Foley warf noch einen Blick nach draußen, sah jetzt zwei Gestalten am Zaun stehen, bevor er sich bückte, um Pup auszuziehen. Knöpfte sein Hemd auf und rollte ihn dann auf den Bauch, der Pup am Leben, aber schwer wie eine Leiche. Mann, das war Arbeit, ihm dieses Hemd auszuziehen, und Pup war ihm keine Hilfe. Eilig zog Foley es über sein T-Shirt. Dann hörte er eine Autohupe, jemand stützte sich darauf, vielleicht Buddy, der ihm etwas sagen wollte. Wie etwa: *Komm schon, mach*. Er merkte, daß keine Zeit mehr für die Hose war. Er konnte nur hoffen, daß sein Anstaltsblau in der Dunkelheit nicht auffiel. Foley setzte sich Pups Mütze auf, zu klein für ihn, zog sie tief über die Augen, nahm die Taschenlampe und schlich zur Vordertür hinaus zwischen die Feigenbüsche.

Karen hielt ihre Gerichtsunterlagen in der Hand, bereit, aus dem Wagen zu steigen. Noch immer sah sie Häftlinge vom Sportplatz kommen, von links nach rechts, alle in einigem Abstand vom Zaun. Sie drückte die Tür auf...

Moment mal.

Einer der Männer, jemand, den sie vorher noch nicht gesehen hatte, war gleich beim Zaun. Nah genug, daß er ihn anfassen konnte. Der Mann hockte dort... oder er war auf Händen und Knien. Karen machte ihre Scheinwerfer wieder an und sah ihn deutlich.

Er hockte nicht.

Der Mann kam aus der *Erde*.

Auf *dieser* Seite des Zaunes.

Langte jetzt nach unten, während Kopf und Schultern auftauchten und der nächste aus der Erde kam.

Direkt vor ihrer Nase. Keine zwanzig Meter vor ihrem Wagen. Zwei Männer brachen aus, und weder Sirene noch Trillerpfeife gingen los, noch immer überquerten Häftlinge den Hof, hatten keine Ahnung…

Karen drückte auf die Hupe, hielt sie unten und sah die beiden Männer am Zaun, beide Latinos, glotzten in ihre Scheinwerfer, einen Moment erstarrt, bevor sie in der Dunkelheit verschwanden, am Zaun vor dem Sportplatz entlang. Als der dritte auftauchte, aus dem Loch kam, gefolgt von einem weiteren Häftling gleich hinter ihm, war Karen aus dem Wagen.

Buddy sah sie nicht sofort. Die Frau drückte noch immer auf die Hupe, und das brachte ihn dazu, sich aufzusetzen. Erst als die Frau aus dem Wagen stieg und er sah, daß sie nach links spähte, am Zaun entlang, merkte er, daß der Ausbruch im Gange war. Als er die beiden Häftlinge sah, rannten diese schon vom Zaun weg, überquerten die Straße, die vom Highway kam, beide plötzlich im Licht eines Scheinwerfers vom Turm auf der anderen Seite des Sportplatzes, und der Scheinwerfer verfolgte sie, hielt sein Licht auf sie gerichtet, und Schüsse waren von da drüben zu hören, denn der Wachmann im Turm versuchte sie zu treffen, während sie einen Orangenhain ansteuerten und darin verschwanden. Als Buddy wieder nach der Frau sah, stand sie direkt vor ihm – ihr blondes Haar in seinem Scheinwerfer, lange, schlanke Beine, Himmelarsch, ein *Mädchen* – am Kofferraum ihres Wagens und zog die Klappe auf.

Buddys erster Gedanke war: Sie versteckt da drinnen einen Häftling, hilft ihm bei der Flucht.

Er sah, wie sie sich in den Kofferraum beugte und mit einer Pistole im Holster wieder herauskam, sah aus wie eine Automatik.

Junge, Junge. War sogar bereit, ihnen den Weg freizuschießen.

Aber dann warf sie die Pistole in den Kofferraum, beugte sich wieder hinein und kam diesmal mit einer Pumpgun heraus. Buddy sah, wie sie vorn vor den Wagen lief und ihre Waffe anhob, spähte in die Ferne, aber die beiden Häftlinge waren nicht mehr zu sehen. Jetzt hörte man einen Pfiff vom Gefängnishof her.

Buddy beobachtete, wie sich dort drinnen Häftlinge sammelten, herübersahen, Hunderte von denen sammelten sich zu Gruppen, aber keine Wärter in Sicht. Er sagte sich, er sollte besser aussteigen, sich bereithalten. Ob er nun wollte oder nicht.

Kaum war er ausgestiegen, sah er die junge Frau, die noch vor ihrem Wagen stand und ihre Flinte auf zwei weitere Häftlinge richtete, beide total verdreckt, die neben dem Loch standen, aus dem sie gekommen sein mußten, und die Frau sagte ihnen, sie sollten die Hände hochnehmen. Die war ganz sicher nicht da, um jemandem bei der Flucht zu helfen. Und wer war sie dann? Buddy sah, daß die beiden Häftlinge einen Entschluß faßten, zwei Latinos, und schon rückten sie unmerklich zur Seite – Scheiße, so weit waren sie gekommen. Sie sahen zu dem Scheinwerfer hinüber, der durch die Dunkelheit strich, dann blickten sie in die andere Richtung, am Zaun entlang zum Haupttor, wo sie bewaffnete Wärter laufen sahen, und damit war die Sache für die beiden Häftlinge klar. Sie rannten zur Straße hinüber. Buddy sah, wie die Frau, dieses gutaussehende Mädchen im kurzen Rock, ihre Pumpgun auf die beiden richtete, und wußte, daß sie nicht danebenschießen konnte, aber sie drückte nicht ab. Nein, die Wärter, die vom Haupttor kamen, fünf Mann hoch mit Gewehren und Schrotflinten, kamen ihr zuvor, eröffneten alle auf einmal das Feuer, und Buddy sah, wie die beiden Häftlinge im Laufen niedergemäht wurden. Jetzt sahen die Wärter zu ihm herüber. Das Mädchen im Scheinwerferlicht war nicht zu übersehen, aber keiner kümmerte sich um sie – Buddy merkte, daß die Männer sie kannten. Sie interessierten sich mehr für das Loch, aus dem die Häftlinge gekommen waren. Jetzt standen sie daneben und spähten hinein, schlichen sich an, die Waffen bereit, dann wichen sie alle gleichzeitig zurück, stießen dabei zusammen.

Ein Kopf mit der Baseballmütze eines Wärters tauchte auf, Kopf und Schultern kamen aus dem Loch, und der Mann sagte etwas zu ihnen, das Gesicht unter der Mütze dreckverschmiert, schüttelte den Kopf, aufgebracht. Einer der Aufseher sagte etwas in sein Funkgerät. Ein anderer hielt dem Mann im Loch sein Gewehr hin, daß er nach dem Lauf greifen und sich herausziehen lassen konnte. Aber der Mann im Loch schrie und deutete in die Dunkelheit hinaus, zum Orangenhain. Als die Aufseher schließlich abzogen, sahen sie nach den beiden Häftlingen, die sie getroffen hatten, traten sie, um zu sehen, ob sie noch lebten, und gingen dann weiter, und der Mann im Loch kletterte heraus.

Buddy wußte, daß es Foley war, der sich Zeit ließ und jetzt eine echte Show abzog, mit den Händen an den Hüften dastand wie ein grundehrlicher Wärter, die echte Kappe tief über die Augen gezogen. Buddy trat vor seine Scheinwerfer, hob einen Arm und winkte Foley, er solle kommen, und sah, wie das Mädchen sich ein Stück weit drehte und die Schrotflinte auf ihn richtete. Buddy zeigte ihr seine Handflächen und sagte: »Ist schon okay, Süße, wir gehören zu den Guten.« Buddy wollte gern gelassen wirken, wollte gern glauben, daß er kein Problem mit dieser süßen Blondine hätte – vielleicht eine Bewährungshelferin, obwohl er nicht glaubte, daß Bewährungshelferinnen je bewaffnet waren.

Sie sagte: »Was machen Sie hier?« Fragte eigentlich nicht, knallte es ihm vor den Latz, wie Cops es taten, wenn sie schon ziemlich sicher waren, was man machte. Sie sah sich nach Foley um, wollte ihn mit einbeziehen. Sie wußte Bescheid, aber da sie beide im Auge behalten mußte, war es zu spät, und sie konnte nichts mehr machen. Sie sah, daß Foley dreckverschmiert wie ein Monster aus dem Sumpf zu ihr herüberkam, was Buddy die Zeit gab, sie in den Schwitzkasten zu nehmen. Sie wehrte sich, hieb ihm den Kolben der Schrotflinte in die Magengrube, bevor Foley da war, um ihr das Ding aus den Händen zu winden. Sie zerrten sie hinter den Chevy, dessen Kofferraum noch offenstand, und hockten sich dort hin, als ein paar Wärter vor dem dunklen Wachturm vorbei am Zaun entlangliefen und die Straße zum Orangenhain überquerten. Bald schon hörten sie Gewehrsalven, dann Stille.

Foley sagte: »Ich wette, das sind alle Wärter, die sie rausgeschickt haben. Sonst wäre keiner mehr da, der sich um den Laden kümmert.«

Buddy sagte: »Laß uns später weiterreden.«

Er drehte sich um und sah, daß Foley und die junge Frau einander im Scheinwerferlicht des Cadillac anstarrten, und keiner von beiden wirkte wütend oder ängstlich, und Foley sagte zu ihr: »Aber du bist doch nur ein Mädchen. Womit verdienst du dein Geld, daß du eine Schrotflinte dabei hast?«

Sie sagte zu ihm: »Ich bin Federal Marshal, und ihr seid verhaftet, alle beide.«

Foley starrte sie an, als dächte er ernstlich über die Situation nach, überlegte, was er mit ihr anstellen sollte, Herrgott, ein US-Marshal. Doch dann sagte er: »Ich wette, ich stinke, oder?« Und dann sagte er: »Hör zu, du springst in den Kofferraum, und wir machen uns vom Acker.«

5

Karen dachte, die beiden würden sie reinstoßen und abhauen, und sie tastete herum, suchte nach ihrer Waffe, rasch, der Sig Sauer, bevor die beiden den Kofferraumdeckel zuknallten, und dann würde sie dagegentreten und schreien müssen, bis jemand sie befreite. Da, sie fühlte das Holster, zog die Pistole heraus und schloß ihre Hand um den Griff, bereit, es zu wagen, sechs Hohlmantelgeschosse im Magazin und eins im Lauf, bereit loszuschießen, wenn sie mußte. Aber dann gab ihr der Mann in der dreckigen Wachuniform einen Schubs und stieg mit ihr zusammen ein – sie konnte es nicht fassen –, krabbelte zu ihr und drängte sie an die Wand des Kofferraums, schmiegte sich an ihren Rücken, als kuschelten sie im Bett, und dann legte der Kerl seinen Arm um sie und drückte sie an sich, und sie hatte keinen Platz mehr, sich umzudrehen und ihm die Waffe unter die Nase zu halten.

Der Kofferraumdeckel klappte zu, und es war dunkel, vollkommen, weder ein Spalt noch auch nur das leiseste Fünkchen Licht zu sehen, totenstill, bis Leben in den Motor kam, der Wagen sich bewegte, vom Parkplatz auf die Straße zum Highway fuhr. Karen stellte es sich vor, erinnerte sich an den Orangenhain und ein Wartungsgebäude, dann ein Stück die Straße hinunter Häuser und Gärten, wo einige vom Gefängnispersonal wohnten.

Seine Stimme im Dunkel sagte, hauchte sie an: »Bequem so?«

Der Häftling gab sich cool, hatte nichts zu verlieren. Karen hielt die Sig Sauer zwischen ihren Oberschenkeln, verbarg sie, ihr Rock bis um die Hüften hochgeschoben. Sie sagte: »Wenn ich etwas mehr Platz hätte ...«

»Den gibt es nicht.«

Sie überlegte, ob sie ihre Füße an die vordere Wand stemmen, sich hart abstoßen, gleichzeitig umdrehen und ihm die Waffe in den Magen rammen konnte.

Vielleicht. Aber was dann?

Sie sagte: »Ich werde Ihnen als Geisel nichts nützen, wenn keiner weiß, daß ich hier bin.«

Sie spürte, daß seine Hand über ihre Schulter und an ihrem Arm herabstrich.

»Sie sind keine Geisel, Sie sind mein Lolli, meine Belohnung nach fünf Monaten Knechtschaft. Jemand, der zur Abwechslung mal nett ist und gut riecht. Tut mir leid, daß ich wie eine Kloake stinke, das kommt von dem Morast, durch den ich kriechen mußte, das ganze vermoderte Zeug.«

Sie spürte, wie er sich bewegte, sich wand, bis er bequemer lag.

»Sie haben echt 'ne ganze Menge Mist hier drin. Was ist das für Zeug? Handschellen, Ketten... Was ist in der Dose da?«

»Für ihren Atem«, sagte Karen. »Sie könnten es brauchen. Spritzen Sie sich was in den Mund.«

»Sie kleiner Teufel, es ist doch chemische Keule, oder? Was haben Sie hier, einen Schlagstock? Zum Gebrauch an armen, unglücklichen Straftätern... Wo ist Ihre Waffe, Ihre Pistole?«

»In meiner Tasche, im Wagen.« Sie spürte, wie seine Hand von ihrem Arm zu ihrer Hüfte glitt und dort blieb, und sie sagte: »Sie wissen, daß Sie keine Chance haben, es zu schaffen. Die Wachen sind schon hier draußen. Die werden den Wagen anhalten.«

»Die sind inzwischen drüben im Zuckerrohr und jagen Kubaner.«

Seine Stimme ruhig, gelassen, was sie überraschte.

»Man könnte sagen, daß ich zwischen allen anderen durchgerutscht bin. Ich wollte sogar schon selbst den gelben Alarm auslösen, die Leute verwirrt in der Gegend rumlaufen lassen, wenn ich aus dem Loch steige. Junge, hat das da drinnen gestunken!«

»Das glaube ich«, sagte Karen. »Sie haben ein Dreitausendfünfhundert-Dollar-Kostüm ruiniert, das mir mein Vater geschenkt hat.«

Sie spürte, wie seine Hand an ihrem Oberschenkel herabstrich, Fingerspitzen über ihre Strumpfhose fuhren, da ihr Rock weit hochgeschoben war.

»Ich möchte wetten, daß Sie da drin toll aussehen. Meine Güte, sagen Sie mal: Wieso um alles in der Welt sind Sie Federal Marshal geworden? Soweit ich diese Leute kenne, sind das alles feiste Typen, echte Großstadtbullen.«

»Die Vorstellung, Leute wie Sie zu jagen«, sagte Karen, »hat mir gefallen.«

»Um was zu beweisen? Was sind Sie, eine von diesen Frauenrechtlerinnen, die Männern in den Arsch treten wollen? Seit Monaten bin ich nicht mehr in die Nähe einer Frau wie Sie gekommen, gutaussehend, intelligent... ich denke, Mann, das ist meine Belohnung dafür, daß ich ohne auskommen mußte, daß ich da drinnen ein sauberes, enthaltsames Leben geführt habe, und Sie entpuppen sich als Emanze. Sagen Sie mir, daß es nicht stimmt.«

»Woher wollen Sie wissen, ob ich intelligent bin oder nicht?«

»Sehen Sie? Sie machen mir klar, wo ich hingehöre, das ist dasselbe wie Arschtreten. Ich hätte wissen sollen, daß Sie eine militante Feministin sind, ein Mädchen mit 'ner Kanone, das diese ganze Ausrüstung zur Verbrechensbekämpfung spazierenfährt... Aber, hören Sie, nur weil ich ohne ausgekommen bin, heißt das nicht, daß ich mich Ihnen aufdrängen will. Das habe ich in meinem ganzen Leben noch nicht gemacht.«

Es erstaunte sie, daß dieser Mann versuchte, einen guten Eindruck zu machen. »Sie hätten sowieso keine Zeit«, sagte Karen. »Wenn wir an eine Straßensperre kommen, wird der Wagen überprüft, und die finden in fünf Sekunden raus, wem er gehört.«

Seine Stimme hauchte sie an, sagte: »Falls die so was rechtzeitig aufbauen können. Selbst wenn sie es schaffen, suchen sie nach Kubanern, kleinen Burschen mit schwarzem Haar, nicht nach einem großen Redneck in einem Chevy. Ich übergebe mich für diese Reise in die Hände meines Herrn und Retters und in die von meinem alten Kumpel Buddy. Der ist durch und durch Redneck. Wissen Sie, woran man es merkt? Er zieht nie sein Hemd aus.«

Gab sich entspannt und gesprächig. Karen hielt den Mund.

»Ich meine in der Sonne, wenn wir auf dem Hof waren. Dieser Knast drüben im sonnigen Kalifornien, nur ein paar Meilen vom Meer, kein einziges Mal hat er sein Hemd ausgezogen. Hat diese Bauernbräune. Wenn man Buddy unter der Dusche sieht, hat er Farbe im Gesicht und an den Armen, aber sonst ist er am ganzen Leib käseweiß. Trotzdem ein guter Kerl, hat seiner Schwester ohne Ausnahme jede Woche geschrieben. Hat ihr erzählt, wie das Wetter war. Sie hat ihm zurückgeschrieben und von ihrem Wetter erzählt, das nicht so viel anders war. Seine Schwester war früher eine von diesen Nonnen, die nie sprechen. Buddy sagt, sie redet heute immer noch nicht viel, aber dafür trinkt sie jetzt.«

Im Kofferraum unterwegs mit einem entflohenen Häftling, plauderenderweise die Zeit totschlagen, der Wagen über Seitenstraßen rumpelnd, der Boden unter ihnen hart, unnachgiebig. Als sie schließlich schneller wurden und dann geradeaus fuhren, glaubte Karen, sie seien auf der 441 auf dem Weg nach West Palm und wahrscheinlich auf der Interstate. Nicht auf dem Turnpike, den konnte man von der 441 nicht erreichen. Sie fühlte, wie seine Hand ihren Oberschenkel tätschelte, nur Zentimeter neben ihrer Hand, mit der sie die Sig Sauer hielt.

Sie sagte: »Buddy. Ist das sein richtiger Name?«

»Den ich ihm gegeben habe, ja.«

»Und wie ist Ihrer? Morgen steht er sowieso in der Zeitung.«

Er sagte: »Jack Foley. Wahrscheinlich haben Sie von mir gehört.«

»Wieso, sind Sie berühmt?«

»Damals, als ich in Kalifornien verurteilt wurde ... die haben gesagt: ›Wie wär's, wenn Sie uns was von den anderen Banken erzählen würden, die Sie überfallen haben?‹ Das war das FBI. Sie haben mir Straffreiheit gewährt, wollten nur die Fälle abschließen, soweit ich ihnen dabei helfen konnte. Ich habe angefangen, die Dinger aufzuzählen, an die ich mich erinnern konnte. Nachdem ich damit fertig war, haben sie es gecheckt und gesagt, ich hätte mehr Banken ausgeraubt als sonstwer im Computer.«

»Wie viele waren das?«

»Wenn ich die Wahrheit sagen soll: Ich weiß es nicht.«

»Wie viele ungefähr?«

»Na ja, dreißig Jahre zurück, minus neun Jahre in Staats- und Bundesgefängnissen, angefangen mit Angola. Sie wissen, wo das ist? Louisiana. Ich hab als Fahrer für meinen Onkel Cully angefangen, als ich achtzehn war, gleich nach der High School. Cully und ein Typ, der oft mit ihm gearbeitet hat, die sind in eine Bank in Slidell rein, drüben, Richtung Mississippi. Der Typ springt über den Tresen, um zum Kassierer zu kommen, und bricht sich das Bein. Sie haben uns alle drei geschnappt. Ich hab zweiundzwanzig Monate gesessen und gelernt, wie man um sein Leben kämpft. Cully saß siebenundzwanzig Jahre, bis er rauskam, und ist kurz danach im Charity Hospital gestorben, weil er, glaube ich, all die guten Zeiten aufholen wollte, die er verpaßt hat. Nach meiner zweiten Verhaftung habe ich sieben Jahre gesessen, das war in Lompoc. Ich meine nicht da, wo ein paar von Nixons Leuten gebrummt haben, Haldeman und so. Das war Lompoc FPC, was man früher Club Fed nannte. Ohne Zaun, ohne Typen mit Messern oder Rasierklingen im Zahnbürstengriff. Das Schlimmste, was einem da passieren konnte, war, daß irgendwer einem seinen Tennisschläger über den Schädel schlug.«

»Ich kenne den Unterschied«, sagte Karen. »Sie waren in

Lompoc USP, dem Bundesgefängnis. Ich hab da schon Leute abgeliefert.«

»Mit Handschellen an irgendeinen Kretin gefesselt?«

»Wir haben unser eigenes Flugzeug. Trotzdem macht es keinen Spaß.«

»Der Nebel kam vom Meer rüber«, sagte Foley, »rollte an und hing da im Hof, manchmal noch am Nachmittag. Das macht also neun Jahre, Angola und Lompoc. Zählt man die Zeit im County dazu, das Warten auf Anhörungen und dieses Loch, das wir gerade hinter uns gelassen haben, das macht mehr als ein Jahrzehnt in Besserungsanstalten. Ich bin siebenundvierzig Jahre alt, und ich werde nie mehr einsitzen.«

Karen sagte: »Sind Sie da ganz sicher?«

»Wenn ich wieder rein muß, sitz ich volle dreißig Jahre, ohne Abzüge. Können Sie sich vorstellen, das vor sich zu haben?«

»Das muß ich nicht«, sagte Karen. »Ich raube keine Banken aus.«

»Falls es sich ergeben sollte, daß ich wie ein Hund abgeknallt werde, dann auf der Straße, nicht vor einem gottverdammten Zaun.«

»Sie scheinen sich für eine Art Desperado zu halten.«

Er sagte: »Ich weiß nicht«, und schwieg einige Zeit. »So habe ich mich eigentlich noch nie gesehen.« Wieder machte er eine Pause. »Es sei denn, ich hätte es getan, ohne es zu wissen. Wie ein paar von diesen Jungs in alten Zeiten. Clyde Barrow – haben Sie schon mal Bilder von dem gesehen, wie er seinen Hut getragen hat? Man sieht ihm an, daß er sich einen Dreck um irgendwas geschert hat.«

»An seinen Hut kann ich mich nicht erinnern«, sagte Karen, »aber ich habe Bilder von ihm gesehen, nachdem die Texas Rangers ihn erschossen hatten. Wußten Sie, daß er keine Schuhe anhatte?«

»Wirklich?«

»Die haben hundertachtundsiebzig Kugeln in Clyde, Bonnie

Parker und den Wagen, den sie fuhren, geschossen. Bonnie aß gerade ein Sandwich.«

»Sie sind ein Füllhorn interessanter Fakten, was?«

»Es war im Mai 1934 in der Nähe von Gibsland, Louisiana.«

»Das ist im Norden von Louisiana«, sagte Foley, »ein ganzes Stück von New Orleans, wo ich geboren und aufgewachsen bin. Wenn man erst mal aus dem Big Easy raus ist, könnte man genausogut in Arkansas sein, woher Buddy ursprünglich stammt. Einmal ist er rauf nach Detroit, um in einer Autofabrik zu arbeiten, aber das war nichts für ihn, dann ist er nach Kalifornien. Ich weiß noch, wie ich den Film gesehen habe … das war kurz nachdem ich aus Angola entlassen wurde und auf eigene Kappe Banken gemacht habe. Diese Stelle, wo sie erschossen werden? Warren Beatty und … ihr Name fällt mir nicht ein.«

»Faye Dunaway. Ich fand sie toll in *Network*.«

»Ja, sie war gut. Mir hat gefallen, wie der Typ sagt, er will sich von niemandem mehr irgendwas gefallen lassen.«

»Peter Finch«, sagte Karen.

»Ja, genau. Jedenfalls, diese Szene, wo Warren Beatty und Faye Dunaway erschossen werden? Ich weiß noch, wie ich damals dachte, daß es kein schlechter Abgang wäre, wenn man gehen muß.«

»Auf einer Landstraße zu verbluten«, sagte Karen.

»Das danach war nicht schön«, sagte Foley, »nein, aber wenn man in diesem Wagen wäre und ein Sandwich ißt, wüßte man gar nicht, was einem widerfährt.«

»Wie sind Sie an die Wachuniform gekommen?«

»Hab sie einem Wärter abgenommen.«

»Haben Sie ihn umgebracht?«

»Nein, hab ihm eins über den Schädel gegeben – der ignoranteste Mensch, dem ich je begegnet bin.« Er machte eine Pause und sagte: »Muß ich gerade sagen, nach dem Auftritt, der mich diesmal reingebracht hat. Ich hatte gerade eine Barnett Bank in Lake Worth besucht. Ich steh in einer Seitenstraße und warte, daß ich links auf den Dixie Highway einbiegen kann… das ist eine lange Geschichte. Eigentlich war ich nur in Florida, um jemanden zu besuchen.» Er legte eine Pause ein und sagte: »Ich sollte besser meinen Mund halten.«

»Sie haben eine Bank überfallen«, sagte Karen, »mit ihrem eigenen Wagen?«

»So dumm war ich nicht. Nein, aber dann bin ich in eine blöde Situation mit dem Wagen gekommen… das Dümmste, was ich in meinem Leben je gemacht habe.«

Sie fühlte, wie Foleys Fingerspitzen träge über ihren Oberschenkel strichen, und seine Stimme, leise und ganz nah bei ihr, sagte: »Mit Ihnen kann man sich gut unterhalten. Ich frage mich – angenommen, wir würden uns unter anderen Umständen kennenlernen und kämen ins Gespräch –, ich frage mich, was passieren würde.«

»Nichts«, sagte Karen.

»Ich meine, wenn Sie nicht wüßten, wer ich bin.«

»Sie würden es mir erzählen, oder?«

»Sehen Sie, das meine ich, mit Ihnen kann man sich gut unterhalten. Da kommt kein Unsinn, Sie sagen, was Sie denken. Hier sind Sie mit einem Mann, der schmutzig ist, wie eine Kloake stinkt und eben erst aus einem Gefängnis ausgebrochen ist, im Dunkeln eingesperrt, und Sie scheinen nicht mal Angst zu haben. Oder?«

»Natürlich habe ich Angst.«

»Man merkt es Ihnen nicht an.«

»Was soll ich tun, schreien? Ich glaube kaum, daß es was ändern würde.«

Foley atmete aus, und sie spürte es in ihrem Nacken, fast wie ein Seufzen. »Ich denke immer noch, wenn wir uns unter anderen Umständen kennenlernen würden, vielleicht in einer Bar…«

Karen sagte: »Das soll wohl ein Witz sein.«

Danach sagte einige Meilen lang keiner von beiden etwas,

bis Foley meinte: »Ein anderer mit Faye Dunaway, den ich mochte, war *Die Drei Tage des Condor*.«

»Mit Robert Redford«, sagte Karen, »in jungen Jahren. Ich habe diesen Film geliebt, die Dialoge waren so gut. Faye Dunaway sagt – es ist der Morgen, nachdem sie miteinander geschlafen haben, obwohl sie ihn kaum kennt, er fragt sie, ob sie ihm einen Gefallen tun würde… und sie sagt: ›Hab ich dir je etwas abgeschlagen?‹«

Foley sagte: »Ja…«, und sie wartete, daß er weitersprach, aber dann wurde der Wagen langsamer, rollte im Leerlauf, dann rumpelte er über den Seitenstreifen und kam zum Stehen.

Karen machte sich bereit.

Foley sagte: »Ich weiß genausowenig wie Sie, wo wir sind.«

Immer noch draußen auf dem Land, da war Karen ganz sicher. Vielleicht auf halbem Weg nach West Palm oder etwas weiter.

Sie hörte, wie der andere, Buddy, draußen sagte: »Lebt ihr da drinnen noch?«

Der Kofferraumdeckel ging auf.

Karen spürte Foleys Hände an sich, dann nicht mehr, und hörte ihn sagen, schon nicht mehr im Kofferraum: »Wo zum Teufel sind wir?«

Und hörte Buddy sagen: »Das da oben ist der Turnpike. Glenn wartet mit einem Wagen.«

Glenn.

Karen sagte den Namen und legte ihn ab.

Als Foley sagte: »Wie kommen wir da hin?«

»Da drüben durch die Büsche.« Buddys Stimme. »Du mußt die Böschung raufklettern.«

Und dann Foley, der diesmal näher klang und sagte: »Kommen Sie raus da.«

Karen stieß sich ab, rollte von ihrer rechten Seite auf die linke, hob die Sig Sauer mit beiden Händen an und richtete sie auf die Männer, die beide vor der Klappe standen, in der Dunkelheit, aber da, ganz nah. Sie sagte: »Nehmen Sie die Hände hoch und drehen Sie sich um. *Sofort*.«

Sie bewegten sich, als sie Foley »Scheiße« sagen hörte, und sie sah, daß ihr der Kofferraumdeckel entgegenkam, als sie die .38er auf kürzeste Distanz abfeuerte, wieder und immer wieder durch den Kofferraumdeckel, der zuknallte und sie mit dem ohrenbetäubenden Lärm einsperrte, wieder in der engen Finsternis.

Die beiden Männer waren so schnell in die entgegengesetzte Richtung auseinandergesprungen, daß sie nicht erwartete, jemanden getroffen zu haben. Sie lauschte, hörte aber nichts mehr. Ziemlich sicher holten sie die Schrotflinte aus dem Wagen und kamen gleich zurück.

6

Buddy sagte, er hätte vergessen, daß sie eine Knarre da drinnen hatte – bei allem, was los war – hatte sogar gesehen, wie sie die Pistole wieder in den Kofferraum warf, als sie die Flinte herausnahm. Er sagte zu Foley, sie könnten die Frau ebensogut dalassen, sie würden den Wagen stehenlassen und mußten auch sie irgendwo zurücklassen, was machte es schon für einen Unterschied?

Für Foley war längst klar, daß sie mitkam. Er wollte sich noch mit ihr unterhalten. Er wollte sich mit ihr gemütlich hinsetzen und sich unterhalten, wie ganz normale Leute. Von vorn anfangen, sich ansehen lassen, wenn er sauber war. Selbst wenn er die Zeit gehabt hätte, wäre er nicht in der Lage gewesen, zu erklären, *wieso* er noch mit ihr reden wollte, das war in seinem Kopf nicht klar, also sagte er nur: »Sie kommt mit.«

Buddy warf ihm einen seltsamen Blick zu, stirnrunzelnd. Er sagte: »Meine Güte, was habt ihr da drinnen gemacht? Ich kann ja verstehen, daß du einen wegstecken willst, aber du hast doch Adele, oder nicht?«

»Hol die Flinte«, sagte Foley, »und ihre Handtasche. Ich möchte wissen, wer sie ist.«

»Ich hab schon nachgesehen«, sagte Buddy. »Sie heißt Karen Sisco, klingt genau wie Cisco Kid, nur anders buchstabiert: S-i-s-c-o.«

Foley sagte: »Karen Sisco«, und nickte ein paarmal. »Ich frage mich, ob man sie schon mal so genannt hat, Sisco Kid.«

Scheinwerfer kamen ihnen aus Richtung West Palm entgegen, und sie drückten sich zwischen den Wagen und die Betonmauer der Überführung. Der grün-weiße Wagen eines Sheriffs heulte vorüber, mit blinkenden Lichtern, dann noch einer und noch einer, ein ganzer Haufen von Grünweißen innerhalb einer Minute, auf der Hatz nach entflohenen Sträflingen. Keine Zeit für einen Wagen, der dunkel unter einer Überführung stand.

Als es auf der Straße wieder still wurde, trat Foley an den Kofferraum des Chevy, hielt sich an dessen Seite und schlug einmal mit der Faust aufs Blech.

»Karen? Seien Sie ein braves Mädchen, hören Sie? Ich laß Sie jetzt raus.«

Foley schreckte bei dem Schuß zurück, gedämpft aus dem Inneren des Kofferraums, aber real, und die Kugel durchschlug das Blech.

Er schrie sie an: »Sie durchlöchern Ihren Wagen!«, und sah zu Buddy auf, der ihn mit dem Schrotgewehr und einer schwarzen Ledertasche in der Hand anstarrte.

Foley brauchte einen Augenblick, um sich zu beruhigen, dann sagte er: »Wir lassen Sie nicht zurück. Ich werde den Kofferraum so weit aufmachen, daß Sie die Waffe rauswerfen können. Okay? Wenn Sie schießen... Buddy hat Ihre Flinte. Er sagt, er schießt zurück, wenn Sie es tun, und ich kann ihn nicht daran hindern. Es liegt also an Ihnen.« Foley streckte seine

Hand aus, und Buddy, der ihn noch immer mit seltsamem Blick ansah, reichte ihm die Schlüssel.

Sie hörten jemanden »Hey!« schreien. Nicht aus dem Kofferraum, eine deutliche Stimme von irgendwo über ihnen.

»Ich bin's, Glenn.«

Foley trat ins Freie, Buddy gleich hinter ihm. Sie blickten auf und sahen jemanden, Kopf und Schultern vor dem Abendhimmel, beugte sich über das Betongeländer der Brücke.

»Hey, Jack, schön, dich zu sehen, Mann. Worauf schießt ihr Jungs da unten?«

Buddy sagte mit lauter Stimme: »Wir sind gleich da.«

»Ich will mich ja nicht beklagen«, sagte Glenn, »aber wißt ihr, wie lange ich schon hier bin? Wenn die Florida Highway Patrol vorbeikommt, bin ich am Arsch.«

Foley sah Buddy an: »Brauchen wir ihn?«

»Drei Grünweiße haben uns gesehen«, sagte Buddy. »Einer von denen überlegt: Was macht dieses Auto da? Bringt es mit dem Ausbruch in Verbindung und kehrt um … Wir müssen hier verschwinden.«

Foley sah zur Überführung auf, sagte: »Hey, Studs?« – klang überrascht. »Wir haben dich für jemand anderen gehalten.«

Glenn richtete sich auf, warf sein Haar aus dem Gesicht. »Mann, das hab ich seit Lompoc nicht mehr gehört.«

Foley wartete.

Glenn sagte: »Jungs …«, schüttelte jetzt den Kopf. »Ich riskier hier meinen Arsch für euch, und ich weiß nicht mal, wieso.«

»Klar weißt du das«, sagte Foley, gab sich alle Mühe, freundlich zu klingen. »Wir sind deine Helden.«

Er ging zum Chevy zurück und schlug auf die Kofferraumklappe.

»Kommen Sie raus?«

Foley schob den Schlüssel ins Schloß, stand direkt vor dem Kofferraum und drehte sich zu Buddy um. Buddy trat an den

Kofferraum und lud die Pumpgun durch. Foley sagte, ganz nah am Blech: »Haben Sie das gehört?«

Er drehte den Schlüssel und machte die Klappe auf.

Karen, die da drinnen kauerte, streckte ihren Arm aus, hielt die Sig Sauer Automatic am Lauf. Sie sagte: »Du hast gewonnen, Jack.«

Buddy warf ihm den nächsten schrägen Blick zu.

Wenn er sich über das Geländer beugte, konnte Glenn ein Stück vom offenen Kofferraum sehen, wo Foley eine Hand ausstreckte, um jemandem herauszuhelfen. Himmelarsch, ein Mädchen. Stand jetzt neben dem Wagen, strich ihren Rock glatt, richtete ihr Haar. Der Typ bricht aus dem Knast aus und bringt ein Mädchen mit? Jetzt kamen sie durch den Graben und ein paar Büsche. Er würde sie erst wiedersehen, wenn sie oben ankamen. Oder vielleicht arbeitete sie im Gefängnis, und Foley hatte sie sich geschnappt und auf dem Weg nach draußen als Deckung benutzt.

Darüber dachte Glenn nach, als er zu dem Wagen ging, den er auf dem Grünstreifen neben der Straße abgestellt hatte, Warnblinker für alle Fälle eingeschaltet, ein schwarzer Audi, den er auf hundertsiebenunddreißig Meilen die Stunde gebracht hatte, als er bei Palm Beach Gardens auf den Turnpike kam.

Oder Buddy hatte sie für Foley mitgebracht, und er war so geil gewesen, daß er nicht warten konnte, hatte sie im Kofferraum durchgenudelt. Nicht auf dem Rücksitz, wo Buddy zusehen konnte. Es war immerhin möglich. Nur daß diese beiden Typen immer cool blieben und nie irgendwelche Dummheiten machten.

Glenn hatte sie in Lompoc USP kennengelernt, ein vierundzwanzigjähriger Neuzugang auf der Suche nach einigermaßen intelligenten Leuten, die Bücher lasen oder zumindest keine beschissenen Kretins waren. Buddy fragte ihn, was er machte, und Glenn sagte, er streckte seine Fühler aus, versuchte rauszufinden, wen er kennen und wen er sich vom Leib halten sollte. Buddy sagte, er meinte, wie lange er abzusitzen habe. Oh, zwei bis fünf, sagte Glenn, für schweren Diebstahl, aber im Moment sähe es so aus, als müsse er die ganzen fünf absitzen. Das erklärte er erst später. Dafür erzählte er ihnen, daß er die neuesten und größten Modelle von Porsche und Mercedes auf Bestellung beschaffte und überall in den Vereinigten Staaten mit sauberen Papieren auslieferte. Er erzählte, er suchte den Wagen, den der Kunde wollte, brach ihn mit einem Slim Jim oder Lemon Pop auf, startete die Zündung mit einem Slap Hammer, entfernte Lenkradschlösser mit einem Side Kick und legte Alarmsysteme normalerweise mit flüssigem Stickstoff lahm.

Mal sehen, ob sie das beeindruckte.

Foley sagte, Buddy und er hätten zu ihrer Zeit drei- bis vierhundert Autos geknackt, aber kein einziges verkauft oder auch nur länger als ein paar Stunden behalten.

Für ein paar Hinterwäldler waren diese Typen cool, beide ziemlich groß und drahtig, Buddy mit dunklen Locken, die er nach hinten kämmte und die feucht aussahen ... er hatte immer einen Kamm in der Tasche. Foleys hellbraunes Haar war kurz und so dick, daß er es mit seinen Fingern kämmen konnte. Foley rauchte Zigaretten, Buddy mochte Skoal, klemmte es sich hinter die Unterlippe. Sie schienen beide nicht besonders in Form zu sein – sie sahen lieber zu, als daß sie selbst trainierten –, aber beide sahen knochenhart aus, als hätten sie ihr Leben lang auf dem Bau oder auf Ölfeldern gearbeitet, statt Banken auszurauben. Lässig, aber sie sahen einem direkt in die Augen, wenn man mit ihnen sprach oder sie etwas zu sagen hatten.

Glenn hielt sich in ihrer Nähe und mußte sich nie ernstlich irgendwelcher Perverser oder Arschficker erwehren. Foley sagte: »Laß keinen ran, wenn du nicht glaubst, daß es dir gefallen könnte.« Buddy sagte: »Da gibt's nur eins: Sag einfach nein, dann leg den Kerl um.« Sie paßten aufeinander auf und hatten nie Angst, sie wären irgendwem nicht gewachsen, sahen übellaunige Arschgeigen mit ruhigem Blick an, der sagte: Leg dich mit uns an, Mann, aber auf eigene Gefahr.

Glenn glaubte, er durfte bei ihnen rumhängen, weil er aus L.A. war, West Hollywood, weil er wußte, was abging, hatte sogar zwei Jahre in Berkeley zugebracht, behandelte sie aber nie von oben herab. Er erzählte ihnen Geschichten aus der Zeit, als er im Autoeinzelhandel tätig war und dabei oft zum Schuß kam: Wie er an den Autos vor diesen Multimillionen-Dollar-Häusern in Beverly Hills arbeitete und darauf wartete, daß die Dame des Hauses ihn anmachte. Ihm einen Drink anbot, ein Bad im Pool. Das ist passiert, Mann, öfter als du glaubst, ein paarmal sogar mit Filmstars. Von da an nannten sie ihn Studs.

Eines Tages sagte Glenn auf dem Hof: »Ich will euch Jungs mal was erzählen, was außer mir hier nur noch einer weiß. Ursprünglich war ich im FPC, dem Lager da drüben. Und wurde wegen eines Ausbruchsversuchs hierher verlegt.«

Mal sehen, was sie davon hielten.

»Kennt ihr Maurice Miller aus dem Boxprogramm, den sie Snoopy nennen? Boxt Leichtgewicht. Er war wegen Betrugs im FPC, ich glaub Kreditkarten. Jedenfalls waren wir eines Abends joggen, als machte Snoopy Langlauf und ich wäre sein Trainer. Wir haben es fast bis Vandenberg geschafft und wurden von Militärpolizisten der Air Base aufgegriffen. Die haben uns für Deserteure gehalten.«

Buddy fragte ihn, ob er noch alle Tassen im Schrank hätte. Zwei leichte Jahre von seinen zwei bis fünf im Country Club absitzen, Kabelfernsehen, Salatbar im Speisesaal, und er wäre draußen. Jetzt würde er die ganzen fünf absitzen müssen.

»In einer komplett anders gearteten Sorte von persönlichkeitszerstörender Haftanstalt«, sagte Glenn. »Ich wußte, wenn wir es nicht schafften, würde man Snoopy und mich hierher oder in sonst irgendeinen Hochsicherheitsknast stecken. Es gibt da einige ziemlich beängstigende Bunker, in die man geschickt werden kann, Marion, Lewisburg…

Vielleicht war ich aufgeregt, ein bißchen übernervös, aber damals hab ich mir keine Sorgen darum gemacht, geschnappt zu werden. Da war also dieser Typ drüben im FPC, der drei Jahre wegen Bildung einer kriminellen Vereinigung absaß, reines Wirtschaftsverbrechen. Er kriegte die drei Jahre und eine Geldstrafe von – hört euch das an – fünfzig Millionen Dollar, und er hat ihnen einen Scheißscheck ausgestellt. Einfach so, fünfzig Millionen, mit seiner Unterschrift.«

Foley sagte: »Einer von den Wall-Street-Gaunern«, und er hatte recht. Er sagte: »Ich hab von dem Mann gelesen. Ist wegen Insidergeschäften verknackt worden. Hat korrupte Broker bezahlt, damit sie ihm Informationen über Aktiengeschäfte zustecken, bevor sie öffentlich wurden. Übernahmen zum Beispiel.« Erklärte es Buddy, der keinen Schimmer davon hatte. »Eine Firma kauft eine andere Firma auf, und die Aktie der gekauften Firma steigt. Wenn du also weißt, was passieren wird, kaufst du dich ein, kurz bevor die Aktie steigt, und verkaufst, wenn sie am höchsten steht.«

Und Foley, der verdammte Kerl, war noch nicht mal auf dem College gewesen.

»Das war mehr oder weniger das, was er getan hat«, sagte Glenn, »hat ein Vermögen verdient.«

»Alle haben gedacht, der Mann wäre ein Genie«, sagte Foley, »bis sie rausgefunden haben, daß er es auf die altmodische Weise verdient hat: Er hatte es gestohlen.«

»Jedenfalls«, sagte Glenn, »ist da dieser Multimillionär, der elf Cents die Stunde verdient, indem er die Böden wischt, die Tennisplätze abzieht… Jemand, der früher – sagt er – achtzehn Stunden täglich am Telefon gesessen hat, über hundert Anschlüsse in seinem Büro hatte, muß jetzt in der Schlange stehen, um telefonieren zu dürfen. Aber worauf ich eigentlich hinaus wollte: Der Mann hat gern geredet.«

»Ja, mit dem Staatsanwalt«, sagte Foley. »Er hat sämtliche Tipgeber verpfiffen, mit denen er im Geschäft war, und hat sie auffliegen lassen. Mir fällt der Name nicht mehr ein.«

Glenn wartete.

Und Foley sagte: »Ripley. Richard Ripley. Genannt ›Dick the Ripper‹, weil er den ganzen Aktienmarkt reingelegt hat. Großer, gutaussehender Mann, aber ich glaube, er trug ein Toupet.«

»Nicht im FPC«, sagte Glenn. »Aber er war eitel. Sein Lieblingsthema, abgesehen vom Aktienmarkt, war er selbst, und ich hab gut zugehört. Bei jedem, der einen Scheck über fünfzig Millionen ausstellen kann, wenn der nur *igendwas* sagt, bin ich ganz Ohr. Also, meine Koje war gleich über seiner. Ich war höflich, bis zu einem gewissen Grad bin ich ihm in den Arsch gekrochen, ich hab mich für ihn in die Telefonschlange gestellt, wenn wir im Garten arbeiten sollten, hab ich die Drecksarbeit gemacht und ihn harken lassen... Die ganze Zeit redet er davon, was für ein toller Hecht er ist, und ich zieh mir das alles rein. Ich erfahre, daß er Geld auf Auslandsbanken hat, plus etwa fünf Millionen in bar, *plus* ungefaßte Diamanten und Goldmünzen, einen ganzen Schwung Münzen, die vier Scheine pro Stück wert sind. Der Mann hat es mir allen Ernstes erzählt, fünf Millionen in bar. Er sagte, Zitat: ›Wo ich jederzeit rankommen kann, wenn ich will.‹ Kein Problem.«

Foley sagte: »Er hat es zu Hause?«

Buddy sagte: »Ja, wo wohnt der Mann?«

Glenn zögerte, und Foley sagte: »Er müßte bald entlassen werden.«

»Er ist schon draußen. Es stand in der Zeitung.«

»Ich meine, als du mit Snoopy vom FPC losgejoggt bist. Du hast erwähnt, daß du nervös gewesen bist. Es klingt, als wolltest du zu Ripleys Haus, bevor er entlassen wurde. War es das? Du konntest es nicht abwarten?«

»Man könnte sagen, ich war hochmotiviert«, sagte Glenn.

»Fünf Millionen liegen da und warten? Und ich muß nur rausspazieren? Kein Zaun, keine Wachtürme? Das einzige, was einen aufhalten soll, ist ein Schild mit der Aufschrift Off Limits. Mann, als ich erst mal drauf abgefahren war – hört zu, sie hätten mich an die verdammte Wand ketten müssen, um mich drinnen zu halten.«

»Aber ihr habt es nicht geschafft, du und Snoopy. Du weißt, daß er Maurice ›Mad Dog‹ Miller war, damals als Profi? Jetzt geht er zu Boden, wenn man ihn nur anstupst.«

»Ich hab ihn nicht als Bodyguard mitgebracht«, sagte Glenn. »Maurice wohnt zufällig in Detroit, derselben Stadt, wo Ripley zu Hause ist. Nein, der Snoop ist kein Schutz, aber er kennt Motor City.«

»Genau wie Buddy«, sagte Foley, »falls du nur eine Stadtführung brauchst.«

Keiner von beiden zeigte großes Interesse, damals auf dem Hof von Lompoc USP, vor fünf Jahren.

Glenn wurde entlassen und zog nach Florida, was nach Kalifornien den zweiten Platz in der Statistik gestohlener Fahrzeuge belegte, nur besser: Autodiebe wurden durchs System geschleust und mußten kaum je einsitzen. Falls er also irgendwann wieder ins Geschäft zurück wollte …

Er versuchte, mit den Bankräubern in Kontakt zu bleiben, die noch in Lompoc waren, schrieb ihnen ein paarmal, bekam aber nie Antwort, kein Wort. Als Buddy dann vor ein paar Wochen anrief, war das eine echte Überraschung.

Buddy sagte, wie gut, daß er die Briefe behalten hatte, und ob die Welt nicht klein sei: Eben war er in Florida angekommen, und Foley sei auch da, seit fünf Monaten draußen im GCI. Buddy hatte es so gesagt: »Da gefällt es ihm nicht, und er sieht eine Möglichkeit auszubrechen. Falls du gerade nichts vorhast, willst du nicht einen der Wagen fahren? Dauert nur ein paar Stunden, mehr nicht.«

Falls er nichts vorhatte.

Glenn sagte, er sei für einen Deal in Detroit gewesen, aber im Moment sei er frei. Er sagte: »Ja, ich glaub, das kann ich schaffen.« Man mußte so cool sein wie diese Typen.

»Detroit«, sagte Buddy. »Ich hab drei Jahre bei Chrysler Jefferson am Band gestanden, bis es mich verrückt gemacht hat und ich kündigen mußte. Ich will dich mal was fragen – meinst du nicht, daß sich eines Tages ein Problem aus deinen Spezialbestellungen ergeben könnte?«

»In dem Geschäft bin ich nicht mehr«, sagte Glenn. »Nein, ich war da oben, um einen Freund zu besuchen. Erinnerst du dich noch an ›Dick the Ripper‹, über den wir uns unterhalten haben, den Wall-Street-Gauner?«

»Hat einen Scheck über fünfzig Millionen ausgestellt«, sagte Buddy, »und ob ich mich an den erinnere.«

»Bei meinem ersten Besuch hab ich Snoopy aufgetrieben. Maurice Miller in Lompoc, das Leichtgewicht.«

»Ist der noch nicht hirntot?«

»Er ist jetzt Manager für ein paar kleine Boxer. Ich hab ihm einen Hunderter gegeben, damit er Ripley für mich checkt, wo er wohnt und so. Weißt du, ich hab dem Snoop nicht mal drüben in Lompoc genau erzählt, worum es ging, damit er es nicht allein versuchen konnte. Wenn ich das nächste Mal hinfahre, zeigt mir der Snoop, wo Ripley wohnt und wo er vielleicht sein Büro hat.«

Buddy sagte: »Wie kann ein kleiner Farbiger mit weicher Birne alles rausfinden?«

»Er ist ein Gauner«, sagte Glenn, überrascht, daß Buddy fragte. »Er macht in Kreditkarten, Bankbetrug mit falschen Schecks, der Snoop ist nicht auf den Kopf gefallen.«

»Das ist interessant«, sagte Buddy, »aber ich muß wissen, ob du sauber bist. Steckst du sonst in irgendwas drin?«

Glenn zögerte. »Ich steck nicht, wie du es genannt hast, in irgendwas *drin*, nein.«

»Aber was?«

Wieder zögerte er. Und Buddy sagte: »Laß dir Zeit.«

»Okay. Die Drogenfahndung hat ein Haus in Lake Worth durchsucht. Keiner zu Hause. Sie sehen sich um, finden zehn Kilo Base in der Garage, eigentlich in einem Mercedes, an dessen Lenkrad und Türgriff man zufällig meine Fingerabdrücke findet. Sie holen mich ab. Ich sage ihnen, meine Fingerabdrücke können unmöglich an diesem Wagen sein, und ich sage, ich will einen Anwalt. Aber nach einer Weile fällt mir ein, daß es meine Abdrücke sein *könnten*, und weißt du, wie sie da hingekommen sind? Beim Rangieren. Zwei Abende die Woche hab ich als Parkplatzwächter für ein Restaurant gearbeitet, Charlie's Crab, und ich muß den Mercedes wohl irgendwann am Wochenende davor geparkt haben. Das sag ich den Jungs von der DEA, und die sehen mich nur gelangweilt an. Zehn Tage sperren sie mich ein, zweimal muß ich vors Bundesgericht. Das erste Mal für eine Kautionsanhörung, ein Witz, als könnte ich hundert Riesen hinterlegen. Das nächste Mal ist ein Haftprüfungstermin. Okay, aber diesmal hat der Pflichtverteidiger tatsächlich meine Angaben überprüft und rausgefunden, daß der Wagen am Abend vorher bei Charlie's Crab war. Die haben noch das Ticket mit dem Kennzeichen drauf. Die Richterin, eine attraktive, intelligente Frau, hat die Anklage zurückgewiesen und dem Stellvertretenden Bundesstaatsanwalt die Ohren langgezogen, weil er so übereifrig war.«

Buddy sagte: »Weiter ist nichts anhängig?«

»Nichts. Wie wär's, wenn ich Foley mal besuche?«

»Dein Name sollte da draußen nicht auf der Besucherliste stehen. Rühr dich nicht von der Stelle, bis du von mir hörst.«

»Red mit ihm«, sagte Glenn, »frag ihn, ob er sich an Dick the Ripper erinnert. Ich würde immer noch gern mit euch beiden da reingehen. Meinst du, ihr hättet Interesse?«

Buddy äußerte sich nicht direkt dazu, sagte nicht, ob sie wollten oder nicht.

Glenn hatte sich seit diesem Telefonat dreimal mit ihm getroffen. In einer Bar in West Palm, in der Nähe von Glenns Wohnung. Ein Hotel in Miami Beach, ein Loch, in dem Foleys Exfrau wohnte. Adele. Um die vierzig, aber sah nicht schlecht aus. Glenn fuhr noch einmal bei ihr vorbei, was nichts mit dem großen Ausbruch zu tun hatte. Er wollte sehen, ob er sie rumkriegen konnte, ohne zu betteln oder sie zum Essen einzuladen. Und das dritte Mal, als Buddy mit ihm zum Glades Correctional gefahren war und ihm den Weg gezeigt hatte, den er nehmen würde, sobald er Foley im Wagen hatte, und wo Glenn mit dem zweiten Wagen warten sollte.

Genau hier.

Zwanzig Minuten parkte der Audi schon auf dem Seitenstreifen neben dem Turnpike in Richtung Süden, Warnblinker an, ein Zettel im Seitenfenster, auf dem stand BIN BENZIN HOLEN, und Glenn wartete mittlerweile zwischen Gestrüpp und kleinen Palmen etwa fünfzig Schritte vom Wagen entfernt. Falls sich irgendwelche Scheinwerfer als Bullen entpuppen sollten, wollte Glenn abhauen, durch die Bäume und den Hang hinunter – etwa da, wo sie jetzt raufkommen sollten, mit dem Mädchen, das Foley offenbar als Geisel genommen hatte. Aber was nützte sie ihm jetzt noch? Er hätte sie im Kofferraum liegenlassen sollen. Es dauerte noch ein paar Minuten, bis er sie kommen hörte.

7

Karen erklärte Foley, als sie im Dunkeln den Hang hinaufkletterten, es wäre einfacher, wenn er aufhören würde, sie festzuhalten. Er ließ ihren Arm los und fiel zwei Schritte zurück, sagte, er habe nur helfen wollen, damit sie nicht auf dem Unkraut ausrutschte und fiel. Karen sagte: »Sie meinen: und mir mein hübsches Kostüm ruiniere?« Der Rücken und die Ärmel vom Morast verdreckt, der Rock zog Fäden im Gebüsch. Er sagte, er wollte nicht, daß sie sich weh tat. Karen hoffte, sie wäre in der Lage, später davon zu erzählen. Das Gespräch in einem Kofferraum voller Handschellen und taktischen Gerätschaften mit einem Bankräuber und entflohenen Sträfling, der sich fragte, ob es wohl anders gewesen wäre, wenn sie sich in einer Bar getroffen hätten. Wie ein erstes Rendezvous, bei dem man sich beschnupperte. Ihr Dad wäre begeistert. »Und wie ging es weiter?«

Das war eine gute Frage.

Foley blieb hinter ihr und begutachtete ihre schlanke Figur, ihre Beine auf Augenhöhe in dem kurzen Rock, der hochrutschte, eng um ihren Hintern, als sie den Hang hinaufkletterte. Buddy war ein Stück voraus. Foley sagte: »Lassen Sie die Sachen reinigen und schicken Sie mir die Rechnung«, wollte etwas zu ihr sagen, das zur Entspannung beitrug, aber er war ihr gegenüber jetzt verlegen, angespannt.

Sie sagte: »Ich schicke Sie Ihnen nach Glades.«

Gab sich noch immer furchtlos.

Sie kamen oben am Hang an, schoben sich durch die Büsche, und dann konnte er den Wagen sehen, mit blinkenden gelben Lichtern. Er sah Glenn erst, als er ihn hörte.

»Meine Güte, wo bist du denn durchgekrochen? Durch die Kanalisation?«

Stand am Rand der Bäume, und Buddy sagte gerade zu ihm: »Das ist ein weißer Wagen?«

»Wo ist der Unterschied? Das ist der einzige, der hier steht.«

Glenn trug eine Sonnenbrille und einen schlaffen, verlotterten Regenmantel, der an ihm herunterhing, offen, darunter ein T-Shirt und eine Jeans, die er an den Knien abgeschnitten hatte.

Foley sagte: »Nimm die Sonnenbrille ab«, mit sanfter Stimme, und Karen Sisco stand nur ein paar Schritte weiter.

»Ich kann besser sehen, wenn ich sie aufhabe«, sagte Glenn.

»Ich würde sie abnehmen«, sagte Foley, »bevor jemand drauftritt.« Er merkte, daß Karen sich umdrehte und ihn ansah, hielt seinen Blick jedoch auf Glenn gerichtet, der mit den Achseln zuckte, die Brille abnahm und in seine Jeans steckte.

»Warte im Wagen«, sagte Foley.

Glenn rührte sich nicht. Er sagte: »Du bist jetzt draußen in der Zivilisation, Mann, entspann dich.«

»Ich möchte gern, daß du im Wagen wartest«, sagte Foley. »Wie klingt das? Nimm sie mit und setz sie hinten rein.«

Glenn sagte: »In den Kofferraum?«

»Auf den Rücksitz.«

»Wozu brauchst du sie?«

Foley starrte ihn an, wartete.

Glenn sagte: »So ein Knastausbruch kann einen ganz schön Nerven kosten, was? Ich weiß es, ich war da. Aber ich riskier hier meinen Arsch für dich, Mann. Ich kann keinen Steig-in-den-Wagen-Scheiß gebrauchen. Ich bin hier, aber ich *muß* nicht hier sein.

Buddy sagte: »Bleib cool, Studs. Bist du cool? Mach schon, red nicht so viel.«

»Studs«, sagte Glenn. »Jetzt sind wir wieder alte Freunde, wie damals auf dem Hof von Lompoc. Wieso kommt es mir so vor, als wäre das schon lange her?« Er winkte Karen und sagte: »Komm schon, ich muß tun, was man mir sagt.«

Sie ging an Foley vorbei, ohne ihn anzusehen, und er sagte: »Moment mal« zu Glenn. »Gib mir deinen Regenmantel.« Er sagte: »Irgendwer hat vergessen, mir saubere Sachen mitzubringen« und sah Buddy mit unbewegtem Gesicht an.

Der kapierte nicht. Er sagte: »Ich hab sie mitgebracht. Die sind noch in Glades im Cadillac. Du wolltest ihren Wagen nehmen ...«

Und Karen sagte: »Sie können mir die Schuld geben, wenn Sie wollen. Das macht mir nichts.«

Eigentlich wollte Foley ihnen sagen, daß es ein Scherz war, verdammt, er gab niemandem die Schuld, er versuchte nur, sich aufzuheitern, diese Befangenheit abzuschütteln. Und da er es nicht konnte, hielt er den Mund und sah zu, wie Karen zu Glenn hinüberging, während der den Regenmantel auszog.

Glenn sagte: »Bitte schön, der Herr«, faltete den Regenmantel einmal ein und rollte ihn dann auf. Er warf den Mantel so, daß er im Gras vor Foleys Füßen landete. Dann zog Glenn seine Sonnenbrille aus der Jeans, setzte sie auf und führte Karen am Arm zum Wagen.

Foley beobachtete sie.

Gleich neben ihm sagte Buddy: »Was ist los mit dir?«

Foley antwortete nicht, sah Glenn und Karen jetzt beim Wagen stehen, und Glenn sprach mit ihr, Karen, so groß wie er, stand ihm gegenüber, hörte zu. Glenn sah herüber, bevor er die Tür aufmachte. Dann sah Karen herüber, zog den Kopf ein und kletterte in den Fond.

Sie sah, wie Glenn vorn um den Wagen auf die andere Seite ging, die Tür aufzog und sich hinters Lenkrad setzte, und im Licht konnte Karen ihn kurz sehen, bevor er die Tür schloß. Jetzt drehte sich Glenn halb um, legte seinen Arm oben auf die Sitze. Er bückte sich etwas, um durch die Seitenscheibe zu sehen, fuhr sich mit der Hand durchs Haar.

»Wie gesagt, bin ich auch schon mal aus einem Gefängnis abgehauen, drüben in Kalifornien, deshalb weiß ich, was es mit den Nerven anstellen kann, wenn man ein entflohener Sträfling ist. Aber wenn er meint, daß er so mit mir reden kann... Scheiße, ich bin schon eine halbe Stunde hier und seh mir die Scheinwerfer an, die in diese Richtung kommen, hoffe inständig, daß sie nicht anhalten und von der Florida Highway Patrol sind, falls du meinst, das macht Spaß. Ich hab sogar einen kleinen Spliff geraucht, beim Rumhocken zwischen den Scheißbüschen da. Ich hätte nichts gegen noch einen einzuwenden. Wie sieht's mit dir aus?« Er drehte sich so weit um, daß er sie ansehen konnte, und fuhr sich gleichzeitig mit den Fingern durchs Haar. »Du hast bestimmt die Hosen voll, du in deiner Situation. Hast du gehört, wie ich ihn gefragt habe, was er mit dir vorhat? Er wollte es nicht sagen. Weißt du, wieso? Er weiß es selbst nicht. Im Knast ist er so cool, wie man nur sein kann, aber kommt ein Mann wie er nach draußen, ist er auf der Flucht, er ist so verdammt angespannt, daß er nicht geradeaus denken kann. Läßt er dich laufen oder erschießt er dich? Wirklich schade, aber ich schätze, du warst echt zur falschen Zeit am falschen Ort. Wahrscheinlich bist du gerade von der Arbeit gekommen...« Er wandte sich ab und starrte aus dem Fenster.

Karen beugte sich vor, um hinzusehen. Sie sah die beiden vor dem dunklen Laub, der eine mit ihrer Flinte, der andere, Foley... es sah aus, als knöpfte er sein Hemd auf, arbeitete daran, mit gesenktem Kopf. Sie schienen sich zu unterhalten.

»Was ich sagen will, ist: Man kann drinnen der große Mann sein«, sagte Glenn und beobachtete die beiden noch immer, während Karen sich zurücklehnte, »aber draußen in der Welt, wenn du nicht weißt, wohin du gehen sollst, Mann, da bist du am Arsch. Ich kam raus, bin nach Norden gefahren und hatte mir was überlegt. Ich meine was Großes. Von dem Kaliber: ein Ding und du kannst dich zur Ruhe setzen. Ich würde es sofort machen, nur ist es da oben im Januar scheißkalt.« Er legte eine kurze Pause ein und sagte: »Weißt du, was er macht? Er zieht die dreckige Uniform aus. Er will meinen Regenmantel anziehen und ihn einsauen. Den hab ich auf einem Flohmarkt draußen in West Broward gekauft, für'n Zehner. Er ist alt, aber – Scheiße – ein echter Mackintosh. Jetzt muß ich ihn reinigen lassen. In Detroit hat er mir nicht viel genützt. Den Arsch hab ich mir abgefroren, und das war im November. In Kalifornien hab ich die ganze Zeit, die ich da gewohnt habe, nicht mal einen Regenmantel besessen. Komm ich nach Florida – ich war nicht zur Zeit von Andrew hier, aber alle haben soviel davon geredet, und dann hat es Ende letzten Sommer irre angefangen zu regnen, als die Hurrikan-Saison losging, deshalb hab ich mir einen Regenmantel gekauft. Dieser Flohmarkt, immer wenn man da hingeht, ist er voller Haitianer, die jeden Scheiß kaufen, Radios, die nicht funktionieren, Klamotten, sogar Dosenfutter. Kein Witz.«

Karen sagte: »Glenn?«

Sein Kopf drehte sich, und sie sah seine Designer-Sonnenbrille, kleine, ovale Gläser in einem vergoldeten Drahtrahmen.

»Sie erinnern sich nicht an mich, oder?«

Sie sah, wie er zögerte, unsicher.

Er sagte: »Es kann nicht draußen in Glades gewesen sein, falls du das meinst. Da war ich nie.«

Karen schüttelte den Kopf.

Er hob seine Hand, um sich das Haar aus dem Gesicht zu streichen. »Aber du bist sicher, daß wir uns schon mal gesehen haben, ja?«

»Mehrmals.«

»Wirklich wahr? Wo?«

»Letzten Herbst«, sagte Karen. »Ich hab Sie vom County-Gefängnis Palm Beach zum Bundesgericht gefahren, zweimal. Sie sind Glenn Michaels. Ich vergesse nie jemanden, den ich an Händen und Füßen gefesselt habe.«

Er rührte sich nicht und sagte kein Wort, sah sie nur an, als wäre er zu Stein erstarrt.

Karen sagte: »Denken wir mal einen Moment nach, Glenn. Mal sehen, ob uns was einfällt. Gibt es hier eine Waffe im Wagen?«

Foley hielt seinen Kopf gesenkt, das Kinn auf der Brust, die Finger fummelten an einem dreckverschmierten Knopf herum. Buddy, der ihn betrachtete, sagte: »Du reißt daran. Wenn du das willst – hier.« Er legte die Flinte ins Gras, nahm das Wächterhemd in beide Hände und riß es auf, daß die

Knöpfe flogen und der Stoff kaputtging. Er wischte seine Hände an den Khakihosen ab, als Foley das Hemd in die Büsche warf, den Regenmantel aufhob und überzog.

»Wieso du Glenn mitgebracht hast«, sagte Foley, »werd ich wohl nie verstehen.«

»Weil ich hier unten so viele Freunde habe«, sagte Buddy. »Er kommt uns helfen, und du behandelst ihn wie Dreck.«

»Er will was von uns. Das ist der einzige Grund, wieso er hier ist. Wenn er mit einem von seinen Autos erwischt wird, macht er einen Deal und verkauft uns.«

»Er redet zuviel, das ist alles.«

»Das sag ich ja.«

»Schmeiß die Mütze weg.«

»Ich weiß nicht, wieso, aber jedesmal, wenn er den Mund aufmacht, könnte ich ihm eine reinhauen.«

»Er ist nicht das Problem, Jack.«

»Hör zu. Ich konnte sie nicht im Kofferraum liegenlassen. Mehr kann ich dazu nicht sagen.«

»Hier willst du sie auch nicht lassen.«

»Sie ist im Wagen. Willst du los oder hier rumstehen und darüber lamentieren?«

»Hab ich die Wahl? Okay, zieh erst mal deinen Kopf aus dem Arsch, dann sag mir, wieso du sie mitnehmen willst.«

Buddy wartete.

»Willst du es mir sagen?«

»Es ist schwer zu erklären«, sagte Foley.

Sie berührte seinen Arm, beugte sich nah heran, als wollte sie sich an ihn ranmachen, und Glenn wandte sich ab, ganz und gar, stierte geradeaus, um ihr nicht ins Gesicht sehen zu müssen, meine Fresse, um *nachdenken* zu können. Er wollte wissen, was Foley und Buddy machten, ob sie kamen, wollte aber nicht nachsehen, um es rauszufinden. Er hatte ihnen erzählen wollen, sobald sie in den Wagen stiegen, daß er den Audi in weniger als einer halben Meile bis auf hundertsiebenunddreißig Meilen gehabt hatte. Deutsches Eisen, das Ding ging *ab*, Mann … Sie sagte seinen Namen.

Sie sagte: »Glenn, nicht nachdenken, okay?« Wußte, daß er genau das versuchte. Sie sagte: »Hören Sie einfach zu. Sie sitzen in der Klemme, aber ich glaube, ich kann Ihnen helfen.«

Er sagte: »Hey, Moment mal …«, wußte aber nicht, was er danach sagen sollte. Sie fragte ihn noch einmal, ob es eine Waffe im Wagen gäbe. Formulierte es diesmal: »Haben wir eine Waffe im Wagen?« *Wir.* Als steckten sie dabei unter einer Decke. Jetzt erinnerte er sich an ihre Stimme, wie sie in dem GMC-Kleinbus gefahren waren. Sie hatte eine hübsche Stimme und schrie nie herum, nicht mal, wenn sie es mit irgendeinem Kretin zu tun hatte, der ihr das Leben schwermachte. Er erinnerte sich daran, daß man mit ihr über manches rumblödeln konnte, und dieses Mädchen war nicht älter als er.

Sie sagte: »Glenn, Foley wird es nicht schaffen. Sie haben selbst gesagt, daß er zu angespannt ist, um geradeaus zu denken. Und wenn er geschnappt wird … Glenn, dann gehen Sie mit.« Sie faßte ihn an die Schulter, und er zuckte zusammen. Sie sagte: »Wenn mein Haar wie Ihres wäre, mit solcher Fülle, müßte ich es mir nie hochstecken.« Sie sagte: »Ich kann verstehen, wenn Sie und Foley sich nahestehen …«

»*Tun* wir *nicht*. Ich helfe ihm, ja …«

Sie bremste ihn. »Warten Sie. *Haben* Sie ihm schon geholfen, Glenn? In diesem Moment, technisch gesehen, bezweifle ich, daß man Sie der Beihilfe zur Flucht anklagen könnte. Also haben Sie noch eine Chance.« Sie sagte: »Sie können ihm helfen und riskieren, daß Sie wieder geschnappt werden, Handschellen und Fußfesseln angelegt bekommen, zu Gott beten, daß Sie einen vernünftigen Richter bekommen, keinen, der hart drauf ist. Oder, falls Sie es anders versuchen wollen …«

Sie machte eine Pause, und Glenn sagte: »Wie?«

»Die ganze Zeit, die wir da im Kofferraum liegen«, sagte Foley, »reden wir, verstehen uns gut, könnte man sagen.«

Buddy sagte: »Ach du lieber Gott«, wandte sich ab, als wollte er nichts davon hören.

»Hör mir zu, okay? Dauernd hab ich mich gefragt, wenn ich sie kennengelernt hätte, du weißt schon, unter normalen Umständen, vielleicht in einer Cocktailbar ...« Er schwieg, die Worte gingen ihm aus, und Buddy starrte ihn wieder an.

»Willst du sie mit in meine Wohnung nehmen«, sagte Buddy, »und dich waschen? Du kommst mit deinem Aftershave aus dem Badezimmer, und sie sagt: ›Oh, ich hab mich völlig in Ihnen getäuscht‹?«

»Ich will noch mal mit ihr reden, mehr nicht.«

Noch immer starrte Buddy ihn an.

»Du kommst zu spät, Jack. Du bist, was du bist, sauber oder dreckig. Wir beide können hübsche Mädchen nur noch ansehen und denken, na ja, wenn wir es anders gemacht hätten ...«

Foley wollte etwas sagen – er war nicht sicher, was, *irgendwas*. Sich wiederholen, daß er nicht aufgeben wollte? Er hörte, wie Glenn den Wagen anließ, sah, daß die Scheinwerfer angingen.

»Er will los«, sagte Buddy, »weg von hier, und ich kann es ihm nicht verdenken.«

Sie gingen zum Wagen hinüber.

Dann blieben sie stehen und sahen, wie er anfuhr, mit quietschenden Reifen, als das Gummi mit Asphalt in Berührung kam. Sie sahen den Rücklichtern hinterher, bis diese auf dem Turnpike nicht mehr zu sehen waren, und keiner von beiden sagte ein Wort.

8

Im Good Samaritan erklärte man Karen, sie habe Glück gehabt und nur eine Gehirnerschütterung davongetragen, aber man würde sie bis morgen dort behalten und noch ein paar Tests durchführen, um sicherzugehen.

Ihr Dad kam mit Zeitungen und Illustrierten, um dort sein Lager aufzuschlagen und auf sein kleines Mädchen aufzupassen. Milt Dancey, ihr Supervisor, kam von Miami herauf, um zwei Stunden an ihrem Bett zu stehen. Blumen kamen. Ray Nicolet kam, küßte Karen auf die Wange und streichelte ihr Haar, konnte aber nur ein paar Minuten bleiben. Er gehörte zur Violent Crimes Task Force und jagte die Flüchtigen. Noch mehr Blumen kamen. Als Special Agent Daniel Burdon vom FBI eintraf, bat er ihren Dad, doch bitte draußen zu warten, sie hätten hier Geschäftliches zu besprechen. Er hielt eine Kopie der Aussage in der Hand, die Karen am Morgen einem Gerichtsstenografen diktiert hatte. Inzwischen war es Nachmittag, draußen sonnig, das Privatzimmer ganz angenehm, Blumenarrangements drängten sich auf der Fensterbank.

Burdon fragte sie: »Was ist in dem Tropf?«

»Ich glaube, nur Traubenzucker.«

»Sie sind süß genug, Karen. Erzählen Sie mir, wie Sie die Beule am Kopf bekommen haben.«

»Steht das nicht in meinem Bericht?«

»Lesen Sie ihn«, sagte Milt. »Deshalb haben Sie eine Kopie bekommen.«

»Ich *habe* ihn gelesen. Ich möchte gern hören, wie Karen es erzählt, sofern sie nichts dagegen einzuwenden hat«, sagte Burdon. »Es interessiert mich einen Dreck, ob Sie was dagegen haben, Milt, oder nicht. Sie müssen nicht mal in diesem Zimmer sein. Es sind meine Ermittlungen.«

Karens Blick wanderte von dem schwarzen Special Agent,

der wie ein Anwalt aussah, zu dem übergewichtigen Marshal der alten Schule, der vom Scheitel bis zur Sohle Cop war, und sagte: »Schlag ihn nicht, Milt, Daniel will sich wichtig machen. Ich hab nichts dagegen.«

Burdon lächelte sie an. »Ich mag es, wie Sie reden, Karen, als wären Sie einer von den Jungs. Also erzählen Sie mir mal, was passiert ist. Sie haben versucht, ihm ins Lenkrad zu greifen ... wo war das?«

»An der Ausfahrt Okeechobee. Ich wollte zu einer Telefonzelle und dachte an die Mautstelle. Wir sind von der Rampe gerutscht, den Hang runter und wohl gegen die Mauer geprallt.«

»Sie waren wohl nicht angeschnallt.«

Milt sagte: »Heiliger Strohsack ...«

»Nein, aber ich hatte daran gedacht«, sagte Karen, »als ich erst mal vorn saß. Ich bin rübergeklettert ...« Hatte ihr Bein im engen Rock über die Lehne geschwungen und Glenn gesagt, er solle nicht hinsehen. Hatte es tatsächlich gesagt: Nicht hinsehen. Und lächelte einen kleinen Augenblick, als sie daran dachte. Burdon sah sie fragend an. Sie sagte: »Glenn hatte hundertzwanzig Meilen drauf, raste an Autos vorbei ... ich meine nicht, als wir von der Straße abkamen. Sobald ich die Ausfahrt gesehen und nach dem Lenkrad gegriffen habe, ist er auf die Bremse gestiegen. Wir sind etwa fünfzig gefahren, als wir von der Straße abkamen.«

»Als er dieses Tempo drauf hatte«, sagte Burdon, »wohin wollte er so eilig?«

»Er wußte es nicht, er war auf der Flucht, wollte weg. Ich hab versucht, mit ihm zu reden. Ich hab gesagt: Wenn Sie mit mir kommen, passiert Ihnen nichts. Sie haben noch nicht wirklich irgendwas getan.«

Burdon sagte: »Noch nicht wirklich irgendwas *getan*? Der Mann leistet Beihilfe zur Flucht eines Sträflings und fährt ein gestohlenes Auto.«

»Ich habe ihm gesagt, er soll sich um den Wagen keine Sorgen machen. Man muß mindestens dreimal wegen Diebstahls verhaftet werden, bis man einsitzt, und selbst dann ist es nicht sicher. Vierzigtausend Autos wurden letztes Jahr im Dade County gestohlen, dreitausend Verhaftungen, und die Hälfte davon kam nie bis vor Gericht.«

»Wenn Sie ihm die Statistik vortragen«, sagte Burdon, »klingt es nach Beihilfe und Begünstigung.«

»Ich wollte ihn mitbringen.«

»Nachdem sie diesen Unfall hatten, haben Sie ihn nicht mehr gesehen?«

»Als nächstes erinnere ich mich daran, wie mich die Sanitäter aus dem Wagen gezogen haben.«

»Und sonst hat ihn keiner gesehen«, sagte Burdon, »soweit wir wissen.«

Milt mischte sich wieder ein. »Das wäre alles. Lassen Sie sie jetzt in Ruhe.«

Burdon hob dem Marshal eine Hand entgegen, ohne ihn anzusehen. »Es gibt da ein paar Punkte, die mich interessieren, die beiden Männer betreffend, die Sie entführt haben. Buddy, richtig? Und dieser Jack Foley. Ich habe nachgesehen: Er hat nicht weniger als zweihundert Banken überfallen.«

Karen sagte: »Wirklich?« Beeindruckt, aber sie klang müde. »Ich habe ihn gefragt, wie viele, und er sagte, er wüßte nicht genau. Er macht es schon, seit er achtzehn ist.«

»Sie haben sich mit ihm unterhalten, was?«

»Im Kofferraum, ja.«

»Worüber haben Sie sich unterhalten?«

»Oh … verschiedenes, Gefängnisse, Filme.«

»Dieser Mann nimmt Sie als Geisel, und Sie unterhalten sich über Filme?«

»Es war eine ungewöhnliche Erfahrung«, sagte Karen, wobei sie Burdon offen ansah, den geschniegelten FBI-Mann in seinem schicken, grauen Anzug, mit hellblauem Hemd und Krawatte. »Aber ich war keine Geisel.«

»Was waren Sie dann?«

»Ich war seine Belohnung nach fünf Monaten Knechtschaft.«

Burdon legte seine Stirn in Falten. »Er hat sie bedrängt, sexuell?«

»Diese Art Belohnung war ich nicht«, sagte Karen.

Jetzt betrachtete Burdon sie, wie sie dort in ihrem Krankenhausnachthemd lag, die Decke bis zur Brust, etwas tropfte aus dem Schlauch in ihren Arm. Vielleicht wußte er nicht, was er damit jetzt anfangen sollte, und Karen war nicht danach zumute, ihm zu helfen.

»Er wollte einer Frau nah sein, und deshalb ist er zu Ihnen in den Kofferraum gestiegen.«

»Ich weiß es nicht«, sagte Karen und sah zu Burdon auf, der drei Meter über dem Bett aufragte.

Er sagte: »Foley hat mich an diesen Carl Tillman erinnert, mit dem Sie ausgegangen sind, bis sich rausstellte, daß er Banken überfiel. Wissen Sie noch? Damals habe ich gesagt, es sei eine höchst ungewöhnliche Situation, wenn man feststellt, daß sich ein US-Marshal von einem Bankräuber vögeln läßt.« Er lächelte, wenn auch nur wenig. »Jetzt lassen Sie diesen Foley entkommen, und da habe ich mich gefragt ...?«

»Was?«

»Ob Sie auf Bankräuber stehen.«

»Das ist Ihr Ernst.«

»Vielleicht. Ich bin mir nicht sicher.«

»Als ich mit Carl Tillman ausgegangen bin, wußte ich nicht, daß er Banken überfällt.«

»Ja, aber ich hatte Grund genug zu der Annahme, daß er es tat, und das habe ich Ihnen gesagt. Also mußten Sie ihn zumindest verdächtigen.«

Karen sagte: »Und was ist mit Carl passiert?«

Wieder lächelte Burdon. »Als die Zeit reif war, haben Sie auf ihn geschossen. Aber Sie haben weder auf Foley noch auf den anderen Mann, der bei ihm war, geschossen. Die Männer waren unbewaffnet, Sie hatten eine Schrotflinte und haben zugelassen, daß man Sie in den Kofferraum stößt. Okay, dann haben Sie Ihre Sig in der Hand. Im Bericht sagen Sie, Sie konnten sich nicht umdrehen, er hielt sie fest. Aber als der Kofferraum aufging, wie kommt es, daß Sie die beiden Männer nicht umgenietet haben?«

Karen sagte: »Das hätten Sie getan?«

»Sie sagen in dem Bericht, daß Glenn keine Waffe hatte, aber Sie haben ihn entkommen lassen.«

Karen sagte: »Daniel, Sie sind unbewaffnet, nicht?«

Er zögerte. »Woher wissen Sie das?«

»Woran arbeiten Sie die meiste Zeit, Betrug? Sie verfolgen korrupte Buchhalter?«

»Karen, ich bin seit fünfzehn Jahren beim FBI, bei allen möglichen Ermittlungen.«

»Haben Sie schon mal auf jemanden geschossen? Sind Sie schon mal als erster bewaffnet durch eine Tür gegangen?«

»Ich soll meine Qualifikation vorweisen, richtig?«

»Sie sollen wissen, wovon Sie reden.«

Sie sah, wie er mit den Achseln zuckte und sich abwenden wollte, seinen grauen Zweireiher vorn glattstrich. Er hörte damit auf und sagte: »Wir unterhalten uns ein andermal, Karen. Okay? Ich möchte wissen, wieso Foley Sie in diesen zweiten Wagen gesetzt hat, obwohl er Sie nicht mehr brauchte.«

»Das werden Sie ihn fragen müssen«, sagte Karen.

»Für mich klingt es, als hätte er Sie gern um sich gehabt. Wir sehen uns, Karen.« Burdon drehte sich um und ging hinaus.

Einige Augenblicke später kam ihr Dad herein, als Milt Dancey gerade sagte: »Die Bürde des Weißen Mannes. So nennt man ihn in Miami.«

Ihr Dad sagte: »So nennen ihn alle in Miami, Miami Beach, die Typen von Metro-Dade. Er hat ein echtes Talent, Leute auf die Palme zu bringen.«

»Ja, aber er hat Stil«, sagte Karen. »Habt ihr seinen Anzug gesehen?«

»Diese Kombination«, sagte ihr Dad, »die hat mich daran erinnert, wie Fred Astaire sich früher angezogen hat, Hemd und Schlips in derselben Farbe. Das war ein Mann, der Stil hatte, dieser Fred Astaire.« Er sagte: »Wie fühlst du dich? Hast du Hunger, willst du was essen? Wie wär's mit einem Bier? Ich kann losgehen und was holen.«

»Morgen«, sagte Karen. »Ich darf mindestens eine Woche lang nichts tun. Wie wäre es, wenn ich ein paar Tage bei dir bleibe? Wir hätten endlich mal Zeit zu reden.«

»Worüber?« Ihr Dad legte den Kopf schief und sah sie an. »Diese Typen, die dir entkommen sind? Du willst mich benutzen, oder? Damit ich umsonst arbeite.«

»Du bist mein *Dad.*«

»Na und?«

Foley hielt einen Prospekt über Kredite in der Hand, auf dessen Umschlag in Großbuchstaben stand:

SIE BRAUCHEN GELD?
BEI UNS SIND SIE RICHTIG.

Drinnen gab es Überschriften, in denen die Rede von Darlehen für Autos, Eigenheime, Lifestyle war, aber kein Wort von Darlehen zum Abhauen. Foley faltete den Prospekt und steckte ihn in seine Tasche. Dann sah er sich weiter in der Bank um, stand an dem gläsernen Tisch in der Mitte des Raumes, auf dem sich die Formulare befanden. Drei der fünf Kassen waren besetzt, die Kameras hoch oben hinter ihnen an der Wand befestigt, kein Wachmann in Sicht, ein Kunde ging, ein anderer kam, ein Mann im Anzug mit Diplomatenköfferchen. Foley sah ihm nach, wie er durch die Absperrung in den gesonderten Bereich im vorderen Teil der Bank ging, wo sich einer der leitenden Angestellten von seinem Schreibtisch erhob, dem Mann die Hand schüttelte, und sie sich beide setzten. Als der Mann seinen Koffer aufklappte, ging Foley, der eine brandneue Marlins-Baseballkappe und seine Sonnenbrille trug, zu der Kasse hinüber, an der ein Namensschild auf dem Tresen erklärte, der Name der jungen Frau mit dem Wust von schwarzem Haar, die ihn dort anlächelte, sei Loretta.

Sie sagte: »Was kann ich für Sie tun, Sir?«

Foley sagte: »Loretta, sehen Sie diesen Mann, der sich da mit Ihrem Chef unterhält, der mit dem offenen Koffer?«

Sie sagte: »Das ist Mr. Guindon, einer unserer stellvertretenden Filialleiter. Unser Filialleiter ist Mr. Schoen, aber der ist heute nicht da.«

»Aber Sie sehen den Mann«, sagte Foley, »mit dem Diplomatenkoffer?«

Loretta sah hinüber. »Ja?«

»Das ist mein Partner. Er hat da drinnen eine Waffe. Und wenn Sie nicht genau tun, was ich Ihnen sage, oder Sie mir irgendwelche Probleme machen, werde ich einen kurzen Blick zu meinem Partner werfen, und er wird Ihren Mr. Guindon direkt zwischen die Augen schießen. Jetzt nehmen Sie einen von diesen großen Umschlägen und stecken so viele Hunderter, Fünfziger und Zwanziger hinein, wie Sie können. Nichts mit Banderole oder Gummiband, ich will keine Farbpatronen, ich will kein markiertes Geld. Fangen Sie mit der zweiten Schublade an und dann die da drüben, unter dem Computer. Kommen Sie, Loretta, los geht's. Seien Sie nicht nervös, der Schlüssel liegt gleich neben Ihnen. Keine Scheine von unten aus der Schublade. So ist es richtig, Sie machen das gut. Die Zwanziger kommen mit rein, wenn noch Platz ist. Lächeln Sie, damit Sie nicht so aussehen, als würden Sie überfallen. Hier, geben Sie mir die Zwanziger, ich steck sie in meine Tasche. Okay, ich mußte meinem Partner kein Zeichen geben. Das ist gut. Er wird noch dreißig Sekunden warten, wenn ich draußen bin, um sicherzugehen, daß Sie mir keine Farbpatrone untergeschoben oder den Alarm ausgelöst haben. Falls Sie es doch getan haben sollten, wird er Mr. Guindon zwischen die Augen schießen. Okay? Ich glaube, das reicht. Danke, Loretta, und schönen Tag noch.«

Foley ging mit eingezogenem Kopf und krummen Beinen zur Vordertür hinaus. Manche Banken haben bei einsachtzig Markierungen am Ausgang, so daß die Kassiererin, die den Mann hinausgehen sieht, seine Größe schätzen kann.

Buddy wartete auf der anderen Seite der Collins Avenue in einem schwarzen Honda auf ihn. Foley stieg ein, und als sie anfuhren, sagte Buddy: »Du bist ein besserer Mann als ich. Gestern ausgebrochen und heute schon wieder bei der Arbeit.«

»Lompoc«, sagte Foley, »du hast mich abgeholt, und wir haben noch am selben Tag die Bank in Pomona besucht.« Dann war er still, sah aus dem Fenster, die pinkfarbenen Hotels, die weißen, die gelben, alle nicht mehr so ganz auf der Höhe, aber noch im Geschäft. Er sagte: »Danach fühle ich mich immer irgendwie enttäuscht.«

»Wenn man erst mal wieder atmet«, sagte Buddy. Foley reichte ihm den Prospekt, den er mitgenommen hatte, und Buddy lächelte. »›Sie brauchen Geld? Bei uns sind Sie richtig.‹ Das stimmt. Es ist, als würden sie einen darum bitten. Ich kann mir nicht erklären, wieso neun von zehn Bankräubern geschnappt werden.«

»Sie reden darüber«, sagte Foley, »oder machen irgendeine Dummheit, erregen Aufmerksamkeit. Als ich die Bank in Lake Worth für Adele gemacht hab und in Glades gelandet bin? Ich bin von der Bank weggefahren, hab Seitenstraßen genommen, bis ich zum Dixie Highway kam. Ich warte, bis frei ist, damit ich links abbiegen kann, da hör ich, wie dieser Wagen hinter mir den Motor aufheulen läßt, ein Typ in einem roten Firebird Trans Am, kann nicht warten. Er setzt drei Meter zurück, gibt Gummi, fährt um mich rum, mit quietschenden Reifen … als dachte er, ich wäre einer von diesen Rentnern, die ewig brauchen, bis sie mal um die Ecke fahren. Ich hatte gerade eine Bank überfallen, und dieser Typ mit seinem Firebird zeigt mir, was für ein toller Hecht er ist.«

»Also bist du hinter ihm hergefahren«, sagte Buddy.

»Ich bin links rum und hinter ihm her*gebrettert*. Hab ihn eine Meile weiter eingeholt und bin auf seiner Fahrerseite neben ihm, ganz nah, mal sehen, wie nah ich rankommen kann, während ich ihn anstarre, ihm in die Augen sehe. Er zieht vor, ich wieder auf gleiche Höhe, und diesmal hab ich ihm einen kleinen Schubs gegeben, nur einen kleinen. Ich war in einem Honda, ich glaub, genauso einer wie der hier.«

»Ich hab gelesen, es ist der beliebteste Wagen bei Autodieben«, sagte Buddy, »der Honda.«

»Ja, das hab ich auch gelesen. Jedenfalls, als ich dem Burschen einen Schubs gegeben hab, ist mir ein Reifen geplatzt, und ich konnte nicht mehr lenken, und der Wagen zog nach rechts, also mußte ich anhalten. Der Typ im Firebird – ich glaub, der hatte keine Ahnung, was los war – ist weg. Ich stehe noch keine zwei Minuten da, als ein Streifenwagen vom Sheriff anhält. ›Was haben Sie denn für ein Problem, Sir?‹ Kein Problem. Ich hab gerade eine Bank überfallen, und mein Scheißauto macht schlapp. Ansonsten... Er prüft gerade meinen Führerschein, da kriegt er eine Meldung wegen der Bank – jemand hat den Wagen gesehen – und als ich ihn wiedersehe, hält er mir eine große verchromte Smith & Wesson unter die Nase. Das erste Mal in meinem Leben, daß ich die Geduld verliere, und schon krieg ich dreißig bis lebenslänglich.«

»Im Lauf der Zeit«, sagte Buddy, »findest du die Geschichte irgendwann komisch.«

»Falls ich dann noch da bin.«

»Ich erzähl sie meiner Schwester. Mal sehen, ob sie lacht«, sagte Buddy. »Ich muß mir immer überlegen, was ich ihr erzählen will, bevor wir einmal in der Woche telefonieren, sonst entstehen diese langen Pausen.«

»Zwischen euren Wetterberichten«, sagte Foley.

Auf dem Damm beim Haulover Cut warf Foley seine nagelneue Marlins-Baseballkappe aus dem Fenster. Ein paar Minuten später stellten sie den Honda an einem Einkaufszentrum ab und nahmen Buddys Wagen – einen 89er Olds Cutlass Supreme in verblichenem Kastanienbraun, den er in L.A. bar bezahlt und der ihn, wie Buddy sagte, einen Bankjob und Kleingeld gekostet hatte.

Foley saß mitten auf einem nachgemachten dänischen Sofa in einem Zimmer mit kahlen, weißen Wänden, einem Fernseher und Pflanzen, die Buddy gekauft hatte. Das Geld aus der Bank lag, inzwischen gezählt, ordentlich auf dem Kaffeetisch auf einem Stapel, den man zu einem Packen zusammendrücken konnte, der nicht dicker als fünf Zentimeter war. Foley rief Buddy, der draußen auf dem Betonbalkon die Zeitung las, zu: »Dreitausendsiebenhundertachtzig. Diese Loretta ist in Ordnung.« Er stand auf und ging in die Sonne hinaus. »Aber sie könnte ein bißchen abnehmen und eine andere Frisur vertragen.«

Buddy sagte: »Hast du dein Bild gesehen? Wenn sie das rumreichen, kannst du gehen, wohin du willst, und keiner erkennt dich.«

»Ein echtes Verbrecherfoto. An dem Tag ging es mir nicht so gut, ich seh aus wie ein Terrorist. Das von Chino, da muß er dreißig Pfund schwerer gewesen sein.« Foley sah in die Zeitung, die Buddy offenhielt, betrachtete die sieben Porträts in einer Reihe vorn auf dem Titelblatt unter einem Bild des rotgeklinkerten Gefängnisses. »Chirino, das ist Chino. Er muß zugelegt haben, nachdem er das Boxen aufgegeben hatte, dann hat er sich für die Flucht wieder in Form gebracht. Linares, der Hübsche, das ist Lulu, Chinos Freundin.«

»Die beiden haben es als einzige geschafft«, sagte Buddy. »›Vier wurden im Kugelhagel draußen vor dem Zaun erschossen.‹ Alle mit Strafen zwischen fünfundzwanzig und lebenslänglich wegen Mordes. Dein Freund Chino, hier steht, er hat jemanden mit einer Machete zerhackt.«

»Er saß in der Klemme«, sagte Foley, »hatte reichlich Schulden und wurde zu einem Kampf gezwungen. Nur ist er in der vierten nicht zu Boden gegangen, wie er sollte – konnte sich nicht dazu durchringen, im Kampf gegen diesen weißen Jungen – und hat bis zur sechsten gewartet. Der Typ wollte ihn nicht nur nicht bezahlen, der Promoter. Chino sagt, der vorgetäuschte K.O. hätte ihm alle Chancen versaut, jemals um den Titel zu kämpfen. Ein paar Jahre später war er fertig. Also hat er sich eine Machete genommen, ist zum Fifth Street Gym in Miami Beach gefahren und hat sie an dem Promoter ausprobiert.«

Buddy sagte: »Linares ...«

»Das ist Lulu.«

»Ja. Hier steht, er hätte sich mit seinem Mitbewohner über einen Beutel Marihuana gestritten und ihm mit einer MAC-10 neunmal in den Kopf geschossen. Junge, Junge.«

»Als der andere schlief«, sagte Foley. »Ich glaub, da ging es um mehr als das Gras. Eifersucht vielleicht. Chino sagt, Lulu war hetero, bevor er ihn kennengelernt hat, aber das glaube ich nicht. Er war zu gut als Mädchen.«

»Hier steht, sie konzentrieren die Suche nach ihm und Chirino auf Little Havana in Miami.«

»Wo suchen sie nach mir?«

»Zu dir bin ich noch nicht gekommen.«

Foley setzte seine Sonnenbrille auf. Er trat an das Betongeländer, um aufs Meer hinauszusehen, den Strand und – gleich unter ihm – die Terrasse und den Pool des Gebäudes, sieben Stockwerke unter ihm, alles pink und weiß.

»Steht da was von Pupko? Das ist der Wächter, der mir sein Hemd geliehen hat.«

Buddy sah von der Zeitung auf. »Ich dachte, du hättest es gelesen.«

»Ich hab es überflogen. Die Skizze, von wo sie an der Kapelle losgegraben haben, ist ziemlich genau.«

»Hier steht es, Pupko. Er wurde von den Flüchtigen überwältigt. ›Argwöhnisch, als er sie in die Kapelle gehen sah, stellte sich Pupko den Häftlingen entgegen…‹ Wollte wissen, warum sie nicht zur Abendzählung in ihrem Zellenblock waren. ›Während man ihn festhielt, wurde Pupko vom Häftling John Michael Foley‹ – da stehst du – ›mit einem Vierkantholz von der Baustelle mit mehreren Schlägen niedergestreckt. Später entkam Foley in Pupkos Uniform.‹ Hier steht, du hättest dreißig für bewaffneten Raub bekommen.«

»Ich war damals nicht bewaffnet. Ich hab den Wächter auch nicht mit mehreren Schlägen niedergestreckt. Ein Schlag, und er ging zu Boden. Wenn Chino das liest, kriegt er einen falschen Eindruck.«

»FBI, Sheriff, Florida Department of Law Enforcement, alle suchen sie dich, aber hier steht nicht, wo. Sie glauben, du könntest ›ins Ausland fliehen‹.«

»Ich mußte ein paarmal schon wie der Teufel rennen«, sagte Foley, »aber ich glaube, ich bin noch nie geflohen. Bist du schon mal geflohen?«

»Ja, einmal hab ich gelesen, ich wäre vom Tatort eines Raubes geflohen. Ich seh hier nichts von Glenn.«

Foley wartete, beobachtete ihn.

»Sie haben den Chevy von diesem Mädchen gefunden, am Holiday Inn am Southern, genau da, wo wir ihn zurückgelassen haben. Kein Wort von dem Wagen, den wir da geklaut haben. Hier steht, der Chevrolet wurde vom Parkplatz am GCI entwendet…«

»Nichts über Karen?«

»Kommt noch. ›Das Fahrzeug, Eigentum des US-Marshal's Service…‹ Hier. ›Deputy Marshal Karen Sisco war von ihrem Büro in West Palm Beach zum GCI gefahren, um der Beschwerde eines Insassen nachzugehen.‹ Hier steht nichts über... Nein, hier ist es. ›Die Behörden glauben, Foley habe den Wagen für seine Flucht benutzt und am Holiday Inn zurückgelassen.‹«

»Wo er ein heißes Bad nahm und zu Bett ging«, sagte Foley. »Wieso wissen die nicht, daß wir sie mitgenommen haben? Vielleicht wissen sie es, aber aus irgendeinem Grund sagen sie es nicht.«

»Da steht nichts über mich«, sagte Buddy. »Kein Wort von Beihilfe zur Flucht. Wieso? Ich meine, wenn sie entkommen konnte, müßten die Cops doch von mir wissen, oder?«

»Sie ist *uns* entkommen, ja.«

Aber was war passiert, nachdem sie mit Glenn das Weite gesucht hatte?

Er hatte letzte Nacht an sie denken müssen, als er versucht hatte, auf dem harten Sofa einzuschlafen, und mußte auch den ganzen Tag an sie denken. Jetzt dachte er wieder an sie, sah aufs Meer hinaus.

Buddy sagte: »Es ist schön hier, nicht? Wenn man gern die Aussicht genießt. Ich glaube, du solltest besser nicht mehr rausgehen. Ich meine, jedenfalls die nächsten zwei Wochen. Du mußt den Drang, eine Bank zu überfallen, niederkämpfen. Ich hab gedacht, wir könnten ein Boot mieten, das uns eine Weile auf die Bahamas bringt. Gleich drüben an den Haulover Docks, ein Fischerboot. Zahlen dem Skipper den üblichen Satz. Wie hört sich das an?«

»Ich würde gern wissen, wo Glenn ist«, sagte Foley, »und was mit Karen passiert ist.«

»Ich denke mir, er hat sie irgendwo auf dem Weg rausgesetzt und ist weitergefahren. Das hätte ich gemacht.«

»Du meinst nicht, daß sie ihn einkassiert hat?«

»Wie sollte sie das tun?«

»Es ist ihr Beruf. War Glenn schon mal hier?«

»Ich hab ihm weder gesagt, wo ich wohne, noch hab ich ihm meine Telefonnummer gegeben.«

»Was ist mit Adele?«

»Sie hat meine Nummer, ja, aber sie hat mich nie von ihrem Apparat aus angerufen.«

»Wenn sie Glenn haben und der anfängt zu reden, hört er nicht wieder auf. Nach einer Minute hat er Adele verraten.«

Buddy sagte: »Sobald sie dich überprüfen, sehen sie, daß du verheiratet warst und geschieden bist. Sie haben Adeles Namen, den einen wie den anderen, ihr Geburtsdatum und dann sie selbst. Das ist klar. Ich hab ihr sogar gesagt, wenn Foley es schafft, kommen sie zu dir. Sie sagte: ›Was weiß ich denn schon?‹ Auf Adele kannst du dich verlassen.«

»Ich dachte nur«, sagte Foley, »du könntest Glenn anrufen. Ob er wirklich abhauen konnte und in Sicherheit ist…«

»Und wenn er nicht abhauen konnte und sie sein Telefon abhören…«

»Wir könnten das Marshal's Office in West Palm anrufen.«

»Wozu?«

»Um zu sehen, ob Karen da ist.«

»Und wenn, was sagt uns das?«

»Daß sie okay ist und er nicht – du weißt schon – ihr was angetan hat.«

»Was ist, wenn die so eine Fangschaltung haben, mit der sie die Nummer rauskriegen, von der aus man anruft?«

»Nimm eine Telefonzelle.«

»Du denkst immer noch an sie.«

»Ich möchte wissen, was passiert ist.«

Buddy faltete die Zeitung zusammen und stand auf. Er sagte: »Mal sehen, was ich tun kann« und verließ das Apartment.

Als sie gestern abend reingekommen waren, hatte eine alte Frau gesagt, ob sie ihren Sauerstoff brächten. Foley fühlte sich wie in einem Altersheim – all die alten Damen und ein paar hagere alte Männer saßen in der Lobby herum. Im Fahrstuhl sagte Buddy: »Die halten mich an und wollen wissen, ob ich der Mann von der Wäscherei oder der Reinigung oder vom Kaufmann bin. Sie sind draußen auf der Terrasse, sie sind in der Lobby, sie sind wie Vögel, die auf einer Telefonleitung sitzen und alles beobachten, was vor sich geht. Kannst du dir vorstellen, dieses Marshalmädchen hier durch und sieben Stockwerke nach oben zu bringen, ohne Aufmerksamkeit zu erregen? Du bist kein Problem. Jemanden im Regenmantel können sie verstehen. Sie ziehen selbst ihre Regenmäntel an, sobald sie eine Wolke sehen. Über ihre pailettenbestickten Pullis. In meinem ganzen Leben habe ich noch nicht so viele pailettenbestickte Pullis auf einem Haufen gesehen.«

Gestern abend sagte Foley zu ihm: »Aber trotzdem hättest du mich sie mitbringen lassen, wenn ich es gewollt hätte. Tut mir leid, daß ich mich wie ein Arsch benommen habe. Ich glaub, ich bin drüber weg.«

»Vielleicht hätte ich genauso reagiert«, sagte Buddy. »Sie war das erste richtige Mädchen, das du seit fünf Monaten gesehen hast, und – Mann – sie hat gut gerochen, nicht?«

Gestern abend und heute den ganzen Tag hatte Foley sie in unterschiedlichen Situationen vor sich gesehen: im Scheinwerferlicht, bevor sie in den Kofferraum kam, ihr Gesicht ganz nah, wie sie aus dem Kofferraum stieg und ihre Beine zeigte, wie sie dort an der Straße stand, im Profil, ihr hübsches, strammes Hinterteil in diesem kurzen Rock, und wie er sie von hinten gesehen hatte, als sie den Hang hinaufgeklettert waren. Diese Bilder kamen ihm immer wieder in den Sinn, und er ließ sich Zeit damit, sie anzusehen. Nie dachte er sexuell an sie, daß er sie sich etwa nackt vorstellte oder sich fragte, wie ihr Busch aussah. Aber er erinnerte sich daran, wie sie sich anfühlte, seine Hand an ihrem Arm, an ihrem Oberschenkel, als der Rock hochgerutscht war. Er konnte auch ihre Stimme hören, wie sie sagte: »Wieso, sind Sie berühmt?« Wie sie sagte: »Das soll wohl ein Witz sein?« Und als sie aus dem Kofferraum stieg: »Du hast gewonnen, Jack.« Das war sein liebster Satz. »Du hast gewonnen, Jack.« Den spielte er sich immer wieder vor. Sie sagte:

»Buddy. Ist das sein richtiger Name?« Weil ihm rausgerutscht war, daß Buddy fuhr. Er redete zuviel. Dann hatte er versucht, es zu vertuschen, indem er sagte, es sei der Name, den er ihm gegeben hatte. Was hatte er ihr sonst noch erzählt, was er hätte für sich behalten sollen? Karen achtete auf jedes Wort. Die ganze Zeit aufmerksam. Klüger als er. Klüger als Glenn, der Collegebengel. Foley war sicher, daß sie Glenn überredet hatte, abzuhauen. Glenn war zu lange dort allein gewesen, hatte gewartet, Todesängste ausgestanden. Aber sie konnte jetzt nicht mehr bei Glenn sein. Oder? Wenn sie ihn einkassiert hätte, würde es in der Zeitung stehen. Wenn sie ihn nicht einkassiert hatte … was war passiert?

Buddy war nicht lange weg. Er kam auf den Balkon hinaus, wo Foley in der Sonne saß, und setzte sich auf einen der Plastikstühle.

»Ich hab Glenn angerufen. Der Anrufbeantworter von dem Kleinen war dran und hat gesagt, ich solle eine Nachricht hinterlassen, aber ich hab nichts gesagt.«

»Hätte ich auch nicht«, sagte Foley. »Man hört sich reden, aber keiner ist da. Was war mit dem Marshal's Office?«

»Ich hab gefragt, ob Karen da wäre. Man sagte mir, sie hätte Urlaub und käme erst nächste Woche wieder.«

»Zuletzt gesehen, wie sie über den Turnpike rast«, sagte Foley, »und am nächsten Tag geht sie auf Urlaub. Wieso wußte ich, daß sie nicht da sein würde?«

»Ich schätze, weil du zuviel denkst«, sagte Buddy. »Ist dir klar, was du tust? Du machst dir Gedanken um jemanden, der bei einer Strafverfolgungsbehörde arbeitet. Du möchtest dich mit einem Mädchen zusammensetzen und Cocktails trinken, das veruscht hat, dich zu erschießen. Hörst du, was ich sage?«

Foley sagte: »Ich hätte dich nie in diese Sache mit reinziehen sollen.«

»Ich hatte meine Augen offen«, sagte Buddy. »Hör zu, willst du auf die Bahamas oder nicht? Es liegt bei dir.«

Es machte Sinn. Foley nickte, sagte: »Es wäre mal was anderes. Wir haben genug Geld... dreitausendsiebenhundertachtzig, das ist nicht übel. Ich hab's nach der Methode gemacht, der Mann, der sich mit dem Bankmanager unterhält, ist mein Partner. Der Typ ist ein Komplize und weiß es nicht mal.«

»Ich hab von einem gehört«, sagte Buddy, »da hat einer einen Witz erzählt, damit sich die Kassiererin entspannt. Dann reicht er ihr einen Zettel durch, auf dem steht: ›Das ist kein Witz. Geben Sie mir alle großen Scheine.‹«

»Das ist ziemlich gut.« Foley nickte wieder und schien darüber nachzudenken. Schließlich sagte er: »Weißt du, nach einer Weile ist es doch immer dasselbe. Man versucht sich Sachen einfallen zu lassen, damit es interessanter wird.«

»Klar, wie jeder Job wird es irgendwann langweilig«, sagte Buddy. »Aber es gibt andere Branchen, etwa Einbruch...«

Foley schüttelte den Kopf. »Ich könnte kein Einbrecher sein, das ist mir zu hinterhältig. Und es ist harte Arbeit. Klaut man Fernseher, braucht man einen Laster. Klaut man Schmuck, muß man wissen, ob er was wert ist.«

»Oder man besucht die Leute zu Hause«, sagte Buddy. »Man bricht ein, es ist wie ein Überfall. Oder wir könnten Supermärkte machen, Schnapsläden.«

»Dann könnte man genausogut bei Banken bleiben«, sagte Foley. »Überfall ist Überfall.« Er stand von seinem Stuhl auf, um wieder aufs Meer hinauszusehen. »Ich würde wirklich gern wissen, was passiert ist.«

»Na ja, dann solltest du mit Glenn reden«, sagte Buddy. »Wenn sie ihn geschnappt hätten, würde es in der Zeitung stehen, also hält er sich vesteckt. Oder ist wieder rauf nach Detroit. Als ich das erste Mal mit ihm gesprochen habe, war er da oben gewesen, um was abzuchecken. Erinnerst du dich an den Wall-Street-Gauner Dick the Ripper? Der wohnt da.«

»Ripley«, sagte Foley, »klar erinnere ich mich an den. Der mit den fünf Millionen Taschengeld. Erzählt Glenn immer noch davon?«

»Er wollte dich in Glades besuchen, um zu sehen, ob du Interesse hast.«

»Könnte *sein*. Du meinst also, Glenn ist in Detroit?«

»Wenn sie ihn nicht eingesperrt haben. Hier hängt er bestimmt nicht rum. Nicht, nachdem er uns auf dem Highway hat sitzenlassen.«

»Ich bin ihm nicht böse«, sagte Foley. »Ich halte nicht weniger von ihm als vorher. Nein, aber wenn er da oben ist und sich was überlegt hat …«

»Er hat Snoopy Miller aufgetrieben. Weißt du noch, wie er Snoopy damals mitgenommen hat? Er boxt nicht mehr selbst, Glenn sagt, jetzt ist er Manager für ein paar Jungs. Ich denke mir, wir müssen nur rausfinden, wo sie boxen, und da finden wir Snoopy.«

»Der bringt uns zu Glenn«, sagte Foley, »und wir helfen ihm, den Ripper abzuzocken. Ist das die Idee?«

Buddy sagte: »Falls du nichts dagegen hast, in das Haus von diesem Mann einzubrechen.«

»Dieses Rumschleichen im Dunkeln hat mir noch nie besonders gefallen«, sagte Foley. »Aber man weiß immer erst, ob einem was gefällt, wenn man es probiert hat. Ich hab nie Okra probiert, nicht mal als ich in New Orleans gewohnt hab, bis ich erwachsen war. Jetzt finde ich es nirgends mehr.«

»Sieh es mal anders«, sagte Buddy, »nichts geht über Arbeit, wenn man sich von seinen Sorgen ablenken will.«

9

Ihr Dad, der gerade Zeitung las, sagte: »Endlich haben sie eine Belohnung ausgesetzt, zehn Riesen für Informationen, die zur Verhaftung …«

Es klingelte an der Tür.

»Und zwar für jeden einzelnen. Jemand könnte dreißig Riesen verdienen.«

Karen stand auf. Als sie aus dem Zimmer ging, hörte sie ihren Dad sagen: »Er kommt spät«, und irgendwas davon, daß er seine Lieblingssendung verpassen würde. Es war zehn vor neun am Abend des dritten Tages nach dem Ausbruch. Sie machte Ray Nicolet die Tür auf, der sie im Licht auf der Veranda anlächelte. Er sagte, er habe das Haus nicht finden können, bei all den Bäumen und Büschen, und kam mit den Worten herein: »Das ist ja wie ein Dschungel da draußen.«

»Es *ist* ein Dschungel«, sagte Karen. »Ich hab meinen Dad schon gefragt, ob er sich noch daran erinnert, wie das Haus aussieht. Er sagte: ›Ja, es ist weiß.‹«

»Er braucht einen Gärtner.«

»Er hat mehrere Gärtner. Er mag die Abgeschiedenheit. Als meine Mom noch gelebt hat, konnte man das Haus von der Straße aus sehen. Sie war jeden Tag draußen, hat die Büsche getrimmt und Unkraut gejätet.«

»Also tut dir dein Besuch hier gut?«

»Er hat sich die Woche frei genommen, damit wir Zeit für einander haben. Bisher hat er jeden Tag Golf gespielt. Er sieht sich beim Mittagessen *Jeopardy* an und danach englische Kriminalgeschichten. Inspector Morse, Wexford … Nie sieht man eine MAC-10 oder Blut an den Wänden.« Das erzählte sie Ray, während sie ihn durch das dunkle Haus zu einem verglasten Wohnzimmer mit Stühlen und Sofas führte, die mit Schonbezügen voll roter und grüner Hibiskus-Muster bespannt waren.

Ihr Dad saß im weichen Lampenlicht mit seiner Zeitung. Draußen, hinter dem Garten und einer großen Wiese, lag der fünfte Fairway des Leucadendra Country Clubs. Karen sagte: »Dad? Ray Nicolet.« Sah sich an, wie die beiden einander die Hand gaben und sagte: »Ray ist bei der Violent Crimes Task Force und arbeitet an dem Gefängnisausbruch.«

»Das seh ich schon«, sagte ihr Dad, und Ray drehte sich zu Karen um und hielt seine Jacke offen, um die rote Task-Force-Aufschrift auf seinem T-Shirt vorzuzeigen, als ihr Dad sagte: »Falls jemand nicht weiß, was er macht.«

Ray sagte: »Ich bin spät dran, weil –«

So weit kam er, als ihr Dad sagte: »Ray, beantworten Sie mir eine Frage.«

Karen spürte, wie sich ihr ganzer Körper verspannte, doch dann kam sie zu dem Schluß, daß es okay war. Ihr Dad hatte die Zeitung aufgeschlagen und suchte nach einer Geschichte. Er wollte Ray nicht nach seinem Privatleben, seiner Ehe, der Trennung ausfragen, ob er noch zu Hause wohnte, was in der Art.

»Hier ist es. Da steht in der Überschrift: ›Ich schlief mit einem Mörder‹, sagt geschockte Miami-Frau. Sie wohnt in Little Havana. Der Mann steht vor ihrer Tür, sagt, er ist eben erst mit einem Floß aus Kuba gekommen, kennt hier niemanden und weiß nicht, wo er wohnen soll. Sie macht ihm Hähnchenkeulen mit Reis, und schon liegen sie auf dem Sofa. Sie sagt, er war so sanft.«

»Ich hab mit ihr gesprochen«, sagte Ray. »Der Mann hat ihr erzählt, er hätte solche Sehnsucht nach seiner kleinen Tochter, und sie hatte Mitleid mit ihm.«

Ihr Dad sagte: »So kriegt man sie heutzutage rum?« Wieder sah er in die Zeitung. »Hören Sie sich das an. ›Danach ging sie ins Schlafzimmer und schlief bei ihren Kindern.‹ Sie sagt, Zitat: ›In unser Bett lasse ich nur meinen Mann.‹ Der Ehemann ist auf Reisen, arbeitet. Am nächsten Morgen macht sie dem Kerl

Kellogg's Corn Flakes zum Frühstück und schickt eins von den Kindern zum Laden, um ihm eine Dose Colgate Rasierschaum zu besorgen, normaler Duft.«

»Du siehst es«, sagte Karen, »als Produktwerbung, als Reklame. Entflohener Sträfling schwört auf Rasierschaum von Colgate.«

»Normaler Duft«, sagte ihr Dad. »Nein, ich hab mich nur gefragt, woher sie wissen, daß es Chirino war.«

»Nach ihrer Beschreibung«, sagte Ray, »bis hin zu seinen Tätowierungen, eine Biene an beiden Unterarmen. Sticht wie eine Biene – der Mann war Boxer, bevor er in den Bau ging. Außerdem hat die Frau gesagt, er hätte die Waffe ihres Mannes gestohlen, eine .22er Pistole, und ein paar von seinen Sachen.« Ray sagte: »Aber hören Sie zu, ich muß Ihnen das Neueste erzählen.«

»Moment.« Karens Dad hob eine Hand. »Die Frau ist verheiratet. Sie geht mit diesem Kerl ins Bett, weil er Sehnsucht nach seinem Mädchen hat, und dann erzählt sie aller Welt davon. Aber sie geben ihren Namen nicht preis, um sie zu schützen. Das klingt, als wollten sie sagen, es wäre okay, solange ihr Ehemann nichts davon erfährt. Wie jemand, der seine Frau betrügt und sagt: Was sie nicht weiß, macht sie nicht heiß.«

Ihr Dad nahm seinen Drink, und Karen sagte: »Wieso lassen wir Ray nicht erzählen, was los ist, okay?«

»Ich bin mir ziemlich sicher, daß es heute abend in den Nachrichten kommt«, sagte Ray. »Wir haben einen von ihnen geschnappt.«

Ihr Dad stellte seinen Drink ab. »Ach was. Wo denn?«

»Drüben in West Dade, beim Turnpike.«

»Sobald ich gesehen habe, daß eine Belohnung ausgesetzt ist ...«

Karen sagte: »Dad.«

»... habe ich mir gesagt: Diese Typen sind geliefert, es ist aus.«

Karen sagte: »*Dad*.«
Er sah zu ihr auf.
Sie sagte zu Ray: »War es Foley?«

Sie hatten fast fünf Meilen am Zuckerrohr entlanglaufen müssen, bis sie zur Tankstelle an der 27 kamen, dann kletterten sie hinten auf einen leeren Laster, einen großen Sattelschlepper, und kamen noch am selben Abend den ganzen Weg hierher zu diesem Lager namens *El Hueco*, das Loch: im Unterholz versteckt, ein Lager von Landstreichern, Männern, die in Hütten lebten, die aus Zeug gebaut waren, das andere weggeworfen hatten, Sperrholzplatten, Wellblech, alte Türen, Autositze… und alles kubanische Männer. Hier gab es keine Frauen. Chino sagte, er käme von einem Floß, das zwar auseinandergebrochen, aber ans Ufer getrieben sei, Dank sei der Heiligen Maria Mutter Gottes. Er sagte, er kenne den anderen nicht, der mit ihm gekommen war – der die gleichen Sachen trug wie er – und gab sich alle Mühe, nicht mit Lulu gesehen zu werden: »Lauf mir nicht nach. Bleib weg.« Am dritten Tag waren die beiden für jeden Landstreicher, der Zeitung lesen und denken konnte, *ja, vielleicht, wieso eigentlich nicht*, zwanzigtausend Dollar wert, wenn er nur die eine Meile zur Highway Police spazierte.

Es war Lulu, der an diesem Morgen mit der Zeitung zu ihm kam und ihn beschuldigte, bei dieser Frau gewesen zu sein, zeigte ihm den Artikel, in dem die Frau sagte, sie habe mit einem Mörder geschlafen. Chino sagte, ja, natürlich sei er losgegangen, um eine Frau zu suchen, es war acht Jahre her, daß er mit einer zusammen war. Und Lulu sagte: »Du warst mit *mir* zusammen.« Verletzt. Aber auch mit dem heiligen Zorn einer eifersüchtigen Frau. Vielleicht so ähnlich wie damals, als er seinen Mitbewohner neunmal mit einer Maschinenpistole in den Kopf geschossen hatte. Chino gab Lulu ein Hemd und eine Hose aus dem Haus dieser Frau und erklärte ihm, sie würden sich später sehen, wenn es dunkel sei. Jetzt wollte er mit einem

Mann reden, der Café Cubano zubereitete und lange, dünne Chiba-Zigarren rauchte, während er Radio Mambi aus seinem Ghettoblaster hörte, ein Mann namens Santiago, der Kampfhähne trainierte, Hähne mit rasierten Beinen, die er hinter Maschendraht in Käfigen hielt, ein Mann, der seit dem Mariel Boatlift hier war und diese Welt kannte. Chino sagte zu ihm: »Hast du den eben gesehen, der mit mir gesprochen hat? Das ist ein Homosexueller.«

»Das glaube ich«, sagte Santiago.

»Außerdem weiß ich, daß er ein Mörder ist und mich aus persönlichen Gründen umbringen will. Aber ich kann nicht zur Polizei gehen, die kennen mich von früher. Aber wenn du hingehst und denen sagst, wo sie den Homosexuellen finden können, geben sie dir zehntausend Dollar. Verstehst du, was ich dir damit sagen will?«

»Klar und deutlich«, sagte Santiago.

»Unsere Telefonnummer und die Adresse der Kommandozentrale an der NW 27th standen in der Zeitung, so daß der Bursche wußte, an wen er sich wenden mußte.«

Ray Nicolet saß inzwischen am einen Ende des Sofas, ganz nah bei Karens Dad. Ray sah zu Karen auf, die dort – sie wollte sich nicht setzen – in ihren Jeans mit heraushängendem Hemd stand, dann sah er ihren alten Herrn an, der an seinem Drink nippte, und schließlich sagte Ray:

»Der Mann, sein Name ist Santiago, spaziert mit einer kalten Zigarre im Mund rein und sagt, er kann uns zwei von den entflohenen Sträflingen liefern, sie verstecken sich in diesem Lager auf der anderen Seite vom Flughafen. Ich war schon da gewesen, bei einer Razzia wegen Hahnenkämpfen. Es ist wie eine Müllkippe mit Bananenstauden. Wir haben ihm einen ganzen Haufen Bilder vorgelegt. Er zeigt auf Chirino und Linares und meint: ›Der und der. Wann krieg ich meine zwanzigtausend Dollar?‹ Wir haben ihm gesagt, er soll sich nicht von der Stelle rühren, wir kommen gleich wieder. Gegen halb sieben sind wir da draußen, FDLE, FBI, Metro-Dade, ein paar Streifencops, sogar Leute von der Forstaufsicht. Als wir in Stellung lagen, kamen Hubschrauber und haben das ganze Lager wie ein Fußballfeld beleuchtet. Man hört Hähne, man hört, wie diese Leute zu Tode erschrocken spanische Worte schreien, sie kommen mit erhobenen Händen aus ihren Hütten. Der Befehl lautete: Wenn ihr seht, daß jemand wegrennt, warnt ihn einmal, und wenn er nicht auf der Stelle stehenbleibt, schießt. Linares stieß mit einem Cop von Metro-Dade zusammen, rannte weg und wurde viermal getroffen. Wir haben überall nach Chirino gesucht, unter jedem Stein, könnte man sagen, aber er war nicht da. Linares starb auf dem Weg ins Jackson Memorial.«

Karen nahm sich eine Zigarette und dann das Feuerzeug auf dem Tisch neben ihrem Dad. Er fragte Ray gerade: »Haben Sie dem Mann die Belohnung ausgezahlt?«

»Ja, sobald wir zurückkamen.«

»Was machen Sie, schreiben Sie einen Scheck?«

»Nein, wir zahlen bar. Es war spät, die Banken hatten zu – ich hab Santiago gefragt, ob er das Geld bis morgen in unserem Safe behalten wollte. Ein Witz, oder was? Niemals. Dürrer alter Mann mit dunkler Haut, sah aus wie ein Huhn. Er ist mit zehn Riesen in der Einkaufstüte rausspaziert.«

Karen zog an ihrer Zigarette und blies den Rauch aus. »Foley war nicht dagewesen?«

»Das Lager war rein kubanisch«, sagte Ray. »Falls irgend jemand Foley mitgenommen hat, muß er seine eigenen Pläne haben. Er ist der einzige, der zu wissen scheint, was er tut.«

Die Spätnachrichten wurden zum Wetterbericht, und Buddy drückte auf die Fernbedienung, um die Kiste abzustellen, auf einem Ständer, von Blumen umgeben. Foley und Buddy, beide auf dem nachgemachten dänischen Sofa, rührten sich nicht.

»Was denkst du?«

»Ich dachte, Chino hätte ein besseres Versteck gehabt. Es sah aus wie ein Pennerdschungel.«

»Sie sagen, er war nicht da.«

»Wenn Lulu da war, war er auch da. Er ist abgehauen. Weißt du, was ich mich frage?« sagte Foley. »Ob er glaubt, daß ich ihn verraten habe. Schließlich hat er mich gefragt, ob ich mit ihm weg wollte. Ich hab nein gesagt, ihm aber nicht erzählt, daß ich meine eigenen Pläne habe.«

»Wieso nicht?«

»Das ging ihn nichts an. Aber dann liest er Zeitung, sieht, daß ich draußen bin. Er weiß, daß es nicht so war, wie dieser Pup gesagt hat – daß wir uns alle in der Kapelle über ihn hergemacht hätten. Er wird sich fragen, was ich da mit Pup gemacht habe. Habe ich ihm gesagt, daß sie abhauen wollen? Das hab ich, aber nur um Pup in die Kapelle zu kriegen, wegen seiner Uniform. Es war nicht so, als hätten sie es alle geschafft, wenn Pup nicht dagewesen wäre und sie gesehen hätte. Sobald sie draußen sind, wissen sie, daß man sie sehen kann – der Wachmann auf Turm sieben, oder sie berühren den Zaun, und der Alarmdraht löst die Sirene aus ...«

»Er läuft um sein Leben«, sagte Buddy. »Der interessiert sich einen Dreck für dich.«

»Es sei denn, er glaubt, ich hätte ihn verpfiffen. So sind diese Typen. Rache ist für die ein großes Ding.«

»Ja, aber er wird dich nie finden. Wie sollte er?«

»Vielleicht durch Adele.«

»Weiß er, wo sie wohnt?«

»Ich hab ihm nichts erzählt. Aber einmal haben wir uns unterhalten, Rum getrunken und uns persönliche Dinge anvertraut, könnte man sagen. Er erzählt mir, wie er von Kuba hergekommen ist, zwölf Jahre alt, '47 geboren. Er erzählt, daß er immer Boxer werden wollte, vielleicht eine Chance auf einen Titel gehabt hätte und es versaut hat, als er zu Boden ging, die ganze Geschichte. Ich hab Adele erwähnt, ihm erzählt, daß ich die Bank besucht habe, damit ich ihr etwas Geld geben konnte, daß sie mich erwischt haben, weil ich mich unbedingt mit diesem Penner im Firebird anlegen mußte…«

Buddy sagte: »Wenn du ihm nicht erzählt hast, wo sie wohnt – im Telefonbuch steht sie nicht…«

»Nein, aber ich hab erwähnt, daß sie für einen Zauberer arbeitet, und Chino hat sich dafür interessiert. Ja? Wie sägt er die Frau in zwei Teile? Er hatte mal eine Show in Las Vegas gesehen, als er da unten geboxt hat. Wie verwandelt sich die Frau im Käfig in einen Tiger? Wird Adele auch in ein Tier verwandelt? Er wollte sie kennenlernen. Oder sie sich ansehen, falls sie mich mal besuchen würde.«

Buddy stand auf. »Ich hol mir eine Pepsi Light. Willst du auch eine? Oder ein Bier?«

Foley schüttelte den Kopf. Buddy machte sich auf den Weg in die Küche und blieb stehen.

»Hast du ihm den Namen von diesem Zauberer gesagt?«

»Emil the Amazing«, sagte Foley. »Ja, ich glaub, das hab ich. Würdest du Adele für mich anrufen, für alle Fälle?«

»Was soll ich ihr sagen?«

»Sprich nicht mit irgendwelchen Kubanern.«

»Ihr Telefon wird sicher abgehört.«

»Kennt sie deine Stimme?«

»Ziemlich sicher.«

»Sag es einfach und leg auf.«

Sobald es dunkel war, hatte Chino das Lager hinter sich gelassen, war die Straße zur 12th Street entlang und dann östlich an einigen Feldern vorbei zum Café Cuba Libre gelaufen, das dort ganz für sich allein lag. Santiago hatte ihm erklärt, hierher ginge er, um sich zu betrinken, und Chino ging davon aus, daß er heute abend herkommen würde, um seinen neuerworbenen Reichtum zu feiern. Er kaufte sechs Flaschen Polar, nahm sie mit über die Straße, um dort zwischen den Bäumen zu warten. Auf diesen Hahnenkämpfer zu warten, wie er im Fifth Street Gym auf den Boxpromoter gewartet hatte. Soweit war es mit seinem Leben gekommen, aus unzähligen Gründen, allesamt ohne seinen Einfluß.

Zu oft hatte er sich die Hände gebrochen.

Nie hatte er Zeit gehabt, richtig zu trainieren.

Nie hatte er einen Manager gehabt, der Einfluß auf die richtigen Promoter nehmen konnte.

Nie hatte er Verbandsmull für seine Hände benutzen können. Er mußt Leinenwickel nehmen und sie täglich waschen, wenn er trainierte.

Was noch?

Nie hatte er einen Trainingsanzug mit Kapuze besessen.

Vor allem aber: Nie hatte er Leute gehabt, die sich ernstlich um ihn kümmerten. Der Cutman hätte ihm sagen sollen, daß er sich nicht die Nase putzen sollte, nachdem Palomino ihm den Schlag ans Auge versetzt hatte. Das Naseputzen machte Druck in den Blutgefäßen, das Auge schwoll an und verquoll, und der Scheißschiedsrichter brach den Kampf ab, diesen einen, den Jack Foley in Vegas gesehen hatte, was er zumindest behauptete. Da konnte man nicht sicher sein, denn Foley war ein Lügner, der sich als Freund ausgab. Es war alles nur Pech, und dann das Naseputzen damals. Hätte er sich nicht die Nase geputzt, hätte er Carlos Palomino geschlagen, wäre dann gegen Cuevas und Benitez, Duran, Curry, sonstwen angetreten und hätte nicht gegen diesen weißen Jungen zu Boden gehen müssen, den er mit links hätte schlagen können, mit neununddreißig.

Zwischen den Bäumen gegenüber vom Cuba Libre trank er eins von den Bieren, wartete und machte sich das nächste auf. Die Waffe, die er aus demHaus der Frau mitgenommen hatte, war eine Ruger .22 mit langem Lauf, eine Scheibenpistole, wie er annahm, keine großkalibrige Waffe, aber sie würde genügen.

Um punkt halb acht hörte er die Polizeihubschrauber und sah, wie die Suchscheinwerfer den Boden ableuchteten, wo dort drüben das Hüttendorf sein mußte, etwa eine Meile entfernt. Er war nicht sicher, ob er Schüsse hörte, vielleicht. Er wartete weiter, trank das Bier langsam, damit es reichte. Drei Stunden vergingen, bis er Santiagos Pickup sah, die Kiste so alt, daß Chino die Marke nicht erkannte, von drüben aus Richtung Miami. Er ging über die Straße, die Pistole in seinem Gürtel unter dem Hemd vom Ehemann der Frau. Jetzt stand der Pickup vor dem Café, zwischen anderen Autos, die dort parkten, Santiago stieg aus, schloß die Tür ab. Chino rief ihn, und Santiago drehte sich um. Im Licht der Straßenlaterne und dem roten Neon, in dem dort Cuba Libre geschrieben stand, sah Chino, wie sich der überraschte Blick des Mannes augenblicklich in Unschuld verwandelte, mit großen Augen, bereit, sogar mit leisem Lächeln.

»Sie haben dich bezahlt?«

»Es war, wie du gesagt hast.«

»Wo ist es?«

»Oh, du meinst, ich trag es bei mir? Nein, ich hab es über Nacht bei denen im Safe gelassen. Sie sagen, morgen kann ich es haben.«

Chino wandte sich ab, um einen Blick in den Pickup zu werfen. »Was hast du in der Tasche da?« Sie lag am Boden auf der Beifahrerseite.

»Nur ein paar Sachen, die ich gekauft habe.«

Chino sagte: »Willst du ein Bier?«

Noch nie hatte er einen Mann gesehen, der derart dankbar aussah. Santiago sagte: »Ja, unbedingt«, lächelte wieder, wandte sich ab, um ins Café zu gehen.

Chino nahm den dürren Arm des Mannes in die Hand. »Nicht da drinnen. Ich hab schon was gekauft. Das wäre doch Verschwendung.« Er führte Santiago über die Straße, wobei der Mann sagte, nein, laß uns in die Bar gehen, er wollte einen ausgeben. Sagte, hör zu, er wollte Chino die Hälfte der Belohnung geben. Er hätte ihn damit überraschen wollen, morgen. Als sie zwischen den Bäumen waren, sagte Chino: »Ich will deinen Wagen haben.« Santiago sagte, natürlich, jederzeit. Chino sagte: »Wo sind die Schlüssel?« Santiago sagte, hier, in seiner Jacke. Sie war aus schwarzem Nylon mit einer Kapuze, die im Nacken hing.

Chino sagte: »Zieh sie aus.« Santiago sagte, sie gehört dir, alles, was du willst. Er drehte sich um und sah über die Straße zu dem Café in rotem Neon, zu den Autos und dem Pickup davor, drinnen Leute, aber keiner kam heraus, als er die Jacke auszog. Chino stand hinter ihm und zog die Pistole aus seinem Gürtel. Er schoß Santiago in den Hinterkopf und dann noch zweimal, als er schon am Boden lag.

Chino lief zum Pickup, hielt die Jacke über die Waffe in seiner Hand, stieg ein und fuhr nach Miami, um ein Telefonbuch zu suchen.

10

»Sie heißt jetzt Adele Delisi«, sagte Karen, »ihr Mädchenname. Hat Foley '86 in Las Vegas geheiratet und im Jahr darauf die Scheidung im Los Angeles County eingereicht. Adele ist zweiundvierzig. Sie wohnt im Normandie an der Collins Avenue in South Beach.«

Sie saßen am Küchentisch: Karen mit einer Zigarette und einer Tasse Kaffee. Ihr Dad – in einem seiner Golfanzüge – frühstückte ein Sandwich mit Käse und Marmelade auf Baguettebrot mit Kaffee, bevor er sich auf den Weg zum Club machen wollte.

»Hat schon jemand ihre Telefonate gecheckt?«

»Sechsmal hat Adele im letzten Monat R-Gespräche vom GCI angenommen, das letzte am Tag des Ausbruchs. Aber in den fünf Monaten, die er da war, hat sie ihn kein einziges Mal besucht.«

»Wollte nicht, daß ihr Name auf der Liste steht.«

»Burdon hat sie gefragt, wieso er sie dauernd angerufen hat. Sie sagt, er sei niedergeschlagen gewesen. Sie sagt, sie hätte ihn seit acht Jahren nicht gesehen.«

»Sie wußte Bescheid«, sagte Karens Dad.

»Das glaube ich auch. Foley hat mir erzählt, er wäre nach Florida gekommen, um jemanden zu besuchen, dann hat er das Thema fallenlassen. Er sagte: ›Ich sollte lieber meinen Mund halten.‹«

»Er hat bei *ihr* angerufen. Wen hat *sie* angerufen?«

»Ihre Schwägerin Ann. Die ist Diskjockey, ich glaube in Kanada. Und einen Zauberer, für den sie gearbeitet hat, Emil irgendwas.«

»The Amazing, eine drittklassige Nummer«, sagte ihr Dad, aß sein Sandwich und trank schwarzen Kaffee. »Das einzig Erstaunliche an Emil ist, daß es ihn noch gibt. Arbeitet mit Tauben.«

»Im Gespräch mit Burdon hat sie Emil als Hurensohn von einem Kraut bezeichnet. Er hat sie kurz vor Weihnachten rausgeworfen und ein jüngeres Mädchen engagiert. Adele wird seit dem Tag nach der Flucht überwacht, hat sich aber nicht nennenswert von der Stelle bewegt. Sie hat eine Anzeige im Herald aufgegeben, bei den Stellengesuchen, um wieder einen Job bei einem Zauberer zu finden. Reichlich optimistisch, hm? Burdon sagt, sie haben ihre Leitung angezapft und hören sie ab.«

»Ich wette, das weiß sie auch. Wieso gehst du nicht hin und redest mal mit ihr?«

»Ich hab schon dran gedacht. Ich hab es Burdon gegenüber erwähnt, aber er sagt, er bräuchte keine Hilfe.«

»Sprich doch trotzdem mal mit ihr. Mach es richtig, und sie erzählt dir Dinge, die sie Burdon nicht erzählen würde. Achte darauf, wie sie über Foley spricht, ihren Tonfall. Sag ihr, daß du ihn nett findest. Nein, erzähl ihr zuerst, daß du mit ihm im Kofferraum warst, im Dunkeln, eine halbe Stunde, und sieh dir an, wie sie es aufnimmt. Falls sie eingeweiht ist, was kriegt sie für den ganzen Ärger, daß ihr die Cops im Nacken sitzen? Ich wette: nichts. Also mag sie ihn noch immer so sehr, daß sie den Hals für ihn hinhält. Hältst du das für möglich? Was ist er für ein Mann?«

»Er ist ziemlich cool, selbstsicher.«

»Großspurig?«

»Nein, aber es hat ihn überrascht, daß ich noch nichts von ihm gehört hatte. Vielleicht hätte ich was hören sollen.«

»Erinnert er dich an diesen Tillman?«

»Kein bißchen.«

»Weißt du noch, wie du mich angerufen hast? Du warst mit ihm ausgegangen, dreimal, glaube ich. Du hast mir erzählt, der Mann wird eines Bankraubes verdächtigt und du weißt nicht, was du tun sollst. Ich hab dir gesagt, du sollst dir einen anderen Freund suchen.«

»Du hast gesagt, wenn ich es wissen will, soll ich ihn fragen.«

»Ja, bring das Thema zur Sprache, sieh dir an, wie er reagiert. Wenn ihm der Schweiß ausbricht, ruf Verstärkung. Aber dieser Foley, bei dem weißt du, daß er Dreck am Stecken hat, und trotzdem willst du ihn wiedersehen.«

»Ich will ihn hochgehen lassen, ihm Ketten anlegen.«

»Ja, okay. Übertreib es nicht. Dein Stolz ist verletzt, du warst bewaffnet, und er hat dich überrumpelt. Das ärgert dich. Ich kann verstehen, wie du dich fühlst. Aber außerdem bist du neugierig auf diesen Mann. Gestern abend hast du deinen verheirateten Freund Nicolet zweimal nach ihm gefragt. Du warst besorgt, aber du wolltest es dir nicht anmerken lassen.«

»Mein verheirateter Freund – du hast ihn mit dieser Zeitungsgeschichte geködert, damit du einen Vortrag über Treulosigkeit halten konntest. Ich konnte es nicht glauben. Doch, konnte ich. Deshalb habe ich meine Freunde nie mit nach Hause gebracht: Du hast sie verhört. Mom hat dich deshalb immer angeschrien.«

»Deine Mutter, Gott sei ihrer Seele gnädig, hat ihre Stimme nie gegen mich erhoben. Sie hat mir einen bösen Blick zugeworfen. Nein, ich hab mir deine Freunde angesehen und dir gesagt, welche Armleuchter waren, hab dir geholfen, die Jungs auszusortieren, die nicht die Richtigen waren. Nimm diesen Nicolet, der ist okay, schätze ich, aber er ist ein Cowboy. Die Magnum in seiner Jeans... du magst die wilden Burschen, nicht? Du weißt, ich hab schon immer gesagt, daß die Grenze zwischen Cowboy-Cops und bewaffneten Räubern fließend ist, all diese Typen, die gern eine Knarre dabeihaben. Vielleicht erklärt das dein Interesse an Foley, dem alten Bankräuberprofi.«

»Er hat mich ent*führt*.«

»Ja, aber ihr habt euch auf dem ganzen Weg vom GCI zum Turnpike unterhalten. Das klingt eher nach erstem Date, nicht nach Entführung. Hast du schon mal vom Stockholm-Syndrom gehört?«

»Jetzt mach aber mal 'nen Punkt«, sagte Karen.

»Dieser Bankraub in Stockholm«, sagte ihr Dad, »zwei Männer, einer von denen heißt... ich komm nicht auf den Namen.«

»Olufsson«, sagte Karen.

Ihr Dad zwinkerte ihr zu. »Du weißt, wovon ich rede. Sie sind in der Bank gefangen, sitzen ein paar Tage fest und haben diese Frauen als Geiseln. Als sie rauskommen, sagen drei der Frauen, sie hätten sich in diesen Olufsson verliebt.«

»Ich war keine Geisel«, sagte Karen. »Wir waren vielleicht eine halbe Stunde zusammen im Kofferraum.«

»Ich weiß nicht, dieser Foley hört sich ganz ähnlich wie Olufsson an. Sprich mit seiner Ex-Frau, mal sehen, was die über ihn sagt.«

»Ich weiß, was er ist, ein Gewohnheitsverbrecher, ein Krimineller.«

»Vorhin hast du gesagt, er wäre cool, selbstsicher, als würdest du ihn bewundern.«

Karen sah sich an, wie ihr Dad in die Kruste seines Baguettebrotes biß, sein Sandwich mit Käse und Marmelade aß, wovon sie selbst Hunger bekam. Sie sah sich an, wie er seinen Kaffee trank, den Kopf weit über den Tisch gebeugt. Er sah ein bißchen aus wie ein zu kurz geratener Walter Matthau. Einmal, als er jemanden beschattete und in seinem Wagen saß, waren zwei Frauen zu ihm gekommen und hatten gesagt: »Mein Gott, es ist Walter Matthau!« Der Mann, den er beschattete, kam aus einer Bar und fuhr weg, bevor ihr Dad sich von den beiden Frauen losmachen konnte.

Er sagte: »Ich weiß, was ich dich fragen wollte. Wie kommt es, daß Glenn Michaels in keiner dieser Zeitungsgeschichten erwähnt wird?«

»Burdon sagt, Glenn ist ganz allein Sache des FBI. Ich hab ihm erzählt, was Glenn im Wagen von dieser Sache oben im Norden erzählt hat, einem ganz großen Ding. Burdon wollte wissen, wo im Norden. Ich hab gesagt, na ja, Glenn hat erwähnt, er hätte sich letzten November in Detroit den Arsch abgefroren. Da könnte man es versuchen. Heute morgen hat er angerufen und erzählt, daß im November niemand mit dem Namen Glenn Michaels von hier irgendwohin geflogen sei. Ich hab gesagt, vielleicht ist er gefahren. Burdon meinte nur: Vergiß es.«

»Er hat nicht gesagt: ›Zerbrechen Sie sich nicht Ihren hübschen Kopf‹?«

»Doch, das hat er.«

»Und dafür würdest du ihm gern zwischen die Beine treten.«

»Nein, ich würde nur gern Glenn erwischen. Foley will ich sowieso. Und Buddy, wenn er da ist.«

»Sei so gut und schenk mir noch eine halbe Tasse ein. Und erzähl mir, was wir über Buddy wissen.«

»Nicht viel«, sagte Karen und stand auf. Sie kam mit dem

Kaffee wieder an den Tisch zurück, schenkte ihrem Dad ein und setzte sich. »Er ist etwa in Foleys Alter, hat eine Schwester, die früher Nonne war, aber wir wissen nicht, wo sie wohnt. Er war mit Foley in Lompoc und hat ihn da wahrscheinlich kennengelernt. Und daher kennt auch Glenn die beiden. Burdon will das Gefängnis anrufen, um zu sehen, ob sich da ein Name finden läßt, irgend jemand, der mit Foley befreundet war.«

»Die können sich freuen, wenn sich überhaupt noch jemand an Foley erinnert. Wie viele Leute sind da, zweitausend?«

»Etwa sechzehnhundert, als ich das letzte Mal drüben war.«

»Die erwarten, daß irgendein Verwaltungsmensch oder Vertrauensmann den Computer durchgeht, in der Hoffnung, einen Buddy zu finden? Selbst wenn sie seinen Vornamen kennen würden... wann wurde er eingeliefert? Wie viele Jahre müßte die Suche abdecken? Das weiß man erst, wenn man seine Strafe kennt. Willst du im Gefängnis anrufen und fragen: ›Sagen Sie, kann sich bei Ihnen wohl irgendwer an einen Kriminellen namens Buddy erinnern?‹« Er nahm einen Schluck Kaffee, trank ihn aus und sagte: »Hör zu, ich muß los.«

Karen sah sich an, wie er vom Tisch aufstand, aus dem Küchenfenster zum Fairway hinübersah und seine gelben Hosen hochzog, die am Hintern durchhingen.

Sie sagte: »Ich hab Foley gefragt, ob Buddy sein richtiger Name sei, und er hat gesagt, ja, den hätte er ihm gegeben. Aber wenn es nun sein richtiger Name ist?«

Ihr Dad drehte sich zu ihr um und sah sie an, schien einen Moment lang überrascht. »Wo kommt er ursprünglich her?«

»Arkansas.«

»Ich weiß nicht, aber wenn ich so darüber nachdenke, könnte Buddy der Schlüssel sein, der, mit dem man anfangen sollte. Er riskiert alles, einschließlich seines Lebens, um jemandem zu helfen, mit dem er im Gefängnis war. Was hat er davon? Tut er es als Freund oder weil es eine Belohnung dafür gibt? Verstehst du, was ich meine?«

»In beiden Fällen steht Foley in seiner Schuld.«

»Was auch immer Buddy also als nächstes tun will«, sagte ihr Dad, »die Chancen stehen gut, daß Foley mitmacht. Finde Buddy, und du hast ihn.«

»Vorausgesetzt, wir wüßten, wie Buddy heißt.«

»Du hast mich auf eine Idee gebracht. Aber hör zu, ich muß los, ich bin schon spät dran.«

Karen folgte ihm zur Tür, die zur Garage führte. »Dad, komm schon. Wie finden wir ihn?«

Er hielt die Tür auf und wandte sich zu ihr um.

»Vielleicht klappt es, vielleicht auch nicht. Ich sag es dir, sobald ich wieder da bin.«

»Du wirst mir eine Stunde lang von deiner Golfpartie erzählen.«

Die Tür fiel ins Schloß.

Bei jedem Drive, der auf dem Fairway blieb, jedem Chip aufs Grün, seiner Spezialität, bei allen langen Puts, die ins Loch fielen – sein Jack Daniel's auf Eis stand neben ihm. Er übertrieb, er schummelte sogar… aber er wußte, wie man Leute fand. Es war sein Geschäft. Karen wandte sich der Spüle zu. Sollte sie den Abwasch machen?

Oder mit Adele Delisi sprechen?

Buddy hatte an diesem Morgen dreimal bei ihr angerufen, aber sie war nie zu Hause. Als er das letzte Mal zurückkam, sagte Foley, egal, er würde sie besuchen. Buddy erklärte ihn für verrückt, aber Foley sagte, die Entscheidung sei gefallen.

»Du weißt, daß sie das Hotel überwachen lassen.«

»Um zu sehen, wohin sie geht. Meinst du, sie checken jeden, der reingeht?«

»Wozu das Risiko?«

»Ich bin es ihr schuldig.«

»Du hast ihr seit acht Jahren keinen Cent gegeben. Und jetzt ganz plötzlich…«

»Ich rede nicht davon, daß ich ihr Geld schulde, das ist was anderes. Ich mußte gestern abend dauernd darüber nachdenken, als ich versucht habe, auf diesem Sofa, diesem Brett, einzuschlafen. Ich würde nicht hier sitzen, wenn Adele nicht wäre.

»Das stimmt, du wärst nicht in dieser Bank gewesen und auch nicht verknackt worden.«

»Sie hat mir geholfen rauszukommen. Ich sollte wenigstens versuchen, sie zu sehen. Wenn es nicht klappt, klappt es nicht, aber ich muß es versuchen.«

»Ich werde dich nicht hinfahren.«

»Ich komm schon hin.«

»Sie werden dich auf der Straße erkennen.«

»Du hast selbst gesagt, ich sehe nicht aus wie auf diesem Foto aus den Akten. Das ist das einzige, wonach sie gehen können.«

»Von dem du weißt. Fotos von dir gibt es schon länger. Ich hab sie oft in Banken gesehen, bevor ich dich überhaupt kannte.«

»Ich geh als Tourist. In Shorts, mit Strohhut, häng mir eine Kamera um den Hals. Trag Socken mit Sandalen … Kannst du mir was zum Anziehen besorgen?«

11

Adele verbrachte den Morgen bei den Art-Deco-Hotels, lief von einem zum anderen, zehn Blocks mit Tischen auf dem Bürgersteig und Touristen, blieb an jedem Café und jeder Bar stehen, um die Kellnerin zu fragen, ob sie ihr einen Riesengefallen tun würde. Selbst diejenigen, die sie flüchtig kannte, nahmen ihre Karte, als wäre Hundekacke daran, betrachteten sie, ohne eine Miene zu verziehen, während Adele erklärte, darin stünde das gleiche wie in der Anzeige, die sie im Herald aufgegeben hatte. Aber die war so winzig in der Zeitung, daß sie dachte, wenn sie sich ein paar von diesen Dingern besorgte, Sie wissen schon, sie am Strand verteilte … Die Kellnerin sagte: Tut mir leid, und gab ihr die Karte zurück, oder: Ja, okay, und warf sie auf ihr Empfangspult. Auf der Karte stand:

DIE REINE ZAUBEREI!
Rufen Sie 673-7925 und schon springt Adele aus dem Hut!
Erfahrene Assistentin für Zauberer!
Expertin für Tauben und jede Art von
Taschenspielerei!

Als sie die 10th zur Collins Avenue hinunterging, blieb sie stehen, drehte sich um und sah, daß der Mann, der ihr folgte, an einer kleinen Seitenstraße stehenblieb. Er stand da und sah sich um, als hätte er sich verlaufen. Der Verfolger auf der anderen Straßenseite war stehengeblieben und fummelte an seinen Schnürsenkeln. Sie fragte sich, wieso sie sich die Mühe machten. Adele winkte dem Mann auf der anderen Straßenseite zu und ging weiter in Richtung Collins. Die nächsten beiden, wieder ein Pärchen von ernsten, gepflegten Herren, saßen in einem Wagen, und einer von ihnen las Zeitung. Jeden Tag war in den Nachrichten und in der Zeitung von Jack die Rede, »nach wie vor auf freiem Fuß«, ebenso einer der Kubaner, aber kein Wort von Buddy oder Glenn Michaels, also mußte der Fluchtplan mit den zwei Wagen geglückt sein. Als Glenn allein zu Besuch kam, einige Tage vor dem Ausbruch, hatte er sich mit seinem Wodka Tonic in Pose geworfen, mit seinem Haar gespielt, darauf gewartet, daß sie ihm Avancen machte, während er von sich erzählte, sie wissen ließ, was für ein cooler Typ er war und daß er vorhatte, Jack und Buddy später bei einem Job einzusetzen, den er geplant hatte. Fünf Minuten mit Glenn und sie verstand, wieso Jack ihn nicht wollte, wieso er am Telefon gesagt hatte, er würde dem Kerl die Sonnenbrille abnehmen und sie zertreten. Sie sagte zu ihm: »Wissen Sie, an wen Sie mich erinnern? An diesen Schmarotzer, der in O. J.'s Gästehaus gewohnt hat, diese Instant-Berühmtheit mit den Haaren.« Glenn sagte: »Ja? Wirklich?« Nahm es als Kompliment. Das beste, was man mit Glenn Michaels anfangen konnte, zu diesem Schluß kam sie, wäre es, ihn in eine Kiste von »Emil the Amazing« zu stecken und in Luft aufzulösen.

Sie kam zum Normandie, in einer Reihe von pastellfarbenen Apartmenthotels, und nickte den alten Damen auf der Veranda zu, die ihr Leben aussaßen. Auf dem Weg durch die Lobby sagte sie »Hi« zu Sheldon hinter dem Empfang, und er zeigte ihr seine schlechten Zähne. Wenigstens lächelte er. Keine einzige von den verklemmten Kellnerinnen am Strip lächelte oder brachte auch nur ein einziges Wort der Ermutigung über die Lippen.

Adele lief die Treppe zum ersten Stock hinauf und in ihr Apartment, das mit fünfzig Jahre alten hellen Möbeln eingerichtet war, Miami-Beach-Moderne, mit Segelbooten und Palmen auf den schlaffen Vorhängen. Sie stellte die Klimaanlage am Fenster ein. Jedesmal, wenn sie einen Blick hinauswarf, flehte sie zu Gott, daß sie nicht Jack da drüben auf der anderen Seite sah, wie im Film: An eine Laterne gelehnt steht er da, steckt sich eine Zigarette an und sieht zum Fenster herauf. Auch Jack posierte, aber er war gut darin.

Sie warf die REINE-ZAUBEREI!-Karten, die noch übrig waren, auf den gläsernen Eßtisch und sah auf sie herab. *Expertin für Tauben und jede Art von Taschenspielerei.* Expertin im Aufwischen von Taubenscheiße in Garderoben. Naturtalent im Rumstehen auf Zehn-Zentimeter-Absätzen, einer direkt vor dem anderen, lächelnd, strahlend, ihr Arm hob sich in anmutiger Geste zu den Vögeln auf, die aus Emils schmuddeligem Mantel flatterten.

Eigentlich sollte sie – verdammt noch mal – sich selbst als Zauberin anbieten und auf Geburtstagen, in Schulen, bei Betriebsfeiern, solchen Anlässen auftreten. In Gefängnissen, wieso nicht? Sie konnte Seiltricks: zerschneiden und wiederherstellen, den Nadeltrick, den Manteltrick mit Freiwilligen. Sie konnte Taschentuchtricks: Fatima, die Tänzerin, die Schlangenseide, der sich lösende Knoten. Sie konnte Kartentricks: den Hindu Shuffle, den Overhand Shuffle, die Nummer mit dem Schieben, die mit dem Abheben …

Das Telefon klingelte auf dem Schreibtisch am Fenster.

Sie konnte mit versiegelten Umschlägen arbeiten: die Zigeunerin, die Gedanken liest, unmögliche Durchdringungen …

»Hi, Adele am Apparat.«

Eine männliche Stimme sagte: »Oh, ist da Adele?«, mit einem Akzent, kubanisch oder was in der Art.

»Ja, genau. Rufen Sie auf meine Anzeige in der Zeitung an?«

»Nein, hab ich nicht gesehen.«

»Sie haben einen von meinen Zetteln mitgenommen? Sie müssen gleich nach mir gekommen sein, als ich sie verteilt habe.«

»Ich habe mit dem Mann gesprochen, für den Sie gearbeitet haben, Emil?«

»Oh, aha. Ja, ich war fast vier Jahre Emils Box-Jumper.«

»Sie waren seine was, seine Box…?«

»Seine Assistentin. Was hat er über mich gesagt?«

»Er hat mir Ihre Nummer gesagt, und wo Sie wohnen. Sehen Sie, ich suche eine Assistentin und würde mich gern mit Ihnen unterhalten.«

»Darf ich fragen, Sir, treten Sie in der Gegend von Miami auf?«

»Ja, hier in der Gegend. Ich war Zauberer in Kuba, bevor ich hierherkam. ›Manuel der Magier‹ war mein Name. Ich möchte Sie was fragen. Machen Sie den Säg-die-Kiste-in-zwei-Teile-Trick mit Ihnen drin?«

Adele wartete. »Ja?«

»Wie machen Sie diesen Trick?«

»Wie machen *Sie* ihn?«

»Verzeihen Sie. Ich frage Sie, weil ich wissen möchte, ob Sie Erfahrung haben.«

»Na ja, ich hab schon beide Arten gesehen«, sagte Adele, »die ›dünne Säge‹ oder die alte Selbit-Methode, falls Sie das meinen.«

Es folgte Schweigen, bis die kubanische Stimme sagte: »Ja, ich sehe, Sie wissen, was Sie tun. Ich würde mich gern mit Ihnen darüber unterhalten, ob Sie für mich arbeiten wollen.«

Adele sagte: »Tja …« Sie sagte: »Wieso treffen wir uns nicht vor dem Cardozo, auf der Terrasse? Wissen Sie, wo das ist?«

»Ja, aber Sie wollen nicht, daß ich dahin komme, wo Sie wohnen?«

»Ich muß sowieso gerade gehen. Wir können uns in einer Stunde treffen. Wäre das in Ordnung?«

Er brauchte einen Moment, bis er sagte: »Ja, in Ordnung.«

Und Adele legte auf.

Machen Sie den Säg-die-Kiste-in-zwei-Teile-Trick?… War das sein Ernst? Er wußte nicht, daß ein Box-Jumper eine Assistentin war? Vielleicht nannten Magier in Kuba sie irgendwie anders.

Das Telefon klingelte.

Sie würde Shorts anziehen, ihre Beine zeigen.

»Hi, Adele am Apparat.«

Wer auch immer angerufen hatte, legte auf.

Buddy kam aus dem Wolfie's und stieg in den Wagen.

»Sie ist zu Hause.«

Er bog südlich auf die Collins ein und sagte kein Wort mehr, bis sie zehn Blocks weiter gefahren waren und am Normandie vorüberkamen.

»Da ist es. Siehst du den Mann, der da auf der Veranda sitzt? Die alten Damen und den einen Mann? Du weißt, daß sie noch ein paar im Wagen sitzen haben.«

Foley sah sich um. »Mir ist keiner aufgefallen.«

»Du *weißt*, daß sie da sind.«

»Ich halt die Augen offen.«

Buddy bog rechts auf die 10th ein und wieder rechts in die kleine Seitenstraße, um hinter der Reihe von Hotels durchzufahren. Er sagte: »Hier hinten treibt sich keiner rum, das ist gut.« Am Ende der Gasse kamen sie zur 11th, und Buddy hielt an.

Er sagte zu Foley: »Hast du die Waffe dabei?«

Foley hob die Strohtasche auf seinem Schoß an. »Hier drinnen, bei meiner Sonnencreme und dem Badehandtuch.«

»Gibst du ihr Bargeld?«

»Was ich neulich bekommen habe.«

Buddy nickte, starrte Foley an, betrachtete ihn. »Ich finde immer noch, du solltest einen Hut tragen.«

»Auf allen Fotos in Banken hab ich einen Hut auf oder eine Mütze. Ich bezweifle, daß mich schon mal jemand ohne gesehen hat.«

»Guck auf deine Uhr«, sagte Buddy. »Es ist zwanzig nach elf. Ich bin in einer halben Stunde wieder hier, um zehn vor zwölf. Wenn du nicht auftauchst, komm ich um zwanzig nach zwölf wieder. Wenn du dann immer noch nicht da bist, sehen wir uns in dreißig Jahren.«

Dieses Café wurde von Puertorikanern betrieben – Chino hörte es an der Art, wie sie sprachen –, aber es war okay. Der Kaffee war Cubano, und sie belästigten ihn nicht, während er am Tresen saß, durch die umgekehrten Worte vorn an der Scheibe starrte und das Hotel fast direkt auf der anderen Straßenseite sah, das Normandie, drei Stockwerke hoch. Jack Foleys Ex-Frau wohnte im ersten Stock in Nummer 208, vielleicht in einem Zimmer nach vorn, und sie sah aus dem Fenster, während er das Hotel im Auge behielt. Er hatte von hier aus angerufen. Der Plan, sich auf der Terrasse vom Cardozo

Hotel mit ihr zu treffen, gefiel ihm nicht. Leute saßen da, kamen vorbei. Er wollte diesen Kaffee trinken und noch ein bißchen mehr und dann nach oben in ihr Zimmer gehen, um ungestört mit ihr zu sprechen. Was wollte sie dagegen tun?

Foley ging von der Seitenstraße zur Collins Avenue und blieb an der Ecke stehen, um sich die Autos anzusehen, die in beiden Richtungen vorbeikrochen, Touristen, die sich South Beach ansahen oder nach einem Parkplatz suchten. Er machte sich auf den Weg zum Hotel auf der Hälfte des Blocks, ließ sich Zeit. Buddy hatte recht, irgendwo in der Nähe würde ein Wagen mit zwei Männern stehen. Er sah, wie ein Wagen vom Bordstein anfuhr und sich ein Honda in eine Parklücke schob, Frau am Steuer. Er fragte sich, ob man inzwischen Frauen bei Beschattungsjobs einsetzte. Er hatte vor, ins Hotel zu gehen. Falls der Mann auf der Veranda ihm folgte, wollte er sich mit dem Menschen am Empfang, wer es auch sein mochte, über die Tarife für die kommende Saison unterhalten. Sich irgendeine Geschichte ausdenken. Ob er sich ein Zimmer ansehen dürfte oder die Toilette benutzen, sich irgendwie dort aufhalten, bis er sich nach oben schleichen konnte. Er glaubte nicht, daß der Mann auf der Veranda ihn beachten würde. Jetzt näherte er sich dem Honda, die Frau war ausgestiegen, stand im Profil an der Parkuhr, suchte in ihren Taschen nach Kleingeld:

Blondes Haar, gelblich-braune Jacke und Schultertasche, lange Beine in engen Jeans und Pumps – schlichte, pinkfarbene, mittelhohe Pumps, die ins Auge fielen, pinkfarbene Schuhe, machten sich gut zu Jeans. Das Haar, das Profil ließen ihn an Karen Sisco denken.

Sie wandte sich von der Parkuhr ab, und er sah Karen Sisco an – sie war es, genau da, keine drei Meter weiter, es *war* Karen Sisco –, sie sah ihn an, wartete. Sie sagte: »Sie können nicht zufällig wechseln, oder – einen Dollar?«

Foley nahm die Strohtasche in seine linke Hand, sah sie noch immer an, sagte sich, er solle weitergehen, bleib nicht stehen, sag kein Wort. Aber er tat es doch, sagte: »Tut mir leid.« Jetzt war er an ihr vorbei, ohne daß er stehengeblieben wäre, ging ohne Eile, sah sich nach Schildern um, dem Ausblick, den Leuten, sah aber nicht zurück, sagte sich: Geh weiter. Sie war es gewesen, urplötzlich und direkt vor seiner Nase. Er sah sie und sah in ihre Augen, und einen Moment lang, so wie sie ihn ansah... Er sagte sich, wenn er sich jetzt umdrehte, würde er sich auf der Stelle in einen Sträfling verwandeln, knastblau, also denk nicht mal daran, dich umzudrehen. Du hast sie wiedergesehen, und das war's. Mehr ist nicht drin.

Karen sah, wie er am Normandie vorüberging, an den Frauen auf der Veranda, dem Special Agent, der dort saß. Sie dachte: Nein, das kann nicht sein. Sie sah Foleys Gesicht von Dreck verschmiert im grellen Scheinwerferlicht, die Wärtermütze verbarg seine Augen. Sie sah im Geiste sein Foto wie alle Verbrecherfotos, die sie je gesehen hatte, ein Straftäter mit einer Nummer, nicht dieser Mann in seinem farblich abgestimmten Strandanzug im hellen Ocker und Orange mit einer Strohtasche, dunklen Socken mit diesen dicken Ledersandalen. Fast hätte sie gelächelt, »Hi, wie geht's?« gesagt und mit einer Hand in ihre Tasche gegriffen. In diesem Moment war sie sicher gewesen, daß es Foley war. Aber seine Augen hatten sich nicht anmerken lassen, daß er sie kannte, und er sagte: »Tut mir leid«, ohne sonderlichen Ausdruck, und ging weiter. Sie wartete darauf, daß er sich umdrehte. Sie wartete, bis er ganz am Ende des Blocks war, die Straße überquerte, und als er sich noch immer nicht umdrehte, war sie ernüchtert, enttäuscht, glaubte, wenn es Foley gewesen wäre, hätte er sich umgedreht. Oder vielleicht wäre er sogar stehengeblieben und hätte etwas zu ihr gesagt. Es würde keinen Sinn machen, aber das mußte es auch nicht. Es war nur ein Gefühl, das sie hatte, also war es okay. Als müßte sie ein *T* mit ihren Händen formen oder er vielleicht, »Time out« ansagen, kurze Pause, damit sie ein paar Minuten hatten, um zu beenden, was im Kofferraum begonnen hatte. Da wäre es okay, »Hi, wie geht's« zu sagen. Ach, nicht so übel. Sie stehen da und reden, sind höflich zueinander. Das war vielleicht was. Ja, das war es. Na, wir haben es geschafft. Er würde vielleicht etwas dazu sagen, daß sie auf ihn geschossen hatte, und sie würde sagen: Ja, na ja, weißt du ... Hast du Zeit für einen Drink? Ich denke, ein paar Minuten schon. Sie gehen rüber an den Strand, setzen sich an einen Tisch und reden eine Weile, sagen, was ihnen eben in den Sinn kommt, nehmen noch einen Drink, reden über Filme ... Vielleicht. Wieso nicht? Es ließ sich nicht vorhersagen, worüber sie sich unterhalten würden, sie würden einfach nur reden, bis ihre Zeit zu Ende war. Na gut, okay also, dann wieder an die Arbeit. Sie steht auf und geht, und wenn sie sich umdrehen würde, wäre er nicht mehr da. Es wäre vorbei, aus dem Weg geräumt. Wenn sie ihn wiedersähe – und sie würde alles daransetzen, daß es passierte –, wollte sie ihm die Hände hinterm Rücken fesseln und ihn einkassieren.

Karen ging zum Normandie hinüber. Aus Freundlichkeit blieb sie am Geländer der Veranda stehen, um dem Special Agent, einem jungen Mann, den sie nicht kannte, ihren Ausweis und den Stern zu zeigen und ihm zu sagen, daß sie nach oben gehen wollte, um mit Adele zu sprechen. Der Agent sagte: »Weiß Burdon davon?«

Karen sagte: »Keine Sorge«, wollte sich schon umdrehen und sagte: »Sie hätten nicht zufällig einen Quarter, oder? Für die Parkuhr?«

Den ganzen Weg die Collins hinunter zur 5th Street blieb Foley vor Schaufenstern stehen, vor Speisekarten draußen vor Cafés, bis er sicher war, daß Karen ihm nicht folgte, ihn doch nicht erkannt hatte. Foley dachte: Das war knapp. Aber eher mit einem Gefühl der Leere als mit Erleichterung.

Inzwischen unterhielt sie sich sicher schon mit Adele. Das mußte der Grund sein, wieso sie hier war. Ihm wurde klar, daß – wenn sie nur ein paar Minuten später gekommen wäre und ihn in Nr. 208 angetroffen hätte – Adele eines Verbrechens angeklagt worden wäre, Beihilfe zur Flucht. Also hör auf mit dem Quatsch. Hau ab.

Doch nur eine Minute später dachte er daran zurückzugehen, die Collins auf der anderen Straßenseite hinunterzuspazieren und gegenüber von ihrem Wagen, diesem Honda, zu warten, um sie sich noch mal genauer anzusehen, wenn sie aus dem Hotel kam.

Er sagte zu sich selbst: Himmelarsch, was bist du, ein Pennäler? Hast du die Mädchen eben erst entdeckt?

Foley bog an der Ecke 5th ein und dann wieder in die Gasse, um auf diesem Weg zurückzukommen, an Mülltonnen und Fettgestank aus den Caféküchen vorbei, sah Karen in ihren engen Jeans vor sich und betrachtete die Möglichkeiten. Falls er zum Beispiel die Straße überquerte, wenn sie gerade in ihren Wagen steigen wollte. Wenn er zu ihr ging und sagte …

Wenn sie ihn nicht erkannte, konnte er auf sie zugehen und was sagen, irgendwas. Er dachte daran, was man Kassiererinnen sagen konnte, was er sich spontan einfallen ließ, bevor er um das Geld bat. Ihre Frisur gefällt mir, Irene. Ist das der letzte Schrei? Oder: Mmmmmmh, Ihr Parfum riecht gut. Wie heißt es?

Er konnte Karen sagen, daß ihre Schuhe ihm gefielen. Ich wollte Ihnen nur sagen, daß mir Ihre Schuhe gefallen.

Und sie würde darauf hinuntersehen – so wie Kassiererinnen ihr Haar berührten, wenn er ihnen sagte, daß es hübsch war. Sie würde ihre Schuhe ansehen, und er würde gehen.

Und dann würde sie wieder aufblicken und sich fragen, wer dieser Schwachkopf in Strandklamotten war.

Als er zur 11th kam, wartete Buddy schon.

»Und?«

»Wir müssen verschwinden.«

Buddy sagte: »Na endlich.«

»Fahren wir oder was?«

»Wir fahren. Ich hätte nichts dagegen einzuwenden, wenn wir jetzt gleich fahren.«

»Was ist mit unseren Sachen? Ich hab mir gerade neue Schuhe gekauft.«

»Wir werden Winterkleidung brauchen«, sagte Buddy, »bevor wir in einen verdammten Schneesturm kommen. Jacken, Handschuhe… Wir könnten zu einem Einkaufszentrum fahren.«

»Und dann kurz halten und meine Schuhe und meine Sachen holen.«

Buddy bog aus der Gasse in Richtung Collins. »Wir fahren rauf nach Lauderdale, Galleria Mall, das ist das Richtige, da kriegen wir dicke Jacken.«

»Mäntel auch?«

»Wenn du willst, oder einen Parka.«

»Ich glaube, ich hab noch nie einen Mantel besessen.«

»Du warst noch nie in Detroit. Im Januar, Mann, da frierst du dir die Eier ab.«

Foley sagte: »Bist du sicher, daß du dahin willst?«

12

Adele hatte die Kette vor der Tür und sprach mit Karen durch die schmale Öffnung. »Ich hab dem FBI schon gesagt, alles, was ich darüber weiß, hab ich in den Nachrichten gesehen oder in der Zeitung gelesen. Ich hab von Jack nichts gehört und auch keine Ahnung, wo er ist. Wozu auch? Wir sind seit acht Jahren geschieden.«

»Er hat von Ihnen gesprochen«, sagte Karen, »im Wagen.«

Adele zögerte. »Sie waren bei ihm?«

»Man könnte sagen, ich stand den beiden im Weg«, sagte Karen, »also haben sie mich in den Kofferraum von meinem Wagen gesperrt. Dann ist Jack zu mir gestiegen. Ich dachte, das FBI hätte Ihnen vielleicht davon erzählt.«

»Sie waren beide im Kofferraum?«

»Von Glades bis zum Turnpike. Aber als ich dann zu Glenn in den Wagen gestiegen bin, ist er losgefahren, hat die beiden einfach stehenlassen.« Karen betrachtete Adeles Gesicht im Türspalt, frisch geschminkt, reichlich Lidschatten und Lipgloss. »Davon hat man Ihnen auch nichts erzählt?«

»Die haben mir überhaupt nichts *erzählt*. Sie haben Fragen gestellt.«

»Aber Sie wissen, wovon ich rede? Daß Glenn den zweiten Wagen gefahren hat?«

Adele starrte sie an. Sie sagte: »Ich kenne einen Glenn.« Die Tür fiel ins Schloß und ging wieder auf, diesmal ganz. »Ich wollte gerade gehen. Sie können reinkommen, wenn Sie wollen, für einen Moment. Wollen Sie eine Cola Light?«

Karen lehnte dankend ab, sah sich die Einrichtung des Art-Deco-Hotels an. Sie zog einen Stuhl unter dem Glastisch hervor und setzte sich, als Adele mit einer Diet Coke und ihren Zigaretten von der Einbauküche wiederkam. Adele trug einen Schminkumhang aus Polyester, der halb offen stand, einen Slip, aber keinen BH, und durchsichtige Plastikschlappen, etwas weich und weiß, ein wenig mollig, aber hübsche Beine, dunkles, lockiges Haar … Sie sagte zu Karen: »Das sind schicke Schuhe. Bei meinen Jobs muß ich immer diese Killerpumps tragen, die einem die Füße kaputtmachen.« Sie ging und kam mit einem Aschenbecher wieder. »Als sie mit Jack im Kofferraum waren …«

Karen wartete, bis sie sich eine Zigarette angezündet hatte.

»Er hat Ihnen doch nichts getan, oder?«

»Sie meinen, ob er versucht hat, sich über mich herzumachen? Nein, aber er war ziemlich redselig.«

Adele setzte sich ans andere Ende des Tisches. »Sie haben erwähnt, er hätte etwas über mich gesagt?«

Karen war bereit. »Er hat gesagt, er wäre nach Florida gekommen, um Sie zu besuchen. Also – denke ich – haben Sie einige Zeit zusammen verbracht.«

»Na ja, bevor er verhaftet wurde.«

»Aber im Gefängnis haben Sie ihn nicht besucht.«

»Er wollte es nicht.«

»Wieso nicht?«

»Ich weiß nicht. Nachdem man ihn verurteilt hatte, war er ein anderer Mensch, hatte dreißig Jahre vor sich.«

»Aber Sie haben am Telefon mit ihm gesprochen.«

»Hin und wieder hat er angerufen.«

»Am Tag seiner Flucht hat er angerufen«, sagte Karen.

Adele starrte sie an. »Hat er? Ich weiß nicht mehr. Was hat er sonst noch über mich gesagt?«

Karen mußte sich was einfallen lassen.

»Er hat gesagt, er wünschte, Sie beide könnten noch mal von vorn anfangen, ein normales Leben führen.«

»Die gute Seele. Eins kann ich über Jack sagen, er war nie häßlich oder gemein, hat nie zuviel getrunken. Seine Vorstellung vom normalen Leben war es allerdings, Banken auszurauben. Was anderes hat er nie gemacht.«

»Wußten Sie das, als Sie ihn geheiratet haben?«

»Er sagte, er wäre Spieler, würde sein Geld mit den Karten verdienen. Damit konnte ich leben. Oder er kam mit einem Bündel nach Hause und sagte, er wäre draußen auf der Rennbahn gewesen, Santa Anita, und ich denke, manchmal war er auch da, denn er hat gern gespielt. Ich habe erst erfahren, daß er Banken überfällt, als er mit diesem Wagen erwischt wurde, der nicht anspringen wollte – falls Sie sich so was vorstellen können, kommt aus der Bank, und der Wagen springt nicht an. Ich hab ihn in Lompoc besucht – Sie wissen wahrscheinlich, daß er da gesessen hat –, um ihm zu sagen, daß ich die Scheidung einreiche. Er sagte«, Adele zuckte mit den Schultern, »okay. Jack ist dermaßen lässig. Ich hatte Spaß mit ihm, aber so was wie ein echter Ehemann ist er nie gewesen.«

»Buddy hat er in Lompoc kennengelernt«, sagte Karen.

»Ja, und Glenn, den Schleimer.« Sie blinzelte Karen durch den Zigarettenrauch an. »Wieso steht nichts über ihn in der Zeitung?«

»Die wissen nicht, wo er ist«, sagte Karen, »und ich schätze, sie wollen es nicht zugeben.« Sie sagte: »Anscheinend ist Glenn allein abgehauen.«

»Der Schwafler. Wissen Sie, was ich wünschte? Sie könnten ihn einbuchten und Jack einfach vergessen. Er hat keine dreißig Jahre verdient.«

»Ich würde alles geben, wenn ich Glenn finden könnte«, sagte Karen. »Ich hatte ihn früher schon mal in Gewahrsam. Er redet wirklich für sein Leben gern.«

»Ja, über sich selbst, was er für ein cooler Typ ist. Er sagt, er hat einen Job vorbereitet und will Jack und Buddy dabei einsetzen. Da wünsch ich ihm viel Glück.«

»Was für einen Job?«

»Das hat er nicht gesagt.« Adele machte eine Pause, um zu rauchen. »Ich hab mich nur mit ihm getroffen, weil er mal mit Jack befreundet war, und mehr sag ich dazu nicht.«

»Und ich nehme an, Buddy kennen Sie auch.«

»Sie können annehmen, was Sie wollen, ich kann Ihnen nicht helfen. Ich muß mich sowieso fertig anziehen. Ich bin mit jemandem wegen eines Jobs verabredet. Der Mann behauptet, er wäre Zauberer, aber es ist ein Latino, und ich hab so meine Zweifel, was ihn angeht. Sie wissen, daß ich für einen Zauberer gearbeitet habe?«

»Emil the Amazing?«

»Ja, der Arsch. Dieser Typ, der angerufen hat, meint: ›Wie machen Sie diesen Säg-die-Frau-in-zwei-Teile-Trick?‹ Ich sage: ›Soll das ein Witz sein?‹ Ich hätte sagen sollen, daß es kein

Trick ist, sondern eine Illusion. Er sagte, er wollte mich nur testen, um zu sehen, ob ich Erfahrung hätte.«

»Was ich einfach nicht verstehe«, sagte Karen, »wieso man die beiden Hälften der Kisten auseinanderklappen und trotzdem sehen kann, wie sich ihr Kopf in der einen und ihre Füße in der anderen bewegen.«

»Es ist Zauberei«, sagte Adele.

»Oder dieser eine: Das Mädchen steigt in den Käfig«, sagte Karen, »er ist verdeckt, das Tuch kommt runter …«

»Man dreht den Käfig vorher«, sagte Adele.

»Man dreht den Käfig um, das Tuch kommt runter, das Mädchen ist weg, und drinnen sitzt ein Tiger.«

»Emil macht es mit einem Löwen.«

»Ist nicht wahr.«

»Ein Männchen, das wir für den Abend gemietet haben. Ein alter Löwe, aber er hatte immer noch eine Menge Zähne.«

»Wie wird es gemacht?«

Adele schüttelte den Kopf. »Ich darf es Ihnen nicht verraten; Berufsgeheimnis.«

»Ich bin nur neugierig«, sagte Karen. »Ich erzähl es keinem weiter.«

Adele sagte: »Haben Sie schon mal gehört oder gelesen, wie Illusionen gemacht werden? Nein, weil es ein Geheimnis ist. Es ist die Art und *Weise*, wie man es macht, darum dreht sich alles. *Wie* ist nicht so interessant.«

»Haben Sie es Jack jemals erzählt?«

Adele ließ sich Zeit, an ihrer Zigarette zu ziehen. »Hin und wieder hat er mich gefragt. Es könnte sein, daß ich ihm ein paar von den einfacheren Tricks erzählt habe.«

»Wie machen Sie den Tausch mit dem Löwen?«

»Wenn ich es Ihnen erzählen würde, wären Sie enttäuscht. Es ist immer simpler, als es aussieht.«

»Kommen Sie schon, nur den einen. Ich frag auch nichts anderes mehr.«

»Nichts mehr über Jack oder die anderen?«

»Ich lasse Sie in Frieden«, sagte Karen.

»Sie versprechen, daß Sie es niemandem erzählen?«

»Ich schwöre es. Bei allem, was mir heilig ist«, sagte Karen, die Adele am anderen Ende des Tisches gegenübersaß. Karen sah, daß sie es gerade erzählen wollte und dann zusammenzuckte, als es dreimal kurz an der Tür klopfte, dreimal und dann wieder dreimal und dann eine Stimme von draußen.

»Adele? Ich möchte gern mit Ihnen sprechen, bitte.«

Klang weit entfernt.

Karen sah, wie Adele sich umwandte.

»Wer ist da?«

»Ich bin der Mann, der Sie wegen Arbeit angerufen hat.«

»Ich hab doch gesagt, wir treffen uns.«

»Hören Sie, ich bin hier. Machen Sie auf.«

»Ich hab nichts an.«

Er sagte: »Hören Sie.« Und mit leiserer Stimme: »Ich bin ein guter Freund von Jack Foley.«

Karen sprang auf, schob ihre Tasche an den Rand des Tisches. Sie sah, daß Adele sie anstarrte, und sagte: »Fragen Sie ihn, wie er heißt.«

Wieder wandte sich Adele um, blieb ansonsten stocksteif, aufrecht auf ihrem Stuhl, die Zigarette vor sich zwischen zwei Fingern ausgestreckt.

»Wer sind Sie?«

Es gab eine Pause.

»José Chirino.«

Karen zog ihre Beretta aus der Tasche.

»Oder vielleicht haben Sie gehört, wie Jack Foley mich Chino nennt. Genau der bin ich.«

Karen schob sich am Tisch entlang zu Adele. Sie sagte, kaum lauter als ein Flüstern: »Sagen Sie ihm, er soll im Flur warten, Sie müssen sich was anziehen. Sagen Sie es deutlich, mit lauter Stimme.«

Das tat sie, schrie es heraus, und ihre Worte überdeckten das Geräusch, das Karen machte, als sie die 9-Millimeter-Pistole durchlud.

Die Stimme draußen vor der Tür sagte: »Sagen Sie mir, wo Jack Foley ist, und ich belästige Sie nicht weiter.«

Karen sagte: »Sagen Sie ihm, Sie wissen es nicht.«

Sie tat es, und Chino sagte: »Hören Sie, ich habe Jack geholfen, aus dem Gefängnis zu fliehen. Er hat mir gesagt, wenn ich ihn nicht finde, kann ich zu Ihnen kommen.«

»Ich sag doch, ich weiß nicht, wo er ist.«

»Hören Sie, wieso machen Sie diese Scheißtür nicht auf. Okay? Damit wir reden können.«

Mit Blick auf Karen sagte Adele: »Gehen Sie, oder ich ruf die Polizei.«

»Wieso sollten Sie so was tun, mit einem Freund?«

Adele antwortete nicht, und es war still.

Dann sagte er: »Okay, wenn Sie mir nicht helfen wollen, gehe ich.«

Adele wollte aufstehen, und Karen legte ihr eine Hand auf die Schulter.

»Ich gehe jetzt«, sagte Chino. »Vielleicht sehen wir uns ein andermal, okay? Bye-bye.«

Im Flüsterton sagte Karen: »Gehen Sie ins Schlafzimmer und machen Sie die Tür zu.« Sie wartete, bis Adele durchs Zimmer ging, dann trat sie an die Wohnungstür und nahm den Türknauf in die linke Hand.

Karen drehte daran, hielt ihn so und spähte über ihre Schulter. Adele sah in ihrem Schminkumhang und den Plastikschlappen von der Schlafzimmertür herüber. Karen winkte ihr, wedelte mit der Beretta, da reinzugehen, sich zu beeilen. Aber Adele rührte sich nicht. Sie stand da und schaute, und jetzt war es zu spät, etwas zu ihr zu sagen. Karen zog die Tür zu sich heran, öffnete sie ein paar Zentimeter weit, lauschte, dann trat sie beiseite, ging aus dem Weg, einen Augenblick bevor die Tür aufknallte und Chino, eine stämmige Gestalt in Schwarz, im Zimmer stand, sich auf Adele stürzte und am Tisch vorüberstürmte, bis er stehenblieb, sich umsah und dann zu Karen herumdrehte, und sie sah die Waffe in seiner Rechten, die .22er Pistole, deren schlanker Lauf zu Boden zeigte, nah an seinem Bein. Karen hob die Beretta mit beiden Händen an, spannte sie und richtete die Mündung auf seine Brust.

Sie sagte: »Legen Sie die Waffe auf den Tisch und drehen Sie sich um.«

Chino hob die linke Hand und sagte: »Moment mal«, runzelte die Stirn. »Sie sind nicht Adele?«

»Ich bin Federal Marshal«, sagte Karen, »und Sie sind verhaftet. Legen Sie die Waffe auf den Tisch. Und zwar *sofort*.«

»Wozu? Ich hab nichts getan. Wenn Sie nicht Adele sind«, sagte Chino, »dann muß das Adele sein, hm?« Er wandte sich ihr zu.

Und dann sah Karen ihn im Profil an, die Pistole in seiner rechten Hand, von ihr abgewandt. Sie warf einen Blick auf Adele. »Gehen Sie da rein.«

Adele rührte sich nicht, starrte Chino nur an.

»Tun Sie es. Und machen Sie die Tür hinter sich zu.«

Adele wollte sich eben umdrehen, als Chino sagte: »Nein, ich will mit Ihnen reden.« Er hob die Pistole an, richtete sie auf Adele, und sie erstarrte.

Karen sagte: »Nehmen Sie Ihre Waffe runter, oder ich schieße.«

Sie sah, wie er ihr über die Schulter hinweg einen Blick zuwarf, die Augenbrauen hob und sagte: »Ach, ist das so? Sie wollen auf mich schießen? Ein hübsches Mädchen wie Sie?« Lächelte sie an, während er sagte: »Nein, das glaub ich nicht.«

Dieses leise Lächeln fing sie ein.

Karen sagte: »Glauben Sie nicht, was?«, ging ihm entgegen und sah, wie sich sein Gesichtsausdruck veränderte, das Lächeln verflog, sah, wie er einen Blick auf Adele warf, die Pistole nach wie vor auf sie gerichtet, dann wieder zu Karen herübersah, und Karen sagte: »Sie können leben oder sterben«, als sie neben ihm stand und ihm die Beretta ins Gesicht hielt, die Mündung Zentimeter vor seinen Augen. »Es liegt bei Ihnen.«

Seine Augen schlossen sich für einen Moment und gingen wieder auf, sahen an der Mündung vorbei in Karens Augen.

»Sie würden mich doch nicht erschießen... oder?«

Sie sagte: »Was wollen wir wetten?«

Er sagte: »Ich könnte einfach gehen.«

Sie sagte: »Wenn Sie sich von der Stelle rühren, wenn Sie sie noch mal ansehen, sind Sie tot.«

Sie starrten einander an. Sie sah, wie er schwer ausatmete, wie er seine Schultern sacken ließ, dann sein Arm sank, hörte, wie die Pistole auf den Teppich fiel, und fast sah sie zu Boden, starrte ihm dann aber weiter ins Gesicht, seine Augen jetzt trübe, ohne Hoffnung.

»Drehen Sie sich um und stützen Sie Ihre Hände auf die Tischkante.«

Als er sich dagegenlehnte, aus dem Gleichgewicht gebracht, hob Karen seine Jacke an, tastete von hinten seine Hüften ab, und als sie fertig war, trat sie ihm die Füße unterm Leib weg. Chino fiel auf die Knie, wollte sich am Tisch festhalten und schlug mit dem Kopf an die Kante. Mit schmerzverzerrter Miene sah er zu ihr auf.

»Ich glaub, Sie würden mich erschießen.«

Karen sammelte seine Waffe auf und wies ihn an, sich bäuchlings auf den Boden zu legen. Sie ging um ihn herum zum Schreibtisch, tippte eine Nummer in das Telefon und sah zu Adele hinüber, die sie anstarrte.

»Daniel Burdon, bitte. Karen Sisco.«

Sie wartete, während Adele sie noch betrachtete, dann wandte sie sich zum Fenster um, als sie sagte: »Daniel? Ich möchte Ihnen einen Vorschlag machen.«

13

»Ich habe zu Burdon gesagt: ›Falls ich Chirino erwische, holen Sie mich dann in Ihre Task Force? Ich kläre das mit meinem Chef, wenn Sie einwilligen.‹«

Ihr Dad sagte: »Du hast ihm nicht erzählt, daß du den Mann schon hattest?«

»Ich dachte, ich sollte vorher was aushandeln.«

Ihr Dad sagte: »Mein kleines Mädchen.«

Sie saßen auf der Terrasse mit Jack Daniel's auf Eis, während die Sonne unterging. Ihr Dad hatte ihr oft genug erzählt, daß es Walter Hustons liebste Tageszeit in *Der Virginier* gewesen war, und Walter hatte recht. Heute abend erwähnte er es nicht.

»Natürlich war Burdon mißtrauisch. Er sagte: ›Mädchen, wollen Sie irgendein Spielchen mit mir spielen?‹ Ich habe gesagt: ›Sie müssen nur mit Ja oder Nein antworten.‹ Er sagte: ›Wenn Sie den Kubaner auftreiben, können Sie sich was wünschen.‹ Zwanzig Minuten später war er da. Er hat einen Blick auf Chirino geworfen und ihn von seinen Leuten wegschaffen lassen. Er mußte fragen, wie ich es fertiggebracht hatte, daß ein entflohener Sträfling vor mir am Boden lag, aber er gab sich nicht überrascht und hat auch keine große Sache daraus gemacht.«

»Du hast ihn übers Ohr gehauen«, sagte ihr Dad. »Ich wäre wahrscheinlich auch nicht freundlich zu dir gewesen.«

»Er mußte sich entscheiden, welche Haltung er mir gegenüber einnehmen, wie er mich behandeln wollte, und er war sich noch nicht sicher. Er hat mit Adele gesprochen, ihr eine Menge Fragen gestellt. Sie blieb bei der ganzen Sache ziemlich cool. Das hat mich überrascht.«

»Wenn irgend jemand cool war…«, sagte ihr Dad und hob ihr sein Glas entgegen.

Karen nahm einen Schluck von ihrem Drink. Sie sah zu

ihrem Dad auf und sagte: »Wenn man erst mal angefangen hat und aufgedreht ist und man weiß, wer der Kerl ist, und man weiß, daß man ihm keinen Fingerbreit lassen darf… Er hat die Wahl, du nicht.«

»Hast du das Burdon erzählt?«

»Nein, aber er hat gesagt: ›Besorgen wir uns was Kaltes zu trinken und reden wir ein bißchen.‹ Eine Stunde haben wir drüben im Cardozo gesessen.«

»Was trinkt er, Wasser?«

»Ja, Evian, so was in der Art. Er wurde lockerer. Zum ersten Mal, seit ich ihn kenne, ist er vom Himmel herabgestiegen und hat sich wie ein normaler Mensch benommen. Er hat mich gefragt, ob ich Chirino erschossen hätte, falls der die Waffe nicht weggeworfen hätte. Ich hab ja gesagt, und er hat gesagt, er glaubt mir. Er wollte mich zum Essen einladen. Er hat mich früher schon gefragt, es aber immer so klingen lassen, als wäre es das größte Glück meines Lebens. Wow, ich darf mit Daniel Burdon essen gehen. Wenn ich ihm einen Korb gebe, denkt er, ich wäre eine Rassistin. Auf dem College war es mit fast allen schwarzen Jungs so, die mich ausführen wollten. Ich sage nein danke, weil der Typ ein Idiot oder ein Arschloch ist oder Mundgeruch hat, und er wirft mir vor, eine Rassistin zu sein.«

»Was ist Burdons Problem?«

»Er hält sich für unwiderstehlich. Er will mich ins Bett kriegen, das ist alles, und ich sehe nicht, daß das eine Zukunft hätte. Ray Nicolet ist genauso, er kommt langsam dahin. Diese Machotypen… Jesus, wirklich wahr.«

Ihr Dad sagte: »Ich will nicht alles wissen, okay?« Er nippte an seinem Drink und sah auf den Rasen hinaus. Nach einer Weile sagte er: »Wie kommt es, daß wir nicht mehr Baseball spielen?«

Sie lächelte ihn an. »Jederzeit. Was macht dein Arm?«

»Ich weiß nicht, es ist so lange her.«

Mit zwölf Jahren hatte sie ihren eigenen Handschuh, ein

Dave-Concepcion-Modell, und sie warfen einander draußen auf dem Rasen Hardballs zu.

»Du hast die Jungs entdeckt und mit dem Ballspiel aufgehört.«

»Ich wollte sie nicht blamieren.«

»Du hättest es gekonnt, du hattest einen guten Arm. Du hast nie wie ein Mädchen geworfen.«

Sie schwiegen eine Weile im letzten Licht des Tages. Ihr Dad sagte: »Ich will dich nicht verlieren. Ich glaube, ich werde ewig leben, und ich brauche meine Tocher um mich. Ich habe deine Mutter verloren, das reicht.« Wieder herrschte Schweigen. Diesmal sagte er: »Du bist zu klug, mit einer Waffe rumzurennen und dich mit Verbrechern abzugeben. Du bist zu klug, und du bist ein zu netter Mensch.«

Karen stand auf, ging zu seinem Stuhl hinüber und gab ihm einen Kuß, blieb dort stehen, vorgebeugt, einen Arm um seine Schulter. Sie sagte: »Ich bin nicht mit Burdon ausgegangen, weil ich bei dir zu Hause bleiben wollte. Davor war der Plan, mich mit Adele zu treffen und dann gleich nach Hause zu kommen und auf dich zu warten. Weißt du warum?«

»Weil du deinen Dad lieb hast.«

»Weil ich meinen Dad lieb habe, und weil du eine Idee hast, wie ich Buddy finde.«

»Die Idee hab ich von dir. Weißt du noch, wie du gesagt hast: Was ist, wenn er wirklich Buddy heißt?«

Karen stand auf. »Und heißt er so?«

»Nein, aber es war etwas, womit man anfangen konnte.«

Karen drehte sich um und setzte sich ihm gegenüber auf das schmiedeeiserne Cocktailtischchen.

»Ich habe meine Hauptquelle angerufen.« Ihr Dad machte eine Pause, um einen Schluck von seinem Drink zu nehmen.

Und Karen sagte: »Gregg, das Computergenie. Erzähl es mir einfach, okay, zieh es nicht in die Länge.«

»Das tu ich gar nicht«, spielte ein bißchen den Beleidigten,

»ich erzähl's dir ja. Ich hab Gregg angerufen, ich habe gesagt: ›Was kannst du mit dieser Kombination anfangen? Deine Suchkriterien sind der Name Buddy, Bankraub oder bewaffneter Raub und Kalifornien zwischen 1970 und 1990.‹ Ich hab ihm gesagt, daß Buddy dieses oder letztes Jahr aus Lompoc entlassen wurde, aber wir wissen nicht, wie lange er drin war.«

Karen steckte sich eine Zigarette an. Ihr Dad nahm sie ihr weg, für sich selbst, und sie mußte sich noch eine anstecken.

»Hast du zufällig ein bißchen Gras dabei?«

»Ich rauch das Zeug nicht mehr. Komm schon, was ist mit Buddy?«

»Wenn man mit einem Spitznamen anfängt, denkt man, es wäre unmöglich, nicht? Aber wenn man ein paar Fakten hinzufügen kann, und mit etwas Glück... Gregg hat, ich weiß nicht, Nexis, Lexis, eins von den Programmen, die er hat, benutzt und einen Orren Edward Bragg gefunden, verhaftet am 22. März 1985 wegen eines Überfalls auf eine Filiale der City Federal am Sepulveda in Los Angeles drei Monate zuvor. Und wie haben sie ihn gefunden? Wie sie die meisten von diesen Typen finden, durch einen Tip. Das LAPD hat einen anonymen Anruf bekommen. Später stellte sich heraus, daß er ausgerechnet von seiner Schwester kam. Einer der Detectives zitiert sie mit den Worten: ›Es war Buddy Bragg, der die City Federal Bank und noch ein paar andere überfallen hat, möge Gott der Allmächtige ihm verzeihen.‹ Das war der einzige Hinweis auf einen Buddy im Zusammenhang mit Raubüberfällen, weit hinten in den Nachrichten, und Gregg hatte sie nach gut fünf Minuten gefunden, ausgedruckt und gefaxt. Der Zettel liegt drinnen.«

Karen stand auf, und dann setzte sie sich wieder.

»Aber wir wissen es nicht sicher, oder? Ob er unser Buddy ist?«

»Ich habe Florence angerufen – du hast sie mal kennengelernt –, immer noch eine meiner besten Quellen. Ich hab gesagt: ›Versuch mal, ob du einen Orren Bragg für mich in Dade, Broward oder Palm Beach County durchlaufen lassen kannst.‹ Ich hab sie vom Club aus angerufen, genau wie Gregg. Als ich nach Hause komme, warten beide Faxe schon. Orren Bragg hat Konten bei Florida Power und Light und Bell South. Seine Telefonnummer steht auch da. Buddy wohnt in Hallandale in den Shalamar Apartments an der A1A, in Nummer 708.«

»Das ist unser Buddy«, sagte Karen. Sie stand wieder auf.

»Meine Quellen«, sagte ihr Dad, »werden dir jeweils rund fünfzig Dollar in Rechnung stellen. Ich leite sie an dich weiter, wenn sie kommen.«

Karen stand ihm gegenüber, nickte und sagte dann: »Was glaubst du, wieso Buddys eigene Schwester ihn verraten hat?«

Ihr Dad sagte: »Sie hatte das Gefühl, es wäre nur zu seinem Besten. Oder vielleicht hat sie ihn nie gemocht. Er war ein echter Lümmel, hat ihr das Leben zur Hölle gemacht, als sie Kinder waren.«

»Foley hat gesagt, sie wäre Nonne oder wäre es gewesen.«

»Ich weiß nicht«, sagte ihr Dad, »ich hab Nonnen immer gemocht. Die sind so sauber. Sie scheinen nie zu schwitzen.«

Sie trank aus und sah, daß ihr Dad sie betrachtete.

»Du denkst doch nicht daran anzurufen, oder? Zu fragen, ob dein Freund da ist? Bitte erzähl mir das nicht.«

Karen sagte: »Okay, tu ich nicht.«

Aber es war eine Idee, über die sie nachdachte. Buddys Nummer anzurufen und nach jemandem zu fragen, einem Namen, irgendeinem Namen, denn sie war ziemlich sicher, daß sie Buddys Stimme erkennen würde, oder Foleys, falls er ranging, falls er da war und man ihr erklären würde, daß sie sich verwählt habe, und dann auflegen. Es war eine Versuchung, sie wollte es tun. Aber wenn sie ihre Stimme erkannten ... Sie überlegte, ob sie ihren Dad bitten sollte, es zu tun, und beschloß, die Vorschriften zu befolgen. Also rief sie Burdon an. Er war kühl, wollte wissen, wie sie an diese Information gekommen war, und nachdem sie es ihm erklärt hatte, sagte er: »Karen, Ihnen ist es wirklich ernst, was? Sie können mitkommen, wenn Sie wollen.« Er wollte zu Hause bei einem befreundeten Richter vorbeifahren, um sich einen Haftbefehl zu beschaffen, ein SWAT-Team zusammenstellen und sich mit ihr so bald wie möglich bei den Shalamar Apartments treffen. Er sagte: »Karen«, nannte sie diesmal nicht »Mädchen«, »seien Sie doch bitte so nett und beschaffen uns vom Hausmeister den Schlüssel.«

Karen nahm Details wahr, die sie ihrem Vater am späteren Abend erzählen wollte.

Der Geruch von Sauerkraut im Erdgeschoß-Apartment des Hausmeisters. Seine wäßrigen, weit aufgerissenen Augen, als sie ihm versicherte, daß die anderen Bewohner nicht gestört würden. Erklärte es ihm, während sie sich deren Reaktion vorstellte, wenn das SWAT-Team den Laden stürmte. Die älteren Gäste in der Lobby, meist Frauen, mit Pullis um die Schultern, schimmernden Lesebrillen, echte Angst in den Augen beim Anblick von schwarzen Uniformen und Springerstiefeln, den Helmen, den schußsicheren Westen, auf denen FBI stand, in Gelb, groß, auf dem Rücken der Westen, die automatischen Waffen in den ausgestreckten Armen, würde das SWAT-Team durch die Lobby rauschen wie ein Trupp von Darth Vaders.

Sie dachte: Nein, diese alten Leute würden nicht an Darth Vader denken, sie würden Nazi-Sturmtrupps kommen sehen, die sie verschleppen wollten, weil es manchen von ihnen vielleicht passiert war. Sie hatte alte Damen in Miami mit verblaßten Nummern auf den Armen gesehen.

Karen würde ihrem Dad erzählen, was sie erwartete, und dann sagen, es habe sie überrascht, daß Burdon keinen ausgewachsenen SWAT-Einsatz daraus machte. Sehr überrascht.

Er kam mit acht Mann in Jacken und heraushängenden Wollhemden, Sportschuhen, die Hälfte der Männer mit Taschen, in denen sich Tennisschläger oder irgendwelches Turngerät befinden mochten. Die Bewohner unterbrachen, was sie taten, fernsehen, Rommé spielen. Sie wunderten sich, was los war, neugierig, aber sie wirkten nicht besorgt. Burdon postierte zwei Männer draußen – vorn und hinten – und schickte zwei weitere rauf zum sechsten, damit sie beide Enden des Flures deckten. Er sagte zu Karen: »Fertig?«

Dann mußte er warten, als eine Frau sagte: »Liefern Sie den Sauerstoff?«

Burdon, Karen und die verbleibenden vier Leute aus dem SWAT-Team nahmen den Fahrstuhl. Auf dem Weg nach oben sah Burdon die Männer einen nach dem anderen an. »Sie sind Erster, Sie sind Zweiter, Sie sind die Deckung.« Zum vierten sagte er: »Wollen Sie den Rammbock einsetzen?«

Er trug ihn in etwas, das wie ein Seesack aussah.

Karen sagte: »Die Hausmeistertür ist aus Metall. Wissen Sie, was ich meine? Vielleicht sind es die anderen auch.«

Burdon sah sie an. »Ja, Sie haben schon reichlich Türen aufgebrochen, nicht?«

»Eine Ramme an einer Eisentür«, sagte Karen, »macht furchtbaren Lärm und nützt nicht viel.«

Sie wollte ihrem Dad erzählen, wie man den Griff oben anfaßte, der wie eine Rückenflosse aussah, und dann den Griff am hinteren Ende und die Ramme fest gegen die Tür schlug. War diese aus Holz, würde die Ramme sie zertrümmern. Eisen würde davon nur verbeult. Aber der vierte Mann hatte außerdem eine Schrotflinte mit einer »Shock-Lock«-Patrone drin, und die würde es bringen.

Sie kamen in den sechsten Stock, und die SWAT-Leute zogen die Jacken und Wollhemden aus, die sie über ihren schußsicheren Westen trugen, schweren Dingern mit Keramikplatten über der Herzgegend. Karen reichte den Schlüssel dem Special Agent mit der Leinentasche. Der hielt inzwischen seine Schrotflinte in der Hand, eine Remington mit einem Acht-

Zentimeter-Metallstück, vorn an die Mündung geklebt. Sie näherten sich der Nummer 708.

Der Erste und der Zweite standen rechts neben der Tür, die Neuner-Berettas angehoben. Der Dritte, der ihnen Deckung geben würde, hielt eine MP-5-Maschinenpistole in Händen. Der Mann mit der Flinte schob vorsichtig den Schlüssel ins Schloß und drehte ihn. Die Tür wollte nicht nachgeben, ein Riegel hielt sie von innen zu. Er hob das Schrotgewehr und setzte das Metallstück gegen die Fuge, wo das Schloß in den Türrahmen drang, die Mündung der Flinte jetzt genau acht Zentimeter vom Riegel entfernt, und sah über seine Schulter zu Burdon und Karen. Burdon nickte. Beim Krachen der Schrotflinte warf sich der Erste an die Tür, und der Zweite und der Dritte stürmten ihm gleich nach, und Karen, in deren Ohren es summte, zog ihre Beretta, erwartete, jeden Augenblick Schüsse zu hören.

14

Foley sagte, wenn man nicht gerade Skilaufen oder Jagen wollte, hätten sie hier eine beschissene Auswahl an Wintermänteln. Buddy sagte, es gäbe ein paar ziemlich hübsche Jacken. Foley sagte, er könne nicht mal Wollhandschuhe finden. Buddy sagte, na ja, was hast du erwartet, wir sind in Florida. Foley sagte, er hätte erwartet, ein paar Mäntel zu finden, wieso seien sie sonst den ganzen Weg bis zu diesem Einkaufszentrum gefahren? Außerdem fühlte er sich wie ein Idiot, wenn er in seinem kinderkackegelben Strandaufzug, den Socken und Sandalen durch die Läden pilgern mußte. Auf der Rückfahrt sagte Buddy, es sähe so aus, als müßten sie warten, bis sie in den Norden kämen, vielleicht wenn sie den Ohio überquerten und von Kentucky nach Cincinnati kamen. Und sagte dann: »Nein, warte mal. Ich weiß, wohin wir fahren.«

Sie bogen von der 95 auf den Hallandale Beach Boulevard und kamen nach einer Minute zum Jewish Recycling Center. Buddy sagte: »Es ist wie die Heilsarmee oder St. Vincent de Paul, nur jüdisch. Da gibt es alles, was wir brauchen.«

Über 3000 NEUE TEILE TÄGLICH stand auf dem Schild am Eingang. Sie kamen durch eine Abteilung mit Möbeln, Betten, Schreibtischen, alles von Fernsehern bis zu Toastern und Waffeleisen. Hasteten durch die Kinderkleidung und einen großen Trakt mit Frauensachen, schmale Gänge, vollgestopft mit Kleidern und Kunden – meine Güte, Nerzmäntel für nur achthundert Mücken –, und das ständige Klappern von Bügeln an metallenen Rohrregalen. Sie kamen zur Herrenabteilung, gängeweise Anzüge, Sakkos, sogar Smokingjacken und Mäntel – einige in genau dem Stil, den Foley suchte.

Der erste, den er vom Ständer holte, war dunkelblau, zweireihig. Mit den Sandalen und ohne Hosen sah er im Spiegel komisch aus, aber er wußte: Das war sein Mantel. Schmal geschnitten, kein bißchen klobig, als trüge der Mantel *ihn*.

Er zog einen leichten, marineblauen, einreihigen Anzug mit Brooks-Brothers-Label über, und der fühlte sich gut an, auch wenn die Ärmel einen Hauch zu kurz waren, das war okay. Er mochte sie lieber zu kurz als zu lang. Die Hosen paßten perfekt und glänzten am Hintern nicht zu sehr. Er fragte sich, was der Mann machte, dem der Anzug gehört hatte. Foley hoffte, er wäre erfolgreich. Er betrachtete sich selbst im Spiegel, den Anzug über seinem Strandsakko aus Leinen. Es sah okay aus, aber er wollte den richtigen Gesamteindruck haben, also suchte er sich ein weißes Hemd mit kurzen Ärmeln und eine Krawatte, die größtenteils dunkelblau war, zog beides unter dem Anzug an und trat wieder vor den großen Spiegel, um sich sein neues Image anzusehen, erwartete, sich selbst als Geschäftsmann zu sehen, als eine Art leitenden Angestellten.

Und dann sah er eher aus wie jemand, den man eben aus dem Gefängnis entlassen hatte, in einem zwanzig Jahre alten

Film. Steve McQueen als Doc McCoy. Jaaaa … das gefiel ihm. Er drehte sich halb um und schob die Hüfte ein wenig vor: ein Foto von Jack Foley kurz nach seinem wagemutigen Gefängnisausbruch. Vor seinem inneren Auge sah er ein Bild von Clyde Barrow, den Hut tief über ein Auge gezogen, und sofort sah er Karen Sisco in ihrem kurzen Rock aus dem Kofferraum des Chevy steigen und dann auf der Straße in ihren Jeans mit den pinkfarbenen Schuhen. Er stellte sich vor, sie würde ihn in diesem Anzug sehen. Eine halbdunkle Cocktail Lounge. Sie sehen einander an …

Buddy kam mit einem Mantel herüber, einem zweireihigen, graues Fischgrät, und sagte: »Was meinst du?«

Foley nickte, schob die Augenbrauen hoch.

Buddy sagte: »So einen wollte ich schon immer haben. Ich glaube, ich brauch noch einen Hut dazu. Ich mag Hüte.«

Foley fragte, wie er aussah, und Buddy brauchte einige Augenblicke, bis er sagte: »Wie ein Börsenmakler.« Danach probierte Foley einen Smoking, um zu sehen, wie das war. Buddy sagte ihm, jetzt sähe er wie ein Kellner aus, einer der trank und dauernd gefeuert wurde. Sie amüsierten sich, zwei erwachsene Männer spielten Verkleiden.

Sie fanden Kleidungsstücke in der Wohnung, neue Schuhe, Lebensmittel und Getränke im Kühlschrank, Orangensaft. Pepsi Cola Light in Zweiliter-Plastikflaschen, Sechserpacks Bier. Burdon sagte: »Daß mir keiner diese Pizzareste anrührt. Buddy kommt wieder, und wir werden auf ihn warten. Hier in der Wohnung, und jemand in der Lobby mit einem Funkgerät, bis die Leute ins Bett gehen. Karen, ich möchte, daß Sie das Polizeirevier Hallandale anrufen und fragen, ob die einen stillen, unauffälligen Labormenschen haben, den sie uns rüberschicken können, damit er ein bißchen rumstaubt, die Türgriffe, Gläser in der Küche, leere Flaschen, den Drücker am Toilettenkasten. Sagen Sie ihm bitte, er soll in einem unmarkierten Wagen kommen. Die schicken uns noch irgendein kleines Mädchen, das Polizistin werden will. Karen, sehen Sie irgendwas, das Sie interessiert oder das Sie wiedererkennen?«

»Der Regenmantel im Garderobenschrank. Den hat Glenn Michaels getragen.« Sie machte eine Pause und sagte: »Foley hat gefragt, ob er ihn anziehen durfte, damit er das Hemd ausziehen konnte, das er anhatte. Es war schmutzig.«

»Das Hemd von diesem Wärter«, sagte Burdon, »dem Mann, den Foley mit einem Vierkant niedergeschlagen hat. Also war er hier. Oder er ist es noch, hm? Ich gehe lieber davon aus, damit wir es hinter uns bringen. Karen, Sie sind in meiner Task Force. Keine Sorge, ich klär das mit Ihrem Boß. Wenn diese Sache durch ist, werden wir uns unterhalten müssen, mal sehen, ob wir Sie zum FBI versetzt bekommen.«

Karen sagte kein Wort, nickte nur und machte den Anruf beim Revier von Hallandale. Danach fing sie an, sich in der Wohnung noch mal nach Spuren von Foley umzusehen, irgendwas, an dem sie sah, daß er hier wohnte.

Wieder sah sie sich die Schuhe an, dunkelbraune Halbschuhe, Größe 10, so neu, daß sie noch nicht getragen waren. Sie glaubte, es wären Foleys, weil sie beim Sofa neben ein paar weißen Nikes standen, gleiche Größe, ebenfalls neu, aber man sah, daß sie getragen waren. Die Schuhe im Schlafzimmerschrank, zwei Paar, gut eingelaufen, waren zweifellos Buddys. Im Wohnzimmer lagen Zeitschriften, *Sports Illustrated, National Enquirer* und ein Stapel Zeitungen – *Miami Herald* und *Ft. Lauderdale Sun-Sentinel* – aus der ganzen Woche, von Montag, dem Tag des Ausbruchs, bis heute, Freitag. Karen fand Foleys Foto im *Herald* und starrte es an, versuchte, in diesem Gesicht zu sehen, was sie von dem Mann auf der Collins Avenue in seiner Strandkleidung erinnerte. Falls es Foley gewesen war, hatte er vielleicht genau hier gesessen, um seine Nikes auszuziehen und die Sandalen anzuschnallen. Auf dem Weg zu Adele, was ein großes Risiko darstellte. Ebenso wie ein Gefängnisausbruch. Er hatte Nerven ... Und vielleicht zeigte der Strandaufzug seinen schrägen Sinn für Humor: seiner Ansicht nach eine Verkleidung, weil er sich für gewöhnlich nie wie ein Tourist anziehen würde. Karen hatte das Gefühl, sie konnte – nach einer halben Stunde allein mit Foley in der Dunkelheit – sagen, daß er ziemlich cool war, und coole Typen trugen keine Strandklamotten in Orange und Ocker und auch keine Socken in Sandalen ...

Burdon sagte: »Hier haben wir Mr. Orren Braggs Telefonrechnung. Vier Ferngespräche letzten Monat mit derselben Vorwahl 213, das ist Los Angeles. Wen kennt er da drüben, Karen?«

Sie schüttelte den Kopf.

»Na, wir werden es rausfinden. Waren Sie in der Küche?«

»Noch nicht.«

»Da liegt ein Schuhkarton im Müll, mit so was wie einer Quittung drin. Wird wohl für die neuen Schuhe sein. Sie können morgen zu dem Laden fahren, mal sehen, ob die sich erinnern, wer sie gekauft hat. Ich meine, falls wir hier kein Glück haben.«

»Aber Sie glauben, die beiden kommen zurück«, sagte Karen.

»Ja, allerdings, und wir bereiten ihnen eine Surprise-Party. Ich möchte, daß Sie sich ein Funkgerät nehmen, runter in die Lobby gehen und sich bei den Leutchen rumtreiben. Wenn Sie Foley und diesen Buddy sehen, was tun Sie dann?«

»Anrufen und Bescheid sagen.«

»Und Sie lassen die beiden raufgehen. Verstanden? Versuchen Sie nicht, sie allein zu schnappen.«

Burdon rutschte wieder in seinen offiziellen Tonfall ab.

Karen sagte: »Was ist, wenn sie mich sehen?«

»Das lassen Sie nicht zu«, sagte Burdon. »Ich will die beiden hier oben haben.«

Buddy bog vom Hallandale Beach Boulevard südlich auf den A1A, drei Blocks von den Shalamar Apartments entfernt.

Er sagte: »Das sind, grob geschätzt, tausendfünfhundert Meilen. Die kann man in zwei Tagen schaffen. Wenn wir uns heute abend auf den Weg machen und durchfahren, sind wir Sonntag morgen gegen zwei, drei Uhr da. Die Bars schließen in Detroit um zwei, und sonntags kriegt man Alkohol erst ab mittags. Damit alle Gelegenheit bekommen, heil zu ihren Andachtsstätten zu kommen, bevor sie sich einen hinter die Binde gießen.«

Foley sagte: »Worauf willst du hinaus?«

»Willst du heute abend oder morgen los? Wenn wir morgen früh losfahren, sagen wir gegen sieben, und durchfahren, sind wir am frühen Sonntagnachmittag da. Das Spiel fängt um sechs an, also hätten wir reichlich Zeit, uns ein Dach über dem Kopf und etwas Proviant zu besorgen. Es sei denn, du wolltest dir das Spiel in einer Bar ansehen. Du weißt schon, eine Sportbar mit großem Bildschirm.«

»Was willst du?«

»Die Steelers und alle Punkte, die ich kriegen kann. Oder wir könnten auch heute abend losfahren, morgen früh irgendwo in Georgia halt machen, ein paar Stunden schlafen, uns ein ordentliches Frühstück genehmigen … Magst du Grütze?«

»Ich liebe Grütze.«

»Biskuits mit Redeye-Sauce?«

Dann bogen sie ins Shalamar ein, nahmen die Einfahrt, die in die unterirdische Parkgarage des Gebäudes führte. Foley sagte: »Die Sauce ist nicht mein Fall. Ich krümel mir gern meinen Schinken in die Grütze.« Er sagte: »Es liegt bei dir, wann immer du losfahren willst.«

Buddy sagte: »Wir sollten es nicht zu gemütlich angehen, als hätten wir alle Zeit der Welt.« Er manövrierte den Olds in eine Lücke in der Nähe des Fahrstuhls. »Was meinst du, sollen wir unsere neuen Sachen im Wagen lassen? Könnten wir genausogut.«

Ein alter Herr mit Golfmütze fragte Karen, ob sie Rommé spielen wollte.

Mehrere Damen blieben auf dem Weg zum Fahrstuhl stehen und fragten, ob sie eine neue Mitbewohnerin sei.

Eine andere, eine zerbrechlich wirkende, kleine, graue Maus von einer Frau in den Achtzigern stützte sich auf ihren Malakka-Stock und fragte, ob sie ihre Mutter besuchte. Karen machte den Fehler, nein zu sagen, ihre Mutter sei bereits verstorben. Dann mußte sie das Funkgerät und die Ausgabe des *National Enquirer* an sich nehmen, die sie aus Buddys Wohnung mitgenommen hatte, damit sich die Frau neben sie auf das Sofa setzen konnte. Sie nahm Karens Hand und fing an, irgendwas von Gottes Willen zu erzählen, dann fragte sie, woran ihre Mutter gestorben sei. Karen sagte Non-Hodgkin's Lymphom, vor zwölf Jahren. Die Mausfrau sagte oh, tätschelte Karens Hand noch einige Male, sah sich auf unbestimmte Art und Weise um und sagte, es würde Zeit für ihre Pillen.

Karen sah ihr nach, wie sie zum Fahrstuhl schlich, die kleine Mausfrau mit ihrem großen, schwarzen Stock, und dachte wieder an ihre Mutter, die erst siebenundfünfzig wäre, zu Hause, nicht in einem Haus wie diesem. Sie wäre draußen mit Strohhut und Handschuhen, würde trimmen und jäten, und man könnte das Haus von der Straße aus sehen. Das erzählte sie Freunden und erinnerte sich daran, daß sie Ray Nicolet davon erzählt hatte, und dachte wieder an die Task Force und das SWAT-Team, das oben wartete, und daran, wie Burdon sagte: »Sie lassen die beiden raufkommen. Versuchen Sie nicht, sie allein zu schnappen.«

Karen sah nach links, an einer Lampe neben dem Sofa und einer riesigen Schefflera in einem Übertopf vorbei zum Straßeneingang der Lobby. Der Fahrstuhl war direkt vor ihr, nicht viel mehr als zehn Meter entfernt.

Die kleine, graue Mausfrau wartete noch immer, stützte sich auf ihren Stock.

Die Fahrstuhltür ging auf, und Karen sah zwei Männer drinnen stehen, beide etwa gleich groß, sahen herüber. Einer mit dunklem Hemd und Hosen, der andere …

Der andere in einem orange- und ockerfarbenen Strandaufzug mit einer Strohtasche.

Jetzt ging die Mausfrau hinein, tastete mit ihrem Stock, machte einen Schritt nach dem anderen.

Der Mann mit dunklem Hemd und Hosen streckte eine Hand aus, um ihr an Bord zu helfen.

Der andere im Orange-und-Ockeraufzug starrte noch immer geradeaus zu Karen auf dem Sofa, die seinen Blick erwiderte, während das phosphoreszierende Licht des Fahrstuhls ihn und den anderen wie zwei Verdächtige bei einer Gegenüberstellung beleuchtete. Er rührte sich nicht. Erst als sich die Fahrstuhltüren schlossen. Da hob er eine Hand.

Das tat er – Karen war jetzt sicher, daß es sich um Foley handelte –, hob ihr seine Hand entgegen, als sich die Tür schloß.

Der Fahrstuhl blieb im zweiten stehen. Die alte Frau rührte sich nicht, und Buddy sagte zu ihr: »Ist das deine Etage, Muttchen?«

Sie sah zu der Zahlenreihe auf, deren Licht das Stockwerk anzeigte. Sie sagte: »Ja, das ist sie.«

Foley sagte: »Unsere auch«, und wandte sich Buddy zu, der ihn ansah. »Karen Sisco sitzt in der Lobby. Ich schätze, oben warten ein paar Leute.«

Sie mußten warten, bis die Frau ausgestiegen war, mit ihrem Stock Löcher in den Boden bohrte, dann schoben Sie sich an ihr vorbei, liefen über den Flur zum AUSGANG-Schild und nahmen die Treppe zur Garage.

Als sie wieder im Wagen saßen, sagte Buddy. »Ich denke, wir fahren heute abend, hm?«

Foley mochte seinen Tonfall. Er mußte Buddy nicht sagen, daß er ruhig bleiben, sich Zeit lassen sollte, damit sie beim

Rausfahren nicht mit irgendwem zusammenstießen. Buddy sagte: »Sie wird sehen, daß der Fahrstuhl rauf zum sechsten fährt… das müßte uns etwas Zeit geben.«

Dann fuhren sie aus dem Gebäude, fädelten sich in den Verkehr ein.

»Sie hat uns gesehen«, sagte Foley, »also weiß sie, daß wir abgehauen sind.«

Buddy sagte: »Tja, wenn sie wissen, wo ich wohne, wissen sie wahrscheinlich auch, was ich fahre. Sollten wir uns einen anderen Wagen besorgen? Der hier hat immer noch kalifornische Kennzeichen. Oder wir nehmen sie ab und besorgen uns eine Nummer aus Florida. Ich hab einen Schraubenzieher im Handschuhfach. In Florida hat man nur ein Kennzeichen. Ich glaub, in anderen Staaten auch. Wir halten irgendwo und besorgen uns eins, bevor wir auf die 95 kommen. Da ist ein Wal-Mart drüben am Hallandale Beach Boulevard, der Parkplatz ist immer voller Autos. Was meinst du?«

»Sie hat mir direkt in die Augen gesehen«, sagte Foley. »Sie hat nicht geschrien oder sonstwie aufgeregt reagiert. Sie hat sich nicht vom Fleck gerührt.«

Sie waren auf der A1A, einer zweispurigen Straße voller Scheinwerfer. »Eins arbeitet für uns«, sagte Buddy mit Blick in den Rückspiegel. »Draußen ist es dunkel.«

»Sie hat nur dagesessen«, sagte Foley, »und mich angesehen.«

15

Ihr Dad sagte: »Er hat dir zugewunken?«

»Ich will es nicht beschwören«, sagte Karen, »aber ich bin mir ziemlich sicher. Er hat seine Hand bis auf Kopfhöhe gehoben, und als die Fahrstuhltür zuging, sah es so aus, als würde er winken.«

Inzwischen war Samstag, sieben Uhr abends. Sie waren beide den ganzen Tag aus dem Haus gewesen und saßen jetzt in der Küche, genehmigten sich einenDrink, bevor sie essen gehen wollten.

»Vielleicht hat er sich am Kopf gekratzt.«

»Er hat mir die ganze Zeit direkt ins Gesicht gesehen.«

»Er wußte, daß du ihn erkannt hast?«

»Da bin ich mir ganz sicher. Deshalb hat er – glaube ich – gewunken, er hatte nichts zu verlieren. Weißt du, was ich meine? Er konnte nicht so tun, als wäre er ein anderer, denn ich hatte ihn in diesem albernen Strandaufzug schon gesehen.« Karen lächelte nur ein bißchen. »Er ist ein ziemlich cooler Typ. Weißt du das?«

Ihr Dad mußte auch cool sein, wenn er mit ihr zusammen war.

»Hast du zurückgewunken?«

»Ich hatte nicht die Zeit. Die Tür ging zu.«

»Aber ich schätze, du hättest es getan.« Sagte es sachlich, spielte mit ungerührter Miene mit, nicht sicher, ob er es ernst meinte oder Karen, sein süßes, kleines Mädchen, die flüchtige Straftäter verfolgte und vors Bundesgericht brachte.

»Und was hast du dann gemacht?«

»Ich habe Burdon über Funk gerufen. Ich hab ihm gesagt, Foley hätte mich gesehen, also würden er und Buddy sicher aus dem Fahrstuhl steigen. Burdon hat einen Mann im Apartment zurückgelassen und ist mit dem Rest seiner Leute die Treppe runtergelaufen, um die einzelnen Stockwerke zu checken.«

»Was hast du gemacht?«

»Burdon hat gesagt, ich sollte bleiben, wo ich war. Ich hab seinen Männern draußen Bescheid gegeben und ihnen gesagt, sie sollten sich an die Garageneinfahrt stellen. Zu dem Zeitpunkt wußte ich allerdings noch nicht, ob Buddy einen Wagen hatte und wenn ja, was für einen und wo er gemeldet war.«

»Vielleicht waren sie noch im Gebäude.«

»Das ist möglich, aber sie sind entkommen, und es ist wahrscheinlich, daß sie es geschafft haben, bevor die Männer draußen bei der Garage waren. Burdon hat beim Sheriff von Broward angerufen, und sie haben Kontakt zu – ich glaube – Autotrak aufgenommen und bei denen Buddys Wagen gefunden, einen 89er Olds, in Kalifornien auf den Namen Orren Bragg zugelassen. Inzwischen war es zu spät, die Straßen zu sperren und die Sache der örtlichen Polizei zu überlassen. Burdon hat eine Suchmeldung rausgegeben, war aber sicher, daß die beiden längst die Kennzeichen ausgetauscht oder sich einen anderen Wagen beschafft hatten.«

»Hat Burdon das Gebäude weiter beobachten lassen?«

»Ja, aber seit heute nachmittag nicht mehr. Ich hab bei der Drogenfahndung angehalten, um mir Glenn Michaels Akte noch mal anzusehen. Sie hatten ihn wegen ›Drogenbesitzes zum Zwecke des Verkaufs‹, konnten ihn aber nicht festnageln. Interessant war an Glenns Aussage, daß er sagte, er sei in Detroit gewesen, um einen Freund zu besuchen und sich nach einem Job umzusehen – falls du das glauben kannst. Sie wollten wissen, wo der wohnt und wer dieser Freund ist. Glenn sagte: ein Mann namens Maurice Miller, auch bekannt als Snoopy, ein ehemaliger Preisboxer. Ich hab nachgeschlagen. Maurice war zur selben Zeit in Lompoc wie Glenn. Tatsächlich sind sie zusammen rausspaziert… aus irgendeinem Grund sehe ich sie Händchen halten. Sie wurden geschnappt und ins USP Lompoc geschickt, das Hochsicherheitsgefängnis, wo Glenn Buddy und Jack Foley kennengelernt hat. Das paßt dazu, daß Glenn mir, als wir zusammen im Wagen gesessen haben, erzählt hat, daß er ein großes Ding laufen hätte. Dann mußte es, nach etwas anderem, was er sagte, in Detroit sein. Ich habe Burdon angerufen… weißt du, was er gesagt hat?«

»Du wirst es mir erzählen müssen.«

»›Was hat das alles mit unseren Bankräubern zu tun?‹ Er

sagt, die beiden sind auf dem Weg nach Kalifornien, weil ›sie sich immer da verstecken, wo sie sich auskennen‹.«

Ihr Dad sagte: »Tun sie, ja?«

»Buddys Telefonrechnung war in der Wohnung. Daraus ist ersichtlich, daß er mindestens einmal die Woche eine Nummer in Los Angeles angerufen hat. Rate mal, wessen.«

»Die von seiner Schwester.«

»Woher wußtest du?«

»Du hast gesagt, rate mal, und ich hab geraten.«

»Seine Schwester Regina Mary Bragg, die Ex-Nonne, die ihn hinter Gitter gebracht hat. Burdon hat sie heute morgen angerufen, fünf Uhr früh in Los Angeles. Sie sagt, ihr Bruder ist in Florida, um einen Freund zu besuchen, wußte aber weder dessen Namen, noch hatte sie eine Telefonnummer von Buddy. Mich würde interessieren«, sagte Karen, »wieso er seine Schwester jede Woche anruft, nachdem sie ihn verraten hat.«

Ihr Dad sagte: »Na ja, er scheint es ihr nicht übelzunehmen.«

»Ich glaube, er ist im Grunde ein netter Kerl, tut es aus Freundlichkeit.«

»Oder vielleicht«, sagte ihr Dad, »haben nach den langen Jahren des Zölibats ihre Nerven gelitten, und seine Anrufe halten sie im Lot.«

»Foley sagt, sie trinkt.«

Ihr Dad dachte darüber nach und sagte: »Aber nicht um fünf Uhr morgens, als Burdon sie angerufen hat. Wenn sie so was wie eine Alkoholikerin ist, hätte sie einen Kater und würde versuchen, geradeaus zu denken, wäre vorsichtig mit dem, was sie sagt.«

»Ich schätze, der richtige Zeitpunkt, mit ihr zu reden«, sagte Karen nickend, »wäre, wenn sie einen im Tee hat.«

Jetzt nickte auch ihr Dad. »Irgendwann am Abend, aber nicht zu spät.«

Sie fuhren zum Essen ins Joe's Stone Crab.

Als sie zurückkamen, blieb Karen in der Küche, um Regina Mary Bragg anzurufen. Acht Uhr abends in Los Angeles.

Ihr Dad ging zu seinem Sessel im verglasten Wohnzimmer, um fernzusehen, mit einem Cognac neben sich auf dem Lampentisch. Er wanderte per Fernbedienung durch die Kanäle, suchte, bis er zu Robert Redford und Max von Sydow in der Bibliothek irgendeines Hauses kam, der Hausherr an seinem Schreibtisch. Redford hält etwas, das wie ein .45er Colt aussieht, auf ihn gerichtet. Aber Max mit einer Walther PPK, einer weit intelligenteren Waffe, kann Redford ausstechen und sagt ihm, er soll seine Kanone auf den Schreibtisch legen. Es erinnerte ihn daran, daß Karen die Sig Sauer nicht mehr besaß, die er ihr vor drei Jahren zu Weihnachten geschenkt hatte. Als sie im Krankenhaus lag, sagte er ihr, wenn sie brav sei, würde er ihr zu ihrem Geburtstag im April vielleicht eine neue besorgen. Sie sagte: »Ich krieg meine Waffe zurück, sobald ich Jack Foley finde. Viel dringender bräuchte ich Schuhe. Aber kauf mir nichts, okay? Wirklich.« Was sie jedes Jahr sagte. Und jedes Jahr war sie wieder sein kleines Mädchen und packte Geschenke aus, eifrig, mit allergrößter Freude, während seine Freude darin bestand, sie dabei zu beobachten. Jetzt sah er, wie Max von Sydow zu dem sitzenden Mann hinüberging und ihm in die rechte Schläfe schoß, zu Redfords Erstaunen, und dem Mann seine Walther in die Hand legte. In vierzig Jahren als Privatdetektiv hatte Marshal Sisco nie eine Waffe getragen oder eine im Büro oder zu Hause verwahrt. Auch seine Ermittler hatten keine, ebenso Karen, wenn sie für ihn Überwachungsjobs ausführte: Das süße Mädchen folgte Versicherungsbetrügern, die Unfälle oder Schleudertraumata vortäuschten. Über diese Zeiten hatten sie beim Essen geplaudert, und Marshall hatte versucht, seinem kleinen Mädchen die Idee zu verkaufen, daß sie wieder ins Geschäft mit den privaten Ermittlungen einstieg, das Büro übernahm, echtes Geld verdiente, indem sie große Firmen vertrat, die verklagt wurden – Supermärkte und

Restaurants, Krankenhäuser, Motorrad- und Automobilhersteller… sie müßte keine Waffe tragen und ihren Kofferraum nicht mit dem ganzen Zeug zur Verbrecherbekämpfung beladen. Sie würde Anwälte kennenlernen, Ärzte – die waren nicht notwendigerweise verkehrt, sofern sie geschieden waren. Wieso sich mit einem Cowboy-Cop begnügen, der zuviel trank und seine Frau betrog? So waren diese Heißsporne, ausnahmslos. Karen war ein nettes Mädchen, auf ihre Weise wohlerzogen. Sie hörte ihm beim Essen zu, nickte ein paarmal, während sie an ihren Krebsscheren nagte, und fragte ihn, ob er glaubte, daß Buddy und Foley zusammenbleiben würden. »Wären sie nicht besser dran, wenn sie sich trennen würden?« Er dachte: Was kann man tun? Sein kleines Mädchen hatte andere Dinge im Kopf. Sie sprach von Buddy, aber es war Foley, der sie beschäftigte. Er sagte zu ihr, ja, sie hätten bessere Chancen, es zu schaffen, wenn sie sich trennten. Aber falls Buddy irgend etwas tun wollte und Foley dabei brauchte, und da Foley ihm was schuldig war… Da kommen Max von Sydow und Redford aus dem Haus. Max wendet sich Redford zu, der ihn gerade bei einem Mord beobachtet hat, und sagt: »Kann ich Sie irgendwo absetzen?«

Als sie ins Zimmer kam, sagte Karen: »*Die drei Tage des Kondor*. Ich liebe diesen Film. Weißt du, wie das Buch heißt, auf dem er basiert?«

»Sag's mir.«

»*Die sechs Tage des Kondor*. Ich habe mit Regina Mary gesprochen. Sie hat eine sehr leise Stimme – so ungefähr, fast ein Flüstern. ›Ja? Was kann ich für Sie tun?‹ Artikuliert, also schätze ich, war sie definitiv ziemlich blau. Ich habe es gewagt, ich sage: ›Regina, hier ist Karen, Buddys Freundin aus Miami.‹ Ich habe gesagt: ›Er hat mir erzählt, wo er wohnen will, und ich hab die Adresse aufgeschrieben, aber jetzt kann ich sie nicht wiederfinden.‹ Ich glaube, es hat sie verwirrt. Sie sagte: ›Oh‹, mit dieser Stimme, ›ich habe keine Ahnung.‹ Und ich dachte, na, das war's dann wohl. Aber dann hat sie gesagt«, Karen sprach mit leiser, gedämpfter Stimme, »›er hat gerade eben angerufen, um Bescheid zu sagen, daß es ihm gut geht.‹ Ich konnte es nicht glauben. Ich habe gesagt, er ist erst gestern abend losgefahren und jetzt schon da? Sie sagte: ›Oh, nein, er ist in Lexington, Kentucky.‹« Karen sagte zu ihrem Dad: »Bist du bereit? Und dann hat sie gesagt: ›Er wird nicht vor morgen in Detroit sein.‹«

Ihr Dad lächelte sie an. »Wunderbar.«

»Ich sage: ›Buddy ist wirklich aufmerksam, daß er Sie anruft.‹ Und weißt du, was sie darauf antwortet? ›Das sollte er lieber auch, wenn er seine unsterbliche Seele retten will.‹ Was, glaubst du, soll das bedeuten?«

»Als wäre sie seine Fahrkarte zum Himmel«, sagte ihr Dad, »und er soll besser in Kontakt bleiben. Regina mag ihr Habit abgelegt haben, aber in ihr ist noch eine ganze Menge von der altertümlichen Nonne. Was hat sie sonst noch gesagt?«

»Das war es so in etwa. Ich habe gefragt, ob sie das nächste Mal, wenn Buddy anruft, rausfinden kann, wo er wohnt, und vielleicht auch die Telefonnummer. Sie sagt, es sei nicht nötig, daß sie es wüßte, er habe ihr sein Ehrenwort gegeben, daß er sich meldet.«

»Tja, nicht alle Nonnen sind Herzchen«, sagte ihr Dad. »Regina hört sich an wie eine, bei der man die Hand ausstrecken mußte und die dann mit einem Lineal zugeschlagen hat. Tat höllisch weh.«

Karen nahm einen Schluck von ihrem Drink und schwieg einen Moment.

»Du mußt es Burdon erzählen«, sagte ihr Dad, »und das würdest du lieber nicht. Hab ich recht?«

Karen sah auf. Sie sagte: »Das FBI hat momentan Haftbefehle für mehr als sechstausend Flüchtige. Wozu brauchen die noch zwei mehr?«

Ihr Dad sagte: »Du machst Witze.«
Karen nahm noch einen Schluck.
Ihr Dad sagte: »Machst du doch, oder?«

Am Sonntag war beim Super Bowl schon Halbzeit, als Karen nach Hause kam. Sie sah, daß ihr Dad versuchte, so zu tun, als machte es ihm nichts aus.

»Tut mir leid, daß ich zu spät bin. Wie steht es?«

Ihr Dad, mit seinem Bier und einer Schale Erdnüsse, sagte: »Dreizehn zu sieben für Dallas. Es ist noch alles drin, aber nicht so eng, wie es aussieht. Die Cowboys mußten ein paar Field Goals treten, wo sie eigentlich Touchdowns hätten machen sollen.«

»Also können sie sich nicht allzu arrogant aufführen.«

»Laß ihnen Zeit.«

Karen sagte: »Ich war bei Burdon.«

Ihr Dad wandte sich um und sah sie an.

»Er hat sich nicht das Spiel angesehen?«

»Er wollte, mußte mich aber vorher erst noch loswerden.« Karen machte sich auf den Weg nach draußen und blieb stehen. »Dreizehn zu sieben, das macht insgesamt zwanzig Punkte. Was hast du gewettet, sechzig?«

»Einundsechzig, basierend auf einem Endstand von vierundvierzig zu siebzehn, wobei die Cowboys von vorn bis hinten alles unter Kontrolle haben.«

»Also müssen sie für dich einunddreißig Punkte in der zweiten Halbzeit machen.«

»Ich mach mir keine Sorgen«, sagte ihr Dad. »Letztes Jahr haben die Forty-Niners und die San Diego Chargers zusammen fünfundsiebzig Punkte gemacht. Im Jahr davor, Dallas gegen Buffalo, gab es insgesamt neunundsechzig Punkte. Wo willst du hin?«

»Ein Bier holen. Bin gleich wieder da.«

Es gab ihrem Dad Zeit, über die Wette nachzudenken. Die

Buchmacher zahlten 13½:1 für die Dallas Cowboys gegen die Pittsburg Steelers. Beide hofften sie, daß die Steelers gewannen, also wetteten sie auf die Gesamtzahl der erzielten Punkte, wer näher dran war. Karen mit 45 – sie träumte wohl – ihr Dad mit 61. Falls Karen gewann, durfte sie sich ein Paar Schuhe bei Joan & David aussuchen. Falls ihr Dad gewann, mußte sie eine Woche lang hierherkommen und kochen, all seine Lieblingsgerichte – Schmorbraten, Swiss Steak, Hühnchen mit Paprika. Ihr Dad erzählte jedem, den er kannte, daß Karen wie eine echte Großmutter kochte.

Sie kam mit einem Bud mit langem Flaschenhals zurück.

»Was passiert?«

»Nichts, ist immer noch Halbzeit. Die Experten erzählen uns, was wir gerade gesehen haben.« Er wartete, bis sich Karen auf das Sofa setzte, dann bot er ihr die Erdnüsse an. »Du bist also zusammengebrochen und hast Burdon gesagt, daß sie in Detroit sind.«

»Ja, und er hat gesagt: ›Sie meinen, es wäre möglich, daß Buddy dort ist.‹ Er ist sicher, daß die beiden sich getrennt haben. Nach Burdons Theorie kennt Buddy Detroit, er hat da mal gewohnt, also könnte er sich dort verstecken wollen. Aber wenn man sich Foleys Vorstrafen ansieht, dann liegen die Banken, die er auf eigene Kappe überfallen hat, allesamt im Süden, im Südwesten und in Kalifornien.«

»Burdon«, sagte ihr Dad, »versucht sich das Spiel anzusehen, während du redest?«

»Steht an der Tür, er wollte mich nicht ins Haus lassen. Wir konnten das Spiel *hören*... Ich habe gefragt, ob er mich nach Detroit schicken wollte. Absolut nicht. Kommt gar nicht in Frage. Wozu? Er hat schon eine Suchmeldung rausgegeben, das Büro in Detroit weiß, wonach sie suchen sollen. Ich habe gesagt, ich will denen doch nur zur Hand gehen. Ich kenne die Typen, nach denen wir suchen, besser als jeder andere bei dieser Ermittlung. Sie könnten auf der Straße an ihnen vorbeigehen und sie nicht erkennen, aber ich schon. Sie müssen Ihrem Büro nur sagen, daß ich komme.«

»Inzwischen«, sagte ihr Dad, »will er dringend zu seinem Spiel zurück…«

»Genau, er hat zugesagt, um mich loszuwerden. Morgen früh bin ich unterwegs und wohne wahrscheinlich im Westin.«

Ihr Dad runzelte etwas die Stirn, schüttelte den Kopf. »Wenn du dich beim FBI-Büro da oben meldest, du weißt, wie sie dich behandeln. Da kommt ein Mädchen rein und will denen erzählen, wie man ein paar Flüchtige findet?«

»*Falls* ich reingehe«, sagte Karen. »Ich war schon mal da, weißt du noch? Zweimal mußte ich Gefangene abholen.«

»Also kennen sie dich.«

»Nicht die Leute vom FBI«, sagte Karen, »die Detroit Cops. Ich hab einen Freund bei den Schwerverbrechern, einen Inspektor, von dem ich weiß, daß er mir helfen wird.«

»Verheiratet?«

»Die sind alle verheiratet.«

Sie sahen sich den größten Teil vom Super Bowl im Galligan's an, einer Bar an der Jefferson, die einen Block weit vom Omni lag, wo sie wohnten.

Foley hatte das Spiel in seinem Zimmer angemacht, Buddy brachte eine Flasche Jim Beam mit, und sie sahen sich das erste Viertel von Stuhl und Bett aus an, bis Foley sagte, sie sollten in eine Bar gehen, sich das Spiel mit einem Haufen Leuten ansehen, die Lärm machten. Also spazierten sie zum Galligan's, Foley mit hochgezogenen Schultern unter seinem neuen Mantel, und mischten sich unter vier andere Männer, die fremd in dieser Stadt waren, übers Wochenende hier festsaßen, und eine Frau, die sagte, sie wohne in Greektown, die aber überhaupt nicht griechisch aussah. Blond, irgendwas in den Fünfzigern. Sie nannte ihren Namen, aber Foley hatte ihn gleich wieder vergessen, und sie ging in der Halbzeit, sagte, sie sei noch verabredet.

Foley und Buddy mochten die Steelers nur, weil sie die aufgeblasenen Cowboys nicht mochten, auch wenn es heute für sie nur wenig zu stolzieren gab. Es war kein großes Spiel. Endstand 27:17 für Dallas.

Foley stand vom Tisch auf, um mit dem Barkeeper zu sprechen.

Buddy bestellte noch zwei Jim Beam mit Schuß, zum Abgewöhnen.

Foley kam zurück und setzte sich.

»Manchmal wird in der Cobo Hall geboxt, im Palace, sagt er, wo die Pistons spielen, und im State Theater an der Woodward Avenue. Er sagt, man kann von hier aus dahin laufen. Von Maurice Snoopy Miller hat er noch nie gehört. Ich hab ihn gefragt, wieso es in der Joe Louis Arena keine Kämpfe gibt. Er sagt, die gibt es, da spielen die Wings Hockey. Dann sagte er, ja, es hätte Titelkämpfe im Joe gegeben, aber nicht regelmäßig. So nennen sie die Halle hier: das Joe.«

»Du weißt, daß Louis von hier kommt«, sagte Buddy, »der alte braune Bomber. Die haben so was wie eine Statue – nur seinen rechten Arm und die Faust – da drüben an der Jefferson.«

»Der braune Bomber«, sagte Foley, »das klingt rassistisch. Heutzutage muß man vorsichtig sein. Man kann rassistisch klingen, ohne es überhaupt zu wollen. Jedenfalls sagt der Mann, wenn Snoopy Miller im Boxgeschäft zu tun hat, könnten wir ihn im Kronk Gym finden, wo Thomas Hearns trainiert. Ich hab ihn gefragt, wo das Kronk Gym ist, aber er sagt, er weiß es nicht. Irgendwo auf der West Side.«

»Ich war ein Eastsider«, sagte Buddy und wandte sich dem Fenster zu. »Guck mal da raus. Hast du schon mal soviel Glas in deinem Leben gesehen? Die ganzen Bauten da drüben, wie riesige Glasrohre. Das höchste ist ein Hotel, das Westin. Oben drauf gibt es ein Restaurant mit Cocktail Lounge, etwa siebzig Stockwerke hoch, dreht sich ganz langsam – man merkt es nicht mal. Du siehst auf die Motor City, nimmst noch einen Drink, und siehst über den Fluß nach Kanada. Wenn du willst, können wir da rauffahren, uns mal die Stadt ansehen.«

»Nach allem, was ich gesehen habe«, sagte Foley, »macht sie einen verlassenen Eindruck, als wären alle weg.«

»Heute ist Sonntag, Jack, alle sind zu Hause und sehen sich das Spiel an. Willst du rüber zum Westin, dich da mal umsehen? Vielleicht nach oben fahren?«

»Wenn wir nicht vor die Tür gehen müßten.«

»So kalt ist es gar nicht. Weißt du, was du tust? Entspann dich. Zieh nicht die Schultern hoch, wedel mit den Armen, halt dein Blut in Bewegung, und schon kommt es dir nicht mehr so kalt vor.«

»Wer hat dir das erzählt?«

»Ich glaube, es war meine Schwester. Die weiß solche Sachen.«

»Das Leben im sonnigen Kalifornien. Da sollten wir sein, statt hier am beschissenen Nordpol.«

»Warte mal«, sagte Buddy, »wir müssen gar nicht vor die Tür gehen. Dieses Glasding, das über die Jefferson führt, ist eine Brücke, über die man von unserem Hotel aus zum RenCen gehen kann.«

»Was ist das RenCen?«

»Das Renaissance Center, diese gläsernen Röhren da drüben. Sag, was du möchtest.«

»Ich weiß nicht«, sagte Foley. »Was macht man sonntags in Detroit, wenn einem nichts einfällt und die Banken geschlossen haben?« Foley nahm einen Schluck von seinem Drink. »Ich weiß, wohin ich morgen will.«

»Ja, wohin?«

»Ins Kronk Gym.«

16

Das erste, was Maurice zu Glenn sagte, war: »Mh-mh, nenn mich nicht Snoopy. Auf den Snoopy-Scheiß reagier ich nicht mehr.« Später im Wagen sagte er: »Manchmal sagt White Boy zu mir Maury. White Boy ist mein Mädchen für alles, Bodyguard, wenn ich das Gefühl habe, ich bräuchte einen, und mein Fahrer.«

Im Moment fuhr er den 94er Lincoln Town Car, mit dem Glenn aus Florida gekommen war und den Maurice mit Kennzeichen aus Michigan und, wie er sagte, sauberen Papieren ausgestattet hatte, wobei Glenn nicht sicher war, ob es sein Wagen war oder ob er diesem Vogel mit veilchenblauem Kopftuch gehörte, diesem Ex-Sträfling, den er als Snoopy gekannt hatte.

White Boy schien nicht darauf zu achten, daß Maurice und Glenn im Fond über ihn redeten. Auf dem Weg in einen Vorort, an einem kalten, bedeckten Nachmittag, den ganzen Weg von Downtown die Woodward Avenue hinauf, um Glenn Mr. Ripleys Haus in Bloomfield Hills zu zeigen.

»White Boy«, sagte Maurice, »hat es als Profi nie geschafft, obwohl er ein ganz fieser und gemeiner Schweinepriester sein kann. Aber, weißt du, wenn ein Boxer rangeht und ihm ordentlich einen verpaßt, fängt White Boy an zu schielen, und er weiß nicht mehr, wo er ist. Ich rede hier vom Ring, versteh mich richtig, wo man sich an die Regeln halten muß. Wenn du dich auf der Straße mit ihm anlegst, ist das eine vollkommen andere Sache. Sieh ihn dir an, die Schultern, diesen Hals. White Boy ist einsneunzig groß und wiegt zweihundertdreißig Pfund, kann mit der Faust eine Gipswand durchschlagen. Ich hab's gesehen.« Maurice sagte: »White Boy«, sprach mit lauter Stimme, »erzähl Glenn, wieso sie dich damals bei diesem Raub geschnappt haben.«

Glenn sah, daß White Boy einen Blick in den Spiegel warf.

»Ich hab meine Brieftasche in dem Haus liegenlassen, in das ich eingebrochen bin.«

Glenn sah, daß er in den Spiegel grinste.

»Muß ihm aus der Tasche gefallen sein«, sagte Maurice, »als er durchs Fenster geklettert ist. Nimmt den Fernseher, den Videorecorder, irgendwelchen anderen Scheiß und läßt seine Brieftasche liegen. Die Polizei kommt ihn besuchen. ›Haben Sie das verloren, Bob?‹ White Boy meint: ›Ja, hab ich wohl‹, denkt nicht daran, *wo* er sie verloren haben könnte. Sie haben ihn nach Huron Valley geschickt.« Wieder sprach Maurice mit lauter Stimme. »Wieviel war das, zwei Jahre hast du damals abgesessen?«

»Zweiundzwanzig Monate.«

Glenn beobachtete ihn, während er in den Spiegel sah, und Maurice sagte: »Achte auf die Straße, Junge.« Zu Glenn sagte er: »Ich mag diesen Lincoln Town Car. Wir können im Viertel von diesem Mann rumkreuzen, ohne die Polizei oder einen privaten Sicherheitsdienst im Nacken zu haben. Verstehst du, was ich sagen will?«

Glenn sagte: »Klar, sicher, wenn die sehen, wie Bigfoot einen Schwarzen mit Sonnenbrille und veilchenblauem Kopftuch rumfährt, nein, die denken sich nichts dabei.«

Maurice sagte: »Es ist lila, Mann, die Farbe, und der Stil ist durch Deion und andere Defensive Backs bei den Pros bekanntgeworden. Ich könnte einer von denen sein, die hier draußen wohnen, mit Ärzten und Basketballspielern, die meine Hautfarbe haben. Mann, du brauchst doch nur Geld. Hier, diese Straße, zu der wir hier kommen … wie heißt sie, White Boy?«

»Big Beaver«, sagte White Boy und grinste in den Spiegel.

»White Boy kann nicht glauben, daß es eine Straße gibt, die Big Beaver heißt. Okay, wir sind etwa fünfzehn Meilen von dem Puff, in dem du wohnst. Jetzt sind wir in Bloomfield Hills. Wir fahren ein Stück links und dann rechts. Hier gibt es keine nen-

nenswerten Hügel, aber reichlich Bäume. Weißt du noch in Lompoc, wir hatten diesen hübschen Blick auf Bäume, und der Direktor hat sie alle fällen lassen?«

»Eukalyptus«, sagte Glenn.

»Neuer Direktor«, sagte Maurice. »Hat die Bäume fällen lassen und den Hof jeden Tag bis mittags abgeschlossen. Ich hab nachts gearbeitet, in der Bäckerei. Wenn ich fertig war, bin ich trainieren gegangen. Da konnte ich nicht mehr an meinen Beinen arbeiten. Ohne Beine hat man im Ring nichts verloren.«

White Boy sagte: »Ich hab mir von Maury mal in den Bauch schlagen lassen, so fest er konnte.«

Maurice sagte: »Paß auf die Straße auf, Junge. Langsam, ich glaube, es ist die nächste Straße... ja, Vaughan Road, alles nur Geld. Da kommt Mr. Ripleys Haus auf der linken. Ja, die Mauer da... Da ist die Einfahrt, da drüben.«

Glenn drehte den Kopf, damit er aus der Heckscheibe sehen konnte und erkannte kurz ein Schieferdach, sah durch die Bäume ein Landhaus im Tudor-Stil, einen mächtigen Bau. Glenn sagte: »Er ist zu schnell vorbeigefahren.«

Maurice sagte White Boy, er solle wenden, in der Einfahrt da, und langsam fahren, damit Glenn das Haus sehen konnte. »Okay, jetzt langsam. Riesenschuppen, hm? Wir sind hier vorbeigekommen und haben Leute gesehen, beim Büscheschneiden und Rasenmähen, also hab ich White Boy losgeschickt, damit er sich den Boss von dem Trupp sucht und nach Arbeit fragt. Der Boss sagt nein, also geht White Boy ums Haus, wo dieser Hausbursche einen Wagen wäscht, hinten, und er fragt, ob er einen Schluck Wasser aus dem Schlauch kriegen kann. Der Bursche ist auch weiß. Sie kommen ins Gespräch. White Boy fragt, ob sie hier in der Gegend Probleme mit Rumtreibern, Autoknackern und so was haben. Der Bursche sagt, sie haben ein System, wenn der Mann schläft und was hört, was ihm nicht gefällt. Er drückt nur auf einen Knopf, und drinnen und draußen am Haus gehen alle Lichter an.

Wenn er will, kann er den Knopf noch mal drücken, dann fangen die Lichter draußen an zu blinken, eine Sirene springt an, und die Polizei wird alarmiert, durch ein Signal. Der Mann hat alles, bloß keine US-Marines, die einem aus der Garage entgegenstürmen. Ich denke: Mit dem Scheiß will ich nichts zu tun haben. Ich komm zu dem Schluß: Falls das Haus von diesem Ripley den Aufwand überhaupt wert ist, kann man es nur auf eine Weise tun. Was ich schon gedacht habe, als du mir zum ersten Mal von diesem Ripley erzählt hast.«

»Wie?« fragte Glenn.

»Ich zeig es dir, sobald ich noch zwei Leute habe, die ich dafür brauche. Ein paar Jungs, die im Kronk rumhängen. Wenn ich denen einen Hunderter pro Nase gebe, machen die alles, was ich sage.«

»Einen Moment mal«, sagte Glenn. »Ich will *dich* an dieser Sache beteiligen, nicht deine ganzen Freunde.«

»Du beteiligst mich woran?« sagte Maurice. »Diesmal kommst du und erzählst mir endlich die ganze Geschichte, daß dieser Mann alles mögliche an Geld da drinnen hat, Steine, Gold. Aber es ist fünf Jahre her, daß der Mann es *dir* erzählt hat. Was hat er jetzt noch da drinnen? Du erzählst mir, du willst Leute mitbringen, ein paar alte Sträflinge, die wissen, was sie tun. Dann sagst du, du hast es dir anders überlegt, du bringst die Leute doch nicht mit.«

»Und du hast *mir* erzählt«, sagte Glenn, »du verstehst was von Einbrüchen, aber dein Experte hier läßt seine Scheißbrieftasche im Haus liegen.«

»Erfahrung macht klug«, sagte Maurice. »Man findet raus, wo das Geld ist, dann zieht man es durch. Man geht nicht in ein Haus, sucht nach Wertsachen und stellt alles auf den Kopf, schlitzt Matratzen auf, solchen Scheiß. Diese jungen Typen, diese Headbanger, die gehen rein und schlagen alte Damen zusammen, um denen das Geld aus der Kaffeedose zu klauen. Nein – man muß reingehen, wo man weiß, daß da Geld aus illegalen Geschäften ist und dich der Mann nicht anzeigt. Wie Mr. Ripley, du sagst doch, der hat seins aus illegalen Geschäften. Aber was er dir erzählt hat, könnte Unsinn gewesen sein. Verstehst du? Das einzig Sichtbare, was für diese Ripley-Sache spricht, ist dieses scheißgroße Haus, für das man reich sein muß, wenn man drin wohnen will.«

»Er hat es«, sagte Glenn, »keine Sorge.«

»Mann, das einzige, worum ich mir Sorgen mache, bist du, ob du es tun kannst. Verstehst du? Statt bloß zu labern.«

»Ob ich *was* tun kann?«

»Mit mir in ein Haus gehen, das ich ausgesucht habe. Da wohnt ein Mann, ein Weißer, an den ich früher verkauft habe, als ich bei den Young Boys Incorporated war.«

»Entschuldige«, sagte Glenn, »aber ich habe keinen blassen Schimmer, wovon du redest.«

»Wenn du aufhörst, aus dem Fenster zu glotzen und mir zuhörst, wirst du es erfahren. Die Young Boys, Mann, wir hatten die ganze Westside. Dieser Mann, von dem ich rede, ist immer runter zu den Wohnbunkern gefahren, hat an meiner Ecke gehalten, und ich hab es für ihn klargemacht. Okay, und als ich dann später Geschäfte für die Chambers-Brüder gemacht habe … die mit der Crackfabrik?«

Glenn schüttelte den Kopf.

»Die hatten da Mädchen, die ihnen die Steine gekocht haben, die nannten sich Rockettes.«

»Ich dachte, du hättest mit Kreditkarten zu tun.«

»Das war eher nebenher, zum Klamottenkaufen, Sachen für zu Hause. Und als ich verpfiffen wurde und das FBI mich wegen Drogen hochnehmen wollte, konnte ich ihnen die Kreditkarten anbieten. Verstehst du? Die fanden, es wäre besser als nichts, haben mich nach Lompoc geschickt, und ich hab mich von dir zur Flucht überreden lassen. Die einzige Dummheit, die ich im Leben je begangen habe. Okay, also, dieser Mann, von dem ich rede … du weißt, wen ich meine?«

»Der Typ, der bei dir Koks gekauft hat.«

»H hat er bei mir gekauft. Hat es nach einer Weile drangegeben und sein Glück im Crack gefunden, was ich ihm verkauft habe, als ich für die Chambers-Brüder gearbeitet habe. Aber dann hat der Mann die Fronten gewechselt und selbst zu dealen angefangen, hat hier draußen an die Weißen verkauft. Hörst du noch zu?«

»Das ist eine scheißlange Geschichte«, sagte Glenn, sah sich draußen wieder Büsche, Steinmauern, Auffahrten an, versuchte sich cool zu geben, spürte aber, wie ihm die Kontrolle über diese Situation entglitt, wie Maurice den Wagen übernahm und jetzt, wie es schien, auch noch den ganzen beschissenen Deal, weit und breit vom Häftling Snoopy nichts zu sehen.

»Hör zu«, sagte Maurice, »ich weiß, du bist cool, aber paß auf, wie du mit mir redest, okay? Wenn dir nicht gefällt, was ich hier rede, kannst du gleich irgendwo aussteigen.«

Da war es. Trotzdem meinte Glenn, er müßte ihn daran erinnern. Er sagte: »Ich glaube, du vergißt, daß du in meinem Wagen sitzt. Ich hab ihn mitgebracht.«

Maurice sagte: »Hey, Scheiße, komm schon. Wenn ich sag, ich will diesen Wagen haben, Mann, dann gehört er mir. Geh und besorg dir einen anderen. Willst du mir jetzt zuhören?«

Das war kein Gespräch. Glenn war jetzt ganz klar, daß sie beim Armdrücken waren. Maurice zeigte ihm, wer der Boß war. Glenn saß in seinen neuen Wollmantel gewickelt mit Handschuhen und Schal da, tat überrascht, so gut es ging, und sagte: »Was soll diese beschissene Feindseligkeit? Ich dachte, wir hätten eine Abmachung.«

»Ich hab gesagt: Willst du mir zuhören oder nicht?«

Soviel zur Abmachung.

Glenn ließ sich Zeit, ließ Maurice warten, bis er sagte: »Dieser Typ, der früher mal dein Kunde war, dealt jetzt selbst, verkauft an Weiße. Du denkst daran, ihn abzuziehen, weil du weißt, daß er nicht die Bullen ruft, weil es, wie du sagst, Geld aus illegalen Geschäften ist«, wobei Glenn nur einen Hauch von Langeweile in seine Stimme legte. Er warf Maurice, der mit seinem seidenen Kopftuch wie ein verdammter afrikanischer Prinz dasaß, einen Blick zu. »Was noch?«

»Entweder bist du dumm, oder du willst mir zeigen, daß du Mumm hast«, sagte Maurice. »Okay, wollen wir doch mal sehen, wieviel du wirklich hast.«

Eine junge Frau namens Marcie Nolan, Polizeireporterin für die *Free Press*, entdeckte Karen Sisco, als diese das Hauptquartier der Detroit Police an der Beaubien Nr. 1300 betrat. Marcie kam gerade vom Mittagessen in einem Restaurant in Greektown zurück, zwei Blocks entfernt, und näherte sich der Nr. 1300, als sie Karen sah. Doch als Marcie in die Lobby kam und den Metalldetektor hinter sich hatte, war Karen schon im Fahrstuhl auf dem Weg nach oben ... Na ja, vielleicht besuchte sie eins von den hohen Tieren im dritten Stock oder jemanden im Morddezernat im fünften oder bei den Schwerverbrechen im siebten. Falls Karen einen Gefangenen abholte, würde sie im neunten landen, wo sich die Verwahrzellen befanden. Es sei denn, ihr Gefangener wäre gegenüber auf der anderen Straßenseite im Wayne County Jail. Marcie Nolan ging in ihr Büro im zweiten Stock, einem geteilten Raum, den sie sich mit dem Polizeireporter der *News* teilte, und rief einen stellvertretenden Redakteur bei der *Free Press* an.

Sie sagte: »Hi, hier ist Marcie«, begierig, von Karen Sisco zu erzählen, dem weiblichen Federal Marshal, den sie in Miami kennengelernt hatte, als sie beim *Herald* war, mußte aber vorher Fragen beantworten. Nein, sie würden nach wie vor keine Informationen rausgeben. Anscheinend hatten sie nur eine Zeugenaussage über vier Männer in einem blauen Lieferwagen. Zwei der Frauen waren heute morgen da. Sie sagte, man hätte den Verdächtigen, den man einkassiert hatte, freilassen müssen. »Aber hör mal, da ist ein US-Federal-Marshal aus Miami hier, Karen Sisco... Ich weiß noch nicht, ich muß sie erst finden. Wahrscheinlich holt sie irgend jemanden ab, den sie in Gewahrsam haben... Das werde ich in Erfahrung bringen. In der Zwischenzeit hat der *Herald* ein tolles Foto von ihr vor dem Gerichtsgebäude... Nein, in Miami... Es wäre egal, es ist wirklich ein tolles Bild. Karen hat Stil, und sie sieht klasse aus... Du wirst es sehen. Es ist so ein Bild, wenn das, was sie hier macht, keine Geschichte ist, dann könnte man es unter ›Namen & Gesichter‹ bringen, anstatt das, was Madonna gerade treibt... Es hätte eine Bildunterschrift, die wir überarbeiten können, hinzufügen, daß sie einen Gefangenen abholt oder was auch immer sie hier tun mag... Soll mir recht sein. Wen du das Foto erst mal siehst, bin ich mir sicher, daß du es benutzt.«

Karen rief ihren Dad am späten Montag nachmittag von ihrem Zimmer im Westin aus an. Er fragte nach ihrem Flug, hoffte, wie er sagte, daß Northwest nicht mehr dieses Rühreisandwich mit Banane und Joghurt auftischte, und dann dieses Brötchen, wenn man sein Sandwich aufgegessen und immer noch Hunger hatte. Ein kaltes Brötchen, allen Ernstes. Er wartete nicht, daß sie ihm erzählte, was es gegeben hatte und wie das Wetter war.

»Und was machst du so?«

»Im Moment?« sagte Karen, die an ihrem Fenster stand. »Ich seh mir Windsor, Ontario, an. Erinnerst du dich an diesen Film *Stranger Than Paradise*?«

»Nein, wer hat da mitgespielt?«

»Niemand. Ist auch egal«, sagte Karen. »Ich war bei Raymond Cruz.«

»Vom Morddezernat.«

»*War* er mal. Jetzt ist er bei den Gewalt- und Eigentumsdelikten, außerdem Sexualverbrechen und Kindesmißhandlung.«

»In Detroit muß er gut zu tun haben.«

»Raubüberfälle sind hier groß, sexuelle Übergriffe... Sie sind einer Gang auf den Fersen, die in einem Lieferwagen rumfährt und Frauen vergewaltigt, vier Männer. Die holen sich eine Frau von der Straße oder zerren sie aus ihrem Auto, vergewaltigen sie nacheinander im Lieferwagen und werfen sie raus. Raymond sagt, sie stehen kurz davor, die Typen zu schnappen, also bleibt er dran. *Aber,* er weiß, wer Maurice Miller ist, der Mann, bei dem Glenn Michaels gewohnt hat, als er letzten November hier war. Was er zumindest behauptet hat. Sie hatten sogar seine Akte draußen und haben sie sich angesehen, seine Vorstrafen, ein ganzer Haufen Kreditkartenzeugs. Sie checken ihn, um zu sehen, ob er mit Raubüberfällen zu tun hat. Sie haben ein paar Leute abgehört, die Drogenhöhlen überfallen, und dabei fiel Maurice' Name.«

»Die Bösen.«

»Ja, um mit ihnen zusammenzuarbeiten.«

»Ist Maurice schon aufgegriffen worden?«

»Sie haben ihn noch nicht gesucht. Ich hab Raymond gesagt, vielleicht könnte ich ihm die Mühe abnehmen. Er hat mir Maurice' letzte bekannte Adresse gegeben, will aber nicht, daß ich mich allein auf die Suche mache. Ich hab ihm gesagt: ›Raymond, ich bin Bundesbeamtin, ich bin bewaffnet...‹ Es geht darum, daß er mitkommen will, aber er hat zu tun.«

»Wäre das dann so was wie ein Date?«

Manches von dem, was ihr Dad sagte, ignorierte sie.

»Mir ist in Maurices Akte«, sagte Karen, »etwas aufgefallen, das dich interessieren könnte. Als Beruf hat er Preisboxer angegeben, und als seinen Arbeitgeber das Kronk Recreation Center. Davon hast du schon mal gehört, oder?«

»Das Kronk? Klar, alle guten Detroiter Boxer aus den letzten zwanzig Jahren sind von da gekommen. Emanuel Stewards Programm, der Mann, der diese Boxer trainiert hat, Tommy Hearns...«

Ihr Dad machte eine Pause.
»McCrory«, sagte Karen.
»Ja, Milton McCrory.«
»Da gab es ein Leichtgewicht, Kenty?«
»Hilmer Kenty. Erinnerst du dich an diese Leute? Du warst ein kleines Mädchen. Deine Freundinnen haben sich im Einkaufszentrum getroffen, du hast zu Hause gesessen und dir die Kämpfe angesehen.«
»Na ja, hin und wieder. Und Vorabendserien«, sagte Karen, »*General Hospital*, fast wäre ich Krankenschwester geworden.«
»Was machst du heute abend?«
»Nichts. Fernsehen, wenn es irgendwas gibt.«
»Montagabend, erst Poirot, dann Miss Marple. Denkst du dran, zum Kronk zu gehen?«
»Könnte sein. Mal sehen, wie es da ist.«
»So ein Laden«, sagte ihr Dad, »die Boxer sind okay, die arbeiten sich den Arsch rund. Dann gibt es da die Typen, die sich für Boxer halten, die vielleicht sogar rumschlurfen, als würden sie Beinarbeit machen, auf Sandsäcke einschlagen, aber die gehen nie in den Ring. Und dann gibt es noch welche, die da rumhängen, weil es ihnen das Gefühl gibt, harte Burschen zu sein. Du weißt schon, die Atmosphäre. Aber du kannst schon selbst auf dich aufpassen, hab ich recht?«
»Ich ruf dich morgen an, sag dir, wie es mir geht.«
»Ich hab ganz vergessen zu fragen«, sagte ihr Dad, »wie das Wetter bei euch ist.«

»Früher mal«, sagte Maurice, »wenn man einen goldenen Mercedes drüben auf dem Parkplatz gesehen hat, und auf dem Nummernschild stand HITMAN? Man wußte, daß Tommy Hearns da drinnen war. Allein den Wagen zu sehen, brachte einem das Blut in Wallung.«
Glenn sagte, er dachte, da würden ein paar Leute vor der Tür rumhängen oder -laufen, ihr Straßentraining absolvieren.

Mann, war das eine öde, deprimierende Gegend, Müll wehte über die Straße ... Maurice sagte, es sei zu kalt, um draußen zu sein, der Vogel mit seinem lila Kopftuch und der maßgeschneiderten, schwarzen Matrosenjacke, kaum weniger Schultern in der Jacke als White Boy Bob – White Boy im Wollhemd, das über seinem T-Shirt hing, und der lief hinter ihnen die Rampe zur Eingangstür des Kronk Recreation Centers an der Ecke McGraw und Junction hinauf, einem zweistöckigen Klinkerbau, der in Glenns Augen wie eine öffentliche Bibliothek aussah, die in einem armen Stadtteil kein Mensch besuchte. Die Straßen drumherum waren ein wilder Haufen aus runtergekommenen Zweifamilienhäusern mit Veranden und schmuddeligen Autos vor der Tür, die die Straßen blockierten.

Drinnen trugen sie an einem Tisch ihre Namen und die Uhrzeit ein und schrieben »Boxen« in die letzte Spalte. Glenn konnte Kinderstimmen hören, Basketbälle wummerten auf Holzboden, da drinnen, wo die Türen zum Zuschauerraum geschlossen waren, während sie an einer Treppe vorüberkamen, in den Keller hinunter und einen Gang entlang, der sie zu KRONK BOXING führte, was mit gelber Farbe oben an eine Tür gemalt war, der Rest hellrot mit weiteren Worten darauf, die lauteten: DIESE TÜR HAT MANCHEN SCHON ZU SCHMERZ UND RUHM GEFÜHRT.

»Eher das eine als das andere«, sagte Maurice, wartete, daß White Boy sich an ihnen vorbeischob und die Tür aufmachte. Als sie reingingen, sagte Maurice zu Glenn. »Merkst du die Hitze, hm? Schlägt einem offen ins Gesicht.« Maurice legte jetzt seine Matrosenjacke ab, stand im schwarzen Seidenhemd mit maulwurfsgrauer Bundfaltenhose da. »Sogar wie die hier drinnen schwitzen, riecht nicht übel, oder? Geh rüber und setz dich auf die Bänke da. Ich bin in ein paar Minuten bei dir.«

Einige waren wie Parkbänke, an der nahen Wand, dem Ring gegenüber, einem großen, flach am Boden, der fast die ganze Halle einnahm. Vier junge Männer, drei Schwarze und einer, der in Glenns Augen wie ein Araber aussah, waren da drinnen beim Schattenboxen, tänzelten, duckten sich, teilten mit ihren bandagierten Fäusten Jabs aus. Glenn war drüben, wo sie reingekommen waren, ein Sandsack aufgefallen, Fotos von Boxern an allen Wänden, ein Schild über dem Ring auf der anderen Seite, auf dem stand: GIB ALLES. Ein anderes: JE GRÖSSER DER LOHN, DESTO GRÖSSER DAS OPFER. Glenn starrte es einen Moment lang an und dachte, es sollte umgekehrt sein, anfangen mit *Je größer das Opfer…* Links vom Ring befanden sich die Geräte, ein Punchingball, eine Hantelbank, Medizinbälle in schrillen Farben am Boden. Da drüben waren alte schwarze Männer mit gelben T-Shirts, auf denen in Rot KRONK stand, die Trainer, redeten mit Kids, die trainierten, beobachteten diejenigen, die im Ring herumtänzelten. Maurice und White Boy waren jetzt da drüben, Maurice ging zu einem Trainer nach dem anderen, täuschte Jabs vor, rollte seine knochigen Schultern, tanzte mit ihnen, erntete aber keinerlei herzliche Reaktion, kein Lächeln. Ein Trainer schüttelte den Kopf, und Maurice ging zum nächsten weiter. White Boy war jetzt an einem Gerät, Oberkörper frei, ließ die Muskeln spielen.

Glenn holte eine Zigarette aus seinem Hemd, sah noch so ein Schild. OHNE FLEISS KEIN PREIS. Ohne Scheiß. Er suchte nach seinem Feuerzeug, die Zigarette im Mund, als einer der Trainer, ein großer, schwerer Mann, von der anderen Seite der Halle – wo die Tür war – herüberkam, den Kopf schüttelte und auf ein RAUCHEN VERBOTEN-Schild zeigte. Glenn zog seinen Regenmantel auf, um die Zigarette wieder in die Packung zu schieben, mit dem Kinn auf der Brust, um zu sehen, was er tat. Als er den Kopf wieder hob, sah er zwei Weiße in Mänteln, die in seine Richtung kamen, und die beiden Männer sahen direkt herüber.

Himmelarsch. Jack Foley und Buddy.

Buddy sagte nur: »Hey, Studs, wie geht's?«, als sie näher kamen, Foley mit milder Miene, keiner von beiden wirkte wie ein harter Bursche, nur nahmen sie ihn in die Mitte, setzten sich ganz nah. Glenn blieben kaum ein paar Augenblicke, seine Nerven in den Griff zu bekommen.

Er sagte: »Gott im Himmel, was macht ihr denn hier?«, und es klang nicht mal übel. Überrascht, ohne es zu übertreiben, fast als freute er sich, sie zu sehen.

Foley sagte: »Hast du uns nicht erwartet?«

Kam gleich zur Sache. Glenn sagte: »Hört zu, ich sag euch, was passiert ist.« Ihm gefiel nicht, wie sie saßen, alle drei dem Ring zugewandt, wo jetzt nur noch zwei Männer waren. Er sagte zu Foley, der rechts von ihm saß: »Diese Braut, die du da aufgesammelt hast – Mann, wußtest du eigentlich, daß die ein US-Marshal war?« Er wandte sich Buddy zu, als dieser seinen Mantel auszog und sich wieder setzte. »Sie *kannte* mich, wegen dieser beschissenen Drogengeschichte. Sie hat mich zum Gericht gefahren. Zweimal. Weißt du, was sie gesagt hat, als wir in dem Wagen auf dem Turnpike saßen? ›Ich vergesse nie jemanden, den ich an Händen und Füßen gefesselt habe.‹«

Foley sagte: »Ja? Das hat sie zu dir gesagt?«

Glenn drehte sich um und sah Foley an, ruhig, mit entspannter Miene, fast lächelnd. Glenn sagte: »Sie hat mich gefragt, ob ich eine Waffe hätte«, und sah noch etwas mehr von diesem Lächeln, nicht viel, nur einen Hauch, aber so, als fände Foley es lustig. »Sie hat gesagt, ich sollte losfahren, euch stehenlassen, sonst würde ich für den Rest meines Lebens sitzen.«

Foley sagte: »Was ist passiert?«

»Ich bin losgefahren. Was hättest du gemacht?«

Foley antwortete nicht, sein Gesicht ganz nah, ausdruckslos jetzt. Glenn drehte seinen Kopf und betrachtete die beiden Männer beim Sparring im Ring, wie sie einander dort umtänzelten, sich duckten, Jabs austeilten, einander an die Boxhandschuhe schlugen.

»Was dann?«

»Sie wollte, daß ich vom Turnpike abbiege, damit sie mich

festnehmen konnte. Schönen Dank. Ich hab Gas gegeben. Dann hab ich nur noch gemerkt, wie sie mir an den Hals gesprungen ist, ins Lenkrad gegriffen hat, und wir sind ins Schleudern gekommen und irgendwo angeschlagen.«

»Was hast du dann gemacht?«

»Ich bin raus aus dem Wagen und weggelaufen.«

»Hat sie versucht, dich aufzuhalten?«

»Sie war nicht bei Bewußtsein.«

»Woher wußtest du, daß sie nicht tot war?«

»Sie hat geatmet.«

»Aber sie hätte verletzt sein können.«

»Was hätte ich denn tun sollen, Hilfe holen? Wenn sie aufgewacht wäre, hätte sie mich, verdammt noch mal, verhaftet. Ich mußte da weg, Mann, und ich bin gerannt. Ich bin getrampt, rüber nach Orlando, und hab mich in Disney World rumgetrieben, in der Menge, Mann, ich hab mich in der Menschenmenge rumgetrieben, bis ich mir überlegt hatte, was ich tun wollte.«

Foley sagte: »Du hast dich bei Mickymaus versteckt, hm?«

»Ja, Micky und Minnie, die ganze Bande. Ich hab drüber nachgedacht und bin zu dem Schluß gekommen, daß ich zwei Fliegen mit einer Klappe schlagen kann, wenn ich mich hier oben verstecke und die Sache durchziehe, von der ich euch in Lompoc erzählt habe. Ihr wißt, welche ich meine?«

Foley nickte.

»Also hab ich Maurice angerufen.«

»Wer ist Maurice?«

»Snoopy«, sagte Buddy, beugte sich jetzt vor, um sein Jackett auszuziehen. »Snoopy Miller.«

Glenn – es war seltsam – spürte, wie eine gewisse Erleichterung über ihn kam, als er den Namen Snoopy hörte. Aus irgendeinem Grund dachte er an Snoopy, den Hund, sah ihn in Gedanken, wie Snoopy im Comic aussah, bis er an den anderen Snoopy dachte, der nicht mehr Snoopy war – der andere da drüben bei den Trainern. Nein, jetzt sprach er mit White Boy, und sie kamen herüber. White Boy trug seine Hemden über dem Arm. Glenn wunderte sich, wieso er noch vor wenigen Augenblicken das Gefühl gehabt hatte, in der Klemme zu sitzen.

Er lehnte sich gegen Foley und sagte: »Da kommt Snoopy. Erkennst du ihn?«

Foley war nicht sicher. Er hatte ihn nur zweimal in Lompoc beim Boxen gesehen, etwa zu der Zeit, als sie anfingen, ihn Snoopy zu nennen, nicht mehr Mad Dog, und er seine Handschuhe an den Nagel hängte. Und er hatte ihn hin und wieder mit Glenn zusammen gesehen, auf dem Hof. Glenn stand auf, und Foley sah zu Buddy hinüber.

»Der Mann mit dem Kopftuch.«

»Ja?«

»Das ist Snoopy.«

»Der kleine Fatzke«, sagte Buddy. »Was ist er inzwischen, Wahrsager?«

Er ging zu Glenn, als Foley sagte: »Hey, Snoopy, wie geht's?«, und er blieb stehen und sah ihn an.

Stand am Rand der Ringschürze, sah von Foley zu Buddy und wieder zurück, blieb ziemlich ernst dabei. Er sagte zu Foley: »Müßte ich dich kennen?«

»Lompoc«, sagte Foley und wartete, daß Glenn etwas sagte, schließlich war es seine Party. Aber er tat es nicht.

»Ja, Lompoc«, sagte Maurice, als fiele es ihm jetzt wieder ein und er sähe es vor sich.

Dann kam der große Bursche näher und sagte: »Gibt es hier ein Problem?«

Es erinnerte Foley an den Gefängnishof, wo Männer einander musterten, Urteile fällten, die manchen das Leben kosten konnten. Foley würdigte den großen weißen Mann keines Blickes, sondern starrte nur den Snoop an, von dem er wußte, daß alles Show war, die Bewegungen, das Wegducken, das

Kopfzucken, wenn er nicht mal in der Nähe seines Gegners war, wenn er den kleinen Hüpfer machte und sich mit dem Handschuh an den Kopf faßte. Er starrte den Snoop an, bis er sah, daß sich dessen Gesicht entspannte, und dann lächelte er.

»Jack Foley. Hab ich recht?«

Foley nickte.

»Und Buddy. Ja, ich seh euch beide noch auf dem Hof, klar. Jack Foley, berühmter Bankräuber. Mir scheint, ich hab gerade von dir in der Zeitung gelesen. Bist aus irgendeinem Knast in Florida ausgebrochen, hm?«

»Schlechte Gesellschaft da unten, Snoop. Ich bin mit Hilfe von ein paar Freunden rausgekommen.« Er sah, daß Glenn was sagen wollte.

Aber der große Mann schnitt ihm das Wort ab, sagte: »Wenn du ihn noch mal so nennst, schlag ich dir den Schädel durch die Wand.«

Buddy sagte: »Was? Du meinst *Snoop*?«

Foley sah sich an, wie der Snoop seine Hand hob, als wollte er den Burschen zurückhalten.

»Niemand nennt mich mehr Snoopy oder Snoop, das will White Boy damit sagen. Er ist ein bißchen grob, müßt ihr wissen. Nein, der Snoopy-Scheiß liegt hinter mir.«

Buddy sagte: »Wie nennen sie dich jetzt?«

»Bei meinem Namen, Maurice. Nichts Besonderes.«

Buddy sagte: »Und den Achtkantschädel nennst du White Boy?«

»White Boy Bob«, sagte Glenn, mischte sich ein, und es klang ganz unschuldig, wenn auch nicht für Foley. Glenn erklärte ihnen dann: »White Boy war mal Boxer.« Wollte Buddy ködern.

Buddy sagte: »Was macht er jetzt, wenn er nicht gerade das Maul aufreißt?«

Foley sagte zu Maurice: »Ist wieder wie auf dem Gefängnishof, hm?«

Maurice grinste ihn an. »Ganz genau so. Keiner gibt nach. Wenn du nachgibst, bist du weich. Erzähl mir mal, was du und Buddy hier oben in der Kälte treibt.«

»Die beiden glauben, sie steigen in unser Ding mit ein«, sagte Glenn, »aber mir hat keiner gesagt, daß sie kommen. Ich hab dir doch erzählt, daß ich zwei Leute hätte, und dann nicht mehr? Das sind die beiden.«

Maurice sagte: »Gehen wir raus, wenn wir reden wollen.«

»Wieso nicht hier drinnen?« sagte Foley. »Hier ist es schön warm.«

»*Warm?* Mann, hier drinnen sind fünfunddreißig Grad, manchmal fast vierzig... Emanuel hat es immer so, damit die Jungs schwitzen, rank und schlank wie Tommy Hearns werden. Nein, über Geschäfte rede ich hier drinnen nicht. Für mich ist das wie heiliger Boden, Mann. Verstehst du? Ich muß sowieso los. Wenn ihr reden wollt, kommt Mittwoch abend zu den Kämpfen, dann setzen wir uns hin und sehen es uns mal an.«

Foley wandte sich zu Buddy um. Buddy zuckte mit den Schultern, und Foley sagte: »Wo?«

Draußen, auf dem Weg zum Wagen, sagte Foley: »Ist dir aufgefallen, daß es eigentlich Glenns Nummer sein soll, auch wenn es jetzt so aussieht, als würde er für den Snoop arbeiten?«

»Wenn du ihn noch mal so nennst«, sagte Buddy, »hast du ja gehört, was dieses muskelbepackte Arschloch mit dir machen will.«

»Er hat uns nur gesagt, wer er ist, mehr nicht, um sich ins Gespräch zu bringen.«

»Ja? Und wer ist er?«

»Ein muskelbepacktes Arschloch. Weißt du, was mich am meisten stört?«

»Wenn der Snoop von dir gelesen hat«, sagte Buddy, »weiß er, daß du zehn Riesen wert bist.«

»Weißt du noch, ob da tot oder lebendig stand?«

»Ich glaube, es ist für Informationen, die zu deiner Festnahme führen. Vielleicht zahlen sie auch, wenn du tot bist, aber ich wüßte nicht, wie der Snoop es bewerkstelligen wollte. Weißt du, was ich meine? Es wäre nicht derselbe Deal wie mit diesem Penner, der den Kubaner verpfiffen hat.«

»Lulu«, sagte Foley. »Ich frage mich, ob sie Chino haben.«

»Könnte sein. Hab nichts mehr von ihm gehört.«

Als sie die Straße überquerten und sich dem Wagen näherten, sagte Foley: »Irgendwie gefällt mir dieses Kopftuch, das Snoopy aufhatte. Weißt du? Das Ding sah bei ihm cool aus.«

»Wenn ich dich je mit so was erwische«, sagte Buddy, »verpfeif *ich* dich für zehn Riesen.«

Glenn versuchte, ein paar Antworten zu bekommen, während Maurice den beiden Jungs beim Sparren zusah, wie sie aufeinander einprügelten, und es war, als redete er gegen eine Wand.

»Du hast gesagt, du kannst zwei Leute für hundert pro Nase kriegen. Richtig?«

Maurice schrie den einen mit RICARDO OWEN auf dem Hemd an, das er über seinem T-Shirt trug, rief, schlag zu, schlag zu, schrie, dafür hätte er doch seine Handschuhe an. Halt sie hoch und *schlag zu*.

»Wenn du die beiden kriegen kannst, wozu brauchen wir dann noch Foley und Buddy?«

»Meine Jungs sind nicht mehr hier.«

»Wo sind sie? Hast du es rausgefunden?«

Maurice sagte: »Ricky, bleib dran, Mann. Bleib dran.« Und zu Glenn: »Die dürfen hier nicht mehr rein.«

»Was meinst du damit, sie dürfen nicht mehr hier rein?«

»Bleib nah an ihm dran, Ricky. Laß ihm keinen Raum. Sie haben es sich mit dem Trainer verscherzt, als der sie erwischt hat, wie sie draußen vor der Tür Gras verkauft haben. Ricky, du mußt reingehen, wenn er das mit dir macht.«

Die Glocke schlug, und die Boxer gingen auseinander, liefen auf den Brettern herum, ließen die Arme hängen.

Maurice sagte: »Komm mit« und führte Glenn vom Ring weg, fort von den Trainern, die herübersahen, wollte sich mit ihm auf die Bank vorn am Eingang setzen. White Boy ging rüber und fing an, auf den Sandsack einzuprügeln.

»Du sagst, du bringst diese Leute mit«, sagte Maurice, »dann, daß du diese Leute nicht mitbringst, aber die Leute tauchen trotzdem auf.«

»Ich hab dir doch gesagt, ich wußte nicht, daß sie kommen.«

»Aber sie sind hier, sie wissen von der Sache und wollen sich darüber unterhalten. Gut. Inzwischen will ich die beiden, die ich wollte, nicht mehr. Die haben sich die Finger verbrannt. Du verstehst? Wieso sollten wir also nicht die Bankräuber mitnehmen? Wir wissen, daß sie cool sind ... wenn man in so viele Banken reingeht wie die beiden ...«

»Du weißt«, sagte Glenn, »daß du mit ihnen teilen mußt. Du kannst ihnen nicht hundert Dollar anbieten.«

»Was hattest du mit ihnen ausgemacht?«

»So weit sind wir nie gekommen.«

»Na gut, was wir ihnen bieten und was sie kriegen«, sagte Maurice, »könnten zwei vollkommen verschiedene Dinge sein.«

17

Karens Telefon klingelte um halb neun. Sobald sie »Karen, hier ist Marcie Nolan« hörte, wußte sie, wie ihr Foto in die Zeitung gekommen war, hinten unter »Namen & Gesichter«.

Auf dem Foto, das zwei Spalten einnahm, hielt Karen – im maßgeschneiderten schwarzen Kostüm mit schlichtem Rock und schwarzer Tasche um die linke Schulter – eine Remington-Pumpgun, der Kolben auf ihrer vorgeschobenen Hüfte, der

Lauf nach oben abgewinkelt, ihre rechte Hand direkt über dem Abzugsbügel. Karen trägt eine Sonnenbrille und sieht an der Kamera vorbei, die Lippen leicht geöffnet. Darunter steht:

LA FEMME KAREN

US-Marshal Karen Sisco bewacht den Eingang zum Bundesgericht in Miami während der erst kürzlich durchgeführten Drogenprozesse gegen kolumbianische Staatsbürger. Zu ihren Aufgaben zählt außerdem der Transport von Verurteilten zur Vollzugsanstalt und von Angeklagten zur Gerichtsverhandlung. Teil ihrer Ermittlungstätigkeit ist das Aufspüren von Straftätern. Als Mitarbeiterin beim Marshal's Service von Miami hielt sich Karen gestern wegen eines Spezialauftrags zu einer Besprechung mit Beamten der Detroit Police in unserer Stadt auf.

»Es war ein Fehler«, sagte Marcie. »Ich meine, es war vorschnell, sie sollten warten, bis ich Sie interviewt habe, um zu sehen, ob es eine Geschichte gibt.«

»Woher wußten Sie, daß ich hier bin?«

»Ich hab Sie gestern in 1300 reingehen sehen. Ich wußte nicht, mit wem Sie sich treffen wollten, aber ich dachte, früher oder später würde ich Sie schon zu fassen kriegen, und um Zeit zu sparen ...«

»Dieses Foto«, sagte Karen, »war im *Herald*.«

»Ja, ich habe meinen Redakteur gebeten, es zu besorgen. Beide Zeitungen gehören zu Knight-Ridder – sag ihnen, was du willst, und ein paar Minuten später hast du es auf dem Bildschirm. Ich habe meinem Redakteur gegenüber erwähnt, falls es keine Geschichte gibt, könnte es vielleicht in der Rubrik ›Namen & Gesichter‹ erscheinen, und er hat die entsprechende Notiz druntergesetzt. Aber dann, als ich Sie nicht finden konnte, hab ich mich an eine andere Geschichte gehängt und meinen Redakteur nicht zurückgerufen. Dann hat der Mensch von ›Namen & Gesichter‹ die Notiz gesehen, den Text mehr oder weniger zum Thema passend umgeschrieben und mit reingenommen. Karen, es tut mir schrecklich leid, daß ich vorher nicht mit Ihnen sprechen konnte.«

»Ist schon okay. Machen Sie sich keine Gedanken.«

»Ich hatte Angst, Sie wären wütend.«

»Ich bin kaum jemals wütend. Das FBI und die Marshals könnten sich allerdings fragen, was ich hier treibe.«

Marcie sagte: »Die wissen nichts davon?«

»Ich meine, sie könnten glauben, ich wäre publicitygeil, daß ich Sie angerufen habe. Aber ich kann mir nicht vorstellen, daß sie eine große Sache daraus machen.«

»Die sollten nicht wissen, daß Sie hier sind«, sagte Marcie, »und ich hab Sie auffliegen lassen. Tut mir leid, Karen, wirklich.« Sie machte eine Pause. »Können Sie mir sagen, was Sie vorhaben?«

»›Besprechung mit Beamten der Detroit Police wegen eines Spezialauftrages‹. Was stimmt damit nicht?«

»Aber es bedeutet eigentlich nichts.«

»Ich glaube, es sagt mehr als genug«, sagte Karen, wollte das Gespräch beenden, mußte aber noch fragen: »Woher wußten Sie, daß ich im Westin wohne?«

»Inspector Cruz. Ich hab rumgefragt, bis ich rausgefunden hatte, daß Sie bei ihm waren. Können Sie mir nicht *irgendwas* erzählen? Auch nicht inoffiziell?«

»Warten wir ab, was passiert«, sagte Karen. »Wie gefällt Ihnen Detroit?«

»Verglichen womit, dem Nordpol?«

»Es ist nicht so kalt, wie ich erwartet habe.«

»Warten Sie's ab. Ich würde einen Mord begehen, um wieder nach Miami zu kommen.«

»Gut, wenn Sie es tun, nehme ich Sie mit«, sagte Karen. »Und wenn ich Zeit habe, ruf ich Sie an. Okay?«

Sie rief Raymond Cruz an und mußte fast zwei Stunden warten, bis er sie zurückrief, um dann zu erfahren, daß es ihm furchtbar leid täte, er aber fast den ganzen Tag anderweitig beschäftigt sei. Sie sagte: »Raymond, weichen Sie mir aus?« Und er wurde etwas nervös, weil er ein netter Kerl war, sagte nein, niemals, er wollte sie wirklich gern sehen, aber… Danach fühlte sie sich etwas besser, obwohl sie jetzt den ganzen Tag nichts mehr zu tun hatte. Sie konnte Marcie Nolan zurückrufen, sich mit ihr zum Mittagessen verabreden oder nach fünf zu einem Drink. Oder sie konnte es sich sparen, auf Raymond zu warten. Sie konnte aufhören, noch mehr Zeit zu vergeuden und Maurice Snoopy Millers letzte bekannte Adresse überprüfen.

Foley las die Sport- und Entertainment-Seiten, blätterte weiter und kam zur letzten Seite… Nachdem er die Unterschrift gelesen und das Foto eine Weile angestarrt hatte, rief er in Buddys Zimmer an.

»Hast du die Zeitung?«

»Ich hab's gesehen. Was meinst du?«

»Das ist ein tolles Bild von ihr.«

»Davon mal abgesehen.«

»Ich weiß nicht«, sagte Foley mit Blick aufs Foto. »Aber ich glaube, es hat nichts mit uns zu tun, daß sie hier ist.«

»Sie macht hier oben Ferien«, sagte Buddy, »weil sie Scheißwetter mag.«

»Ich glaube, sie ist hinter Glenn her.«

»Wie hat sie rausgefunden, daß er hier ist?«

»Du kennst doch Glenn. Wahrscheinlich hat er ihr erzählt, daß er herfährt. Hast du sonst eine Idee, woher sie wissen könnte, daß wir hier sind?«

Es folgte Schweigen, bis Buddy sagte: »Nein, aber wenn sie ihn am Arsch haben und wir mit ihm gesehen werden… Sie dürfte kaum ohne Begleitung hier oben sein, so ganz allein.«

»Ist das Mädchen noch bei dir?«

»Die bleiben nicht über Nacht, Jack, es sei denn, man bezahlt dafür.«

»Laß mich drüber nachdenken«, sagte Foley und betrachtete noch immer Karen Sisco mit der Schrotflinte. »Ich ruf dich zurück.«

Selbst wenn Karen sie hier vermutete und die Hotels checkte ... Sie hatten sich als George R. Kelly und Charles A. Floyd eingetragen – die Namen spontan erfunden – und eine Woche bar im voraus bezahlt, wobei sie dem Mann am Empfang erklärten, es sei ihnen lieber, wenn aus den Kreditkartenbelegen, die nach Hause kamen, kein Hotel ersichtlich war. »Falls Sie wissen, was ich meine«, sagte Foley zu dem Hotelangestellten und zwinkerte ihm fast zu, aber die gelangweilte Miene des Mannes hielt ihn davon ab.

Er rief in Buddys Zimmer an, und Buddy sagte sofort: »Wenn sie Glenn beschatten lassen, sind wir geliefert. Morgen abend bei den Kämpfen werden wir alle einkassiert.«

»Das ist mir klar«, sagte Foley. »Ich denke, vielleicht können wir das umgehen und rausfinden, ob sie hinter ihm her sind oder nicht, bevor wir reingehen.«

»Wie stellen wir das an?«

»Ich weiß noch nicht. Fahren wir mal da vorbei, wo die Kämpfe laufen und sehen uns um, in diesem State Theater.«

»Genau das ist es, ein Theater, ein Kino.«

»Ja, aber was ist drumherum? Wir würden es uns sowieso ansehen. Laß uns später eine kleine Runde drehen. Du kannst mir zeigen, wo du früher gearbeitet hast.«

»Hast du in der Zeitung gesehen«, sagte Buddy und machte eine Pause. »Hier ist es. ›Streit um Thunfisch-Kasserolle könnte Grund für Mord sein.‹ Der Freund und Lebensgefährte dieser Frau, siebzig Jahre alt, hat sich über ihre Thunfisch-Nudel-Kasserolle beschwert, und sie hat ihm mit einer Flinte Kaliber 12 ins Gesicht geschossen.«

»Ich mochte das Zeug auch nie«, sagte Foley.

»Hier steht, die Polizei hätte Nudeln im Haar der Frau gefunden, und man nimmt an, daß der Mann ihr seinen Teller an den Kopf geworfen hat. Sie waren seit zehn Jahren zusammen.«

»Die Liebe ist ein seltsames Spiel«, sagte Foley.

Er legte auf, betrachtete das Foto, während er darüber nachdachte, was er tun wollte, dann rief er die Vermittlung des Hotels an. »Miss Siscos Zimmer bitte.« Er wartete. Die Vermittlung meldete sich wieder, um ihm zu sagen, daß unter diesem Namen niemand gemeldet sei. Foley nahm das Branchenbuch und schlug die Seiten mit den Hotels auf. Er versuchte es im Atheneum, ein paar Best Westerns, das Pontchartrain, dann sprang er zu einigen Hiltons, betrachtete eine Liste von fünf Holiday Inns, sagte: »Scheiße«, sah aus dem Fenster zu diesen riesigen Glasröhren gegenüber und mußte einen Augenblick nachdenken.

Das Westin. Das war es.

Er fand die Nummer und rief an.

»Miss Karen Sisco, bitte.«

Einen Moment später sagte die Vermittlung: »Ich stell sie durch.«

Foley wartete. Er hatte keine Ahnung, was er sagen würde, aber er blieb am Apparat.

Die Stimme der Vermittlung meldete sich wieder. Sie sagte: »Tut mir leid, aber in Miss Siscos Zimmer nimmt niemand ab. Möchten Sie eine Nachricht hinterlassen?«

Karen läutete an der Tür und wartete, die Hände in den Taschen ihres dunkelblauen Mantels vergraben, lang, zweireihig, mit einem Gürtel am Rücken.

Das Haus an der Parkside lag im ersten Block abseits der McNichols, einer Straße, von der der Portier im Westin sagte, sie würde allgemein Six Mile Road genannt, weil sie sechs Meilen vom Fluß lag, und die Straßen dahinter hießen Seven Mile,

Eight Mile und so weiter. Nehmen Sie die Lodge, steigen Sie bei Livernois aus, gehen Sie an der »U of D« vorbei, dann läge Parkside ein paar Blocks weiter auf der Rechten. Große Häuser, alt, aber hübsch.

Eins neben dem anderen, die meisten rotgeklinkert, und man sah ihr Alter in der öden Kälte, die Straße von kahlen Bäumen gesäumt. Karen hatte den Portier gefragt, ob es hier jemals schneite, und er sagte: »Mmmm, müßte bald losgehen.«

Die Tür ging auf.

Karen sagte: »Moselle Miller?«

Die Frau, um die dreißig, mit heller Haut und müden Augen, sagte: »Was wollen Sie?« Sie trug einen grünen Seidenmantel und verschränkte die Arme gegen die Kälte.

»Ich bin auf der Suche nach Maurice.«

»Wenn Sie ihn finden, sagen Sie ihm, der Hund ist überfahren worden und ich hab kein Haushaltsgeld mehr.«

Eine männliche Stimme von drinnen sagte: »Moselle. Mit wem redest du da?«

»Eine Frau sucht Maurice.«

»Was will sie?«

»Hat sie nicht gesagt.«

Karen sagte: »Das ist nicht Maurice?«

»Das ist Kenneth, mein Bruder. Er ist gerade am Telefon.«

Die Stimme sagte: »Frag, was sie von ihm will.«

»Frag du sie. Was Maurice angeht«, sagte Moselle, »geht *mich* nichts an«, und klang dabei müde und gelangweilt. Sie wandte sich von der Tür ab und ging ins Wohnzimmer.

Karen trat ein, schob die Tür zu und trat ins Foyer. Sie hörte Kenneths Stimme und sah ihn jetzt auch – im Arbeitszimmer, einem kleinen Raum mit offenen Bücherregalen – schwarz, männlich, etwa einsfünfundachtzig, mittlere Statur, fünfundzwanzig bis dreißig, trug ein gelbes T-Shirt und seine rote Baseballmütze umgekehrt, sprach in ein schnurloses Telefon. Sie sah ihn im Profil stehen und hörte ihn sagen: »Woher soll ich das wissen?« Dann hörte er zu, nickte: »Ja, das kann ich schaffen. Im State, hm. Wer boxt?« Er lauschte, nickte wieder, sagte: »Was ist diese andere Sache?«, drehte sich zum Foyer um, und Karen ging ins Wohnzimmer.

Moselle saß auf dem Sofa und steckte sich eine Zigarette an. Sie sagte zu Karen: »Möchten Sie sich setzen?«

Karen dankte ihr und nahm sich einen Stuhl, sah sich im Zimmer um: tristes, graues Tageslicht in den Fenstern, dunkles Holz und weißer Putz, der Kamin voller Müll, Plastikbechern, Folien, einem Pizzakarton.

Moselle sagte: »Was wollen Sie von Maurice?«

»Ich suche einen Freund von mir, den Maurice – glaube ich – kennt.«

»Sie sind keine Bewährungshelferin oder so was, oder?«

Karen schüttelte den Kopf. »Nein.«

»Sind Sie Anwältin?«

Karen lächelte. »Nein, bin ich nicht.« Sie sagte: »Vielleicht kennen Sie ihn. Glenn Michaels?«

Moselle zog an ihrer Zigarette und blies einen Schwall Rauch aus. »Glenn? Nein. Ich kenn keinen Glenn.«

»Er war letzten November nicht hier?«

»Könnte sein, ich weiß nicht.«

»Er sagte, er hätte hier gewohnt.«

»Hier? In diesem Haus?«

»Er hat gesagt, er hätte bei Maurice gewohnt.«

»Na ja, *der* ist auch nicht so oft hier.« Moselle zog an ihrer Zigarette, ließ den Rauch aus ihrem Mund aufsteigen und verteilte ihn mit träger Geste. »Ich würde gern wissen, wo er ist, aber gleichzeitig möchte ich es lieber *nicht* wissen. Verstehen Sie? Ich war vor ihm mit einem Mann zusammen, ich kannte seine Geschäfte, ich wußte alles, was er gemacht hat, ein hübscher, junger Mann, und es war, als würde man einen Blick in die Zukunft werfen, sehen, wie es am Ende kommt, und natürlich ist es so gekommen. Sie haben ihn in die Luft gesprengt.«

Karen wartete.

»Er hat sich da auf einen Sessel gesetzt… ich hab gerade mit ihm telefoniert. Er hat sich auf den Sessel gesetzt, und als er aufstehen wollte, ist er in die Luft gegangen, in tausend Stücke.«

Karen sagte: »Wußten Sie, daß es passieren würde?«

»Ich wußte zuviel«, sagte Moselle. »Ich wußte viiieeel zuviel. Deshalb weiß ich jetzt nichts. Ich kenn keinen Glenn, ich weiß überhaupt nicht, was los ist. Klar?«

Karen beobachtete sie, und Moselle umarmte ihren grünen Mantel.

»Ihr Hund ist tot?«

»Vom Auto überfahren.«

»Wie hieß er?«

»War eine sie, hieß Tuffy.«

»Was glauben Sie, wo ich Maurice finden könnte?«

»Ich weiß nicht – im Gym, beim Turnier. Er glaubt, er wäre noch immer in dem Geschäft. Ich weiß, daß er sich die Kämpfe nicht entgehen läßt. Morgen abend sind welche im State. Früher hat er mich mitgenommen.«

Kenneth stand im bogenförmigen Eingang vom Foyer. Er sagte zu Karen: »Was wollen Sie von Maurice?«

Moselle sagte: »Sie sucht einen Mann, der Glenn heißt.«

Kenneth sagte: »Hab ich dich gefragt? Mach, daß du raus kommst. Fang irgendwas mit dir an.« Er wartete, bis Moselle aufstand, ohne ein Wort zu sagen, und sich von ihnen entfernte, durchs Eßzimmer verschwand. Karen sah sich an, wie er jetzt zu ihr kam, mit einer Art lässigem Schlendern, die Baseballmütze umgekehrt und tief in die Stirn gezogen, zeigte ihr, daß er cool war, daß er clever war, so, wie er sich bewegte.

Sie sah das Narbengewebe über seinen Augen und sagte: »Sie sind Boxer?«

»Woher weißt du das?«

»Das sehe ich.«

»*War* ich mal«, sagte Kenneth, bewegte seinen Kopf wie zu einer Finte, »bis sich meine Netzhaut zweimal abgelöst hat.« Er stand jetzt vor ihr, so nah, daß Karen zu ihm aufsehen mußte.

»Was haben Sie geboxt, Mittelgewicht?«

»Leicht bis Super-Mittelgewicht, wie sich mein Körper entwickelt hat. Was bist du denn, Bantam?«

»Fliegengewicht«, sagte Karen und sah ihn grinsen.

»Du kennst dich aus. Magst du Kämpfe? Wenn es grob wird? Ja, möcht ich wetten. Willst du ein bißchen auf dem Boden rumtoben? Wie Tuffy und ich, bevor sie überfahren wurde, haben wir uns immer auf den Boden geworfen und getobt. Ich sag zu ihr: ›Guter Hund, Tuffy, hier hab ich was für dich.‹ Und ich geb Tuffy das, was alle Hunde am liebsten mögen. Weißt du, was das ist? Ein Knochen. Ich kann dir auch einen Knochen geben, Kleine. Willst du ihn sehen? Du bist nah genug dran, du mußt nur die Hand ausstrecken, dann kannst du ihn anfassen.«

Karen schüttelte den Kopf. »Sie sind nicht mein Typ.«

»Das macht doch nichts«, sagte Kenneth und schob seine Hand übers Bein zum Reißverschluß. »Wenn ich das Monster rauslasse, machst du, was es will.«

»Einen Moment mal«, sagte Karen. Ihre Hand ging zur Tasche, die neben ihr auf dem Stuhl stand.

Kenneth sagte: »Hast du deine eigenen Gummis mitgebracht?«

Ihre Hand kam aus der Tasche hervor und hielt etwas, das wie der Griff eines Golfschlägers aussah, und Kenneth grinste sie an.

»Was hast du sonst noch drin, chemische Keule? Eine Trillerpfeife, irgendwelche Selbstverteidigungskacke? Willst du mir erzählen, du machst es nicht mit jedem oder dir *ist* im Moment nicht danach?«

Karen kam von ihrem Stuhl hoch und stand mit ihm Auge in Auge. Sie sagte: »Ich muß gehen, Kenneth«, und gab ihm einen freundlichen Schubs mit dem schwarzen Plastikstock, der wie der Griff von einem Golfschläger aussah. »Vielleicht sehen wir uns wieder, okay?« Sie trat zur Seite und schob sich an ihm vorbei, wohlwissend, daß er versuchen würde, sie daran zu hindern.

Und als er es tat und ihr linkes Handgelenk packte, sagte er: »Erst toben wir.«

Karen wedelte kurz mit dem Stock, und vierzig Zentimeter verchromter Stahl schossen aus dem Griff. Sie trat auf Armeslänge von ihm zurück und hieb ihm den Stock an den Kopf, wobei sich Kenneth duckte, auswich, schrie »Ver*dammt*!«, dann ließ er sie los, und Karen hatte den Platz, den sie brauchte, zwei Schritte von ihm entfernt, und als er sich auf sie stürzte, peitschte sie ihm den Knüppel seitlich an den Kopf, und er heulte auf und blieb auf der Stelle stehen, preßte sich eine Hand ans Ohr.

»Was ist bloß mit Ihnen los?«

Warf ihr einen finsteren Blick zu, betrachtete seine Hand und preßte sie wieder ans Ohr, und Karen war nicht sicher, ob er die Frage gestellt hatte, weil sie ihn geschlagen oder weil sie ihm einen Korb gegeben hatte.

»Sie wollten doch toben«, sagte Karen, »wir haben getobt.« Und ging hinaus.

Moselle kam aus dem Eßzimmer und hielt ihren Morgenmantel zusammen, schüttelte den Kopf, zeigte Mitgefühl für ihren Bruder. Sie sagte: »Baby, weißt du nicht, was das Mädchen ist?«

Stirnrunzelnd sah Kenneth sie an, zeigte, wie dumm es ihn gemacht hatte, als er im Ring Prügel bezogen hatte.

»Irgendwas bei der Polizei. Aber hübsch, oder?«

»Erzählst du es Maurice?«

»Dich hat sie doch verprügelt, nicht mich.«

»Maurice kommt später vorbei. Wir machen einen Job.«

»Falls ich oben bin, sag ihm, ich brauch Haushaltsgeld.«

Das Telefon klingelte. Kenneth ging ins Arbeitszimmer, um abzunehmen.

Es läutete an der Tür. Moselle machte auf, und da stand Karen schon wieder, reichte ihr eine Visitenkarte. Moselle sah sie sich an, während Karen sagte: »Ich hab meine Hotelnummer aufgeschrieben ... falls Sie Glenn treffen.«

Moselle schob die Karte in die Tasche ihres Morgenmantels. Kenneth fragte nicht, wer an der Tür war, und sie sagte es ihm nicht.

Völlig unverständlich war es Foley, wie es sein konnte, daß in einer großen Industriestadt wie Detroit nur so wenig Menschen auf der Straße waren. Am Sonntag hatte Buddy gesagt, es sei eben Sonntag und alle säßen zu Hause, um sich das Spiel anzusehen. Heute war Dienstag, und noch immer liefen kaum Leute in der Stadt herum. Man konnte sie zählen, sagte Foley. Buddy sagte, er wüßte es nicht, vielleicht wären alle abgehauen, sobald sie die Freeways fertiggebaut hatten. Sie waren auf dem East Jefferson im Olds unterwegs, inzwischen mit Kennzeichen aus Michigan, und Buddy machte den Fremdenführer, zeigte ihm die Brücke zur Belle Isle, das alte Naval Armory, die Seven Sisters – diese Schornsteine da drüben beim Edison-Kraftwerk, die nannte man Seven Sisters. Da ist der Waterwork Park, sagte Budy. »Kennst du Pontiac? Nicht das Auto, den Indianerhäuptling? Irgendwo da hinten hat er einen Trupp mit britischen Soldaten, Rotröcken, niedergemetzelt, und die Stelle hat man Bloody Run getauft.«

Foley hörte nur halb zu, sah sich um, sah aber nur Karen, Karens Bild in der Zeitung, Karen, wie sie im echten Leben aus dem Kofferraum stieg und sagte: »Du hast gewonnen, Jack«, das liebste Bild von ihr in seinen Gedanken.

Jetzt schneite es ziemlich heftig.

»Wir sind gleich da«, sagte Buddy, »da ist die Feuerwache.« Dann runzelte er die Stirn, setzte sich aufrecht hinters Lenkrad, Scheibenwischer an, Buddy blinzelte, versuchte, durch den Schnee zu sehen, der herunterkam. Er sagte: »Wo ist die Fabrik? Die ging doch früher bis hier an die Straße, mit einer Brücke zu den Büros, dem Verwaltungstrakt. Alles weg. Da drüben ist was, ein paar Schornsteine. Das muß die neue sein. Ich meine, das hier war eine scheißgroße Fabrik, hat zwei volle Blocks eingenommen, sechstausend stündlich, und jetzt ist sie weg. Willst du sehen, wo ich gewohnt habe?«

»Ist schon okay«, sagte Foley.

»Wir können ebensogut umdrehen«, sagte Buddy, lenkte den Olds auf eine Tankstelle, kehrte um und fuhr wieder in Richtung Innenstadt. »Wenn noch mehr runterkommt, holen sie die Laster mit dem Salz raus. Mein Job in der alten Fabrik: Ich hab Getriebe an die Motoren geflanscht.«

Foley hatte das Foto aus der Zeitung gerissen, Karen mit ihrem Schrotgewehr in den schwarzen Sachen, die ihm so vertraut erschienen. Er hatte es in der Innentasche seines Jacketts. Er stellte sich vor, was passieren würde, wenn er sie anrief. Sie sagt hallo, und er sagt ...

»Der Motor kommt das Band runter, nehmen wir mal an, für eine Automatik. Okay, ich nehme diesen Schlagschrauber in meine linke Hand – er hängt an einer Schiene – drück mit der rechten Hand auf den Hebeknopf, bring ihn in Position, bis die Bolzen am Schlagschrauber mit den Löchern im Getriebe übereinstimmen, in die sie passen sollen, bugsier das Ding herum ...«

Er würde seinen Namen sagen. Hi, hier ist Jack Foley, wie geht's? Einfach so, ganz schlicht. Sie würde fragen, wo er war oder woher er wüßte, daß sie hier sei. Nein, sie würde sagen, sie sei überrascht, oder sie würde etwas sagen, was er nicht erwartete. In jedem Fall würde er auf den Unterton in ihrer Stimme achten.

»Dann drückst du noch mal den Knopf am Kran und schwenkst das Getriebe über das Band, schaukelst es, bringst es in Position vor dem Motor. Dann läßt du den Kran los, nimmst deinen Schlagschrauber und schießt vier Bolzen oben ins Gehäuse – tsung, tsung, tsung, feuerst du sie rein.«

Oder er ging rüber ins Westin und ließ sie in ihrem Zimmer anrufen. Wenn sie nicht da war, paßte er auf, wenn sie in die Lobby kam. Sie mußte ja irgendwann zurückkommen. Es sei denn, sie wäre fertig und schon abgefahren.

»Aber nehmen wir an, du hast das Getriebe am Kran, und der Motor ist vorbeigefahren und schon nicht mehr erreichbar. Man mußte das Getriebe mit beiden Händen anheben – ich schwöre bei Gott, man mußte das Scheißding, das fast neunzig Kilo wiegt – rüber zum Motor schleppen und auf die Kurbelwelle schieben.«

Foley sah sie durch die Lobby kommen, ihm entgegen. Sie hebt den Kopf. Sie sieht ihn und bleibt stehen, und sie starren einander an, und es wäre ihre Entscheidung, ob sie sich in dieser Art von Situation die Zeit nehmen wollte, mit ihm zu reden, eine Auszeit zuzulassen, und er dachte daran, das entsprechende Zeichen zu machen, eine Hand flach oben auf den senkrecht stehenden Fingern der anderen, ob es nun Sinn machte oder nicht, es einfach geschehen lassen.

»Als ich da gearbeitet habe, lief der millionste Wagen vom Band, ein Chrysler Newport, für nur viertausendeinhundert zu kaufen. Klingt wie ein guter Deal, aber das war damals eine Menge Kohle.«

Foley lauschte den Wischern, die hin- und herpeitschten.

»Mann, da kommt was runter«, sagte Buddy. »Man kann kaum noch das RenCen sehen, nur den unteren Teil.«

»Sind da Läden drin, Geschäfte?«

»Ja, verschiedene.«

»Ich glaub, ich fahr rüber und seh mich mal um, kauf mir ein Paar Schuhe für dieses Wetter, ein paar Stiefel.«

»Da drinnen kann man sich leicht verlaufen. Man muß aufpassen, sonst läuft man im Kreis, ohne es zu merken.«

»Das Hotel ist mittendrin, hm?«

»Ja, im obersten Stock. Die Cocktail Lounge, von der ich dir erzählt habe, ist ganz oben. Dreht sich im Kreis. Man kann da oben essen. Ansonsten gibt es da drinnen überall Fast-Food-Läden. Hast du Hunger?«

»Ich könnte einen Drink gebrauchen.«

»Ich muß Regina anrufen«, sagte Buddy. »Sie betet nicht für die armen Seelen, seit man nicht mehr soviel vom Fegefeuer hört. Sie betet immer noch Rosenkränze, damit ich keinen Scheiß baue. Siebenundzwanzig Tage Bittgebete, dafür betet man den Rosenkranz, und siebenundzwanzig Tage Danksagung, ob du nun bekommen hast, worum du bittest, oder nicht. Wenn ich anrufe, bedeutet es, daß man mich nicht verhaftet hat. Einmal hab ich sie am siebenundzwanzigsten Tag angerufen, und sie meint: ›Siehst du?‹ Regina denkt, wenn man mich nicht hochgenommen hat, war ich auch in keiner Bank. Mit anderen Worten: Ihre Gebete wurden erhört, und ich fahre nicht zur Hölle. Solange sie also weiß, daß ich draußen bin, hat sie was zu tun. Hey, aber wer weiß? Vielleicht rettet sie meinen Arsch, oder ich sollte besser sagen: meine Seele. Auch wenn ich nicht mehr sicher bin, ob es noch eine Hölle gibt oder nicht. Glaubst du, es gibt eine?«

»Ich weiß nur von dieser einen draußen in Palm Beach County«, sagte Foley. »Ich glaube kaum, daß irgend jemand für mich Rosenkränze betet, aber ich bin mir höllisch sicher, daß ich nie wieder dahin zurückgehe.«

»So sicher kannst du dir nicht sein«, sagte Buddy.

»Ja, na ja, ich bin wild entschlossen.«

»Wenn sie eine Waffe auf dich richten, gehst du zurück.«

»Wenn sie eine Waffe auf dich richten«, sagte Foley, »hast du immer noch die Wahl, oder nicht?«

18

Drei Uhr nachmittags, draußen herrschte Schneesturm, das Restaurant oben auf dem Hotel war fast leer, nur eine Kellnerin, so schien es, hatte Dienst. Karen hätte wetten können, daß die Kellnerin sie an einen Tisch in der Nähe der drei Geschäftsleute in Anzügen setzen würde, die dort beim Mittag saßen, und das tat sie auch: Die drei jungen Männer, die wie leitende Angestellte aussahen, unterhielten sich, lachten über etwas, das einer von ihnen sagte, bis Karen vorbeiging, und dann Schweigen. Karen warf einen Blick hinüber, als sie sich an die gläserne Außenwand setzte. Einen Moment überlegte sie, ob sie um einen anderen Tisch bitten sollte, nicht so nah dran. Aber die Männer waren schon bei Kaffee und Cognac oder etwas in der Art, und sie wollte nur einen Drink nehmen. »Jack Daniel's, bitte, und Wasser extra.« Sie drehte sich um und sah ihr Spiegelbild im Glas vor dem bedeckten Himmel, dem wirbelnden Schnee, der in Böen wehte, zweihundertdreißig Meter über der Stadt irgendwo da unten. Sie hörte einen der Männer sagen: »Wieso nicht«, und dann zur Kellnerin gewandt: »Celeste, noch mal dasselbe, bitte, und setzen Sie den Drink der jungen Dame auf unsere Rechnung.«

Karen erinnerte sich an ein Buch, das ihr Vater vor Jahren gelesen hatte und das *Celeste, die Jungfrau von der Goldküste*, hieß. Sie wandte sich um und sah, daß man ihr mit Schwenkern zuprostete, lächelnd, freundlich wirkende Männer zwischen fünfunddreißig und vierzig in dunklen Anzügen, zwei weiße Hemden, das dritte blau, so dunkelblau wie der dazugehörige Anzug. »Trotzdem danke«, sagte sie und schüttelte den Kopf.

Die Kellnerin kam wieder an Karens Tisch. »Die möchten Ihnen einen Drink ausgeben.«

»Das habe ich mitbekommen. Sagen Sie ihnen, ich würde lieber selbst bezahlen.«

»Die sind okay«, sagte die Kellnerin, sprach mit ihr von Frau zu Frau, »sie feiern einen Geschäftsabschluß.«

»Ich nicht«, sagte Karen. »Aber hören Sie, machen Sie einen Doppelten draus, wenn Sie schon dabei sind, Celeste. Wasser extra.«

Sie beobachtete, wie die drei Männer aufblickten, als die Kellnerin ihnen die Nachricht überbrachte. Dann sahen sie herüber. Karen zuckte mit den Schultern und wandte sich dem Schnee zu, dachte, es sähe aus wie der Schnee in einer Kugel, die man schüttelt, daß er herumwirbelt, nur daß man hier in der Kugel war und heraussah. Zehn Minuten vergingen, bis ihr Drink kam. Sie verdünnte ihn mit Wasser aus einer kleinen Karaffe, nahm einen ordentlichen Schluck, und der eine mit dem Hemd so dunkel wie sein Anzug und einer hellen, rostfarbenen Krawatte stand an ihrem Tisch.

Er sagte: »Entschuldigen Sie.«

Seine Krawatte gefiel ihr.

»Meine Kollegen und ich haben gewettet, was Sie beruflich machen.« Er lächelte.

Nicht seine Freunde oder Kumpel, seine Kollegen.

»Und ich habe gewonnen. Hi, ich bin Philip.«

Nicht Phil, Philip. Karen sagte: »Wenn es Ihnen nichts ausmacht, Philip, würde ich einfach gern in Ruhe einen Drink nehmen und gehen. Okay?«

»Wollen Sie nicht wissen, was ich geraten habe? Woher ich weiß, was Sie beruflich machen?«

»Wenn ich die Wahrheit sagen soll«, sagte Karen, »bin ich nicht im geringsten neugierig. Wirklich, ich will nicht unhöflich erscheinen, Philip, ich möchte einfach nur in Ruhe gelassen werden.« Sie wandte sich wieder dem Schneesturm zu.

»Sie haben einen schlechten Tag, was? Ich verstehe«, sagte Philip, »und es tut mir leid.«

Sie sah, wie sein Spiegelbild sich umdrehte und ging. Der

Gentleman, höflich, besorgt, verständnisvoll – sie hätte nur sagen müssen, gehen wir, und schon wären sie draußen.

Der nächste sagte: »Ich glaube, ich weiß, wieso Sie deprimiert sind... wenn ich mir eine Bemerkung erlauben darf.«

So verdammt überzeugt von sich.

»Sie haben heute einen Kunden besucht, um seinen Auftrag entgegenzunehmen, und die haben gesagt, sie müßten es sich noch mal überlegen.«

Es war ihr schwarzes Kostüm. Sie mußte geschäftlich hier sein, machte dabei aber keinen allzu glücklichen Eindruck.

»Ich vermute, Sie sind die neue Repräsentantin, und Ihr Kunde ist nicht gerade begeistert von der Vorstellung, daß eine junge Dame, selbst eine atemberaubende wie Sie, sich um den Etat kümmert.«

Ja, es war das schwarze Kostüm.

»Bin ich nah dran?« Lächelte. »Hi, ich bin Andy.«

Wie diese Werbung im Fernsehen. Leiden Sie oft unter der peinlichen Situation, daß Sie sich in die Hosen machen? Hi, ich bin June Allyson.

»Übrigens sind wir einfache Werbeleute. Wir sind heute morgen von New York hierhergeflogen, um einen großen Etat aufzureißen.« Andy beugte sich vor, um in den Sturm hinauszusehen, vielleicht näher heranzukommen, damit er was erkennen konnte. »Hiram Walker Distillery, gleich auf der anderen Seite vom Fluß, falls das da drüben Kanada ist. Läßt sich nicht sagen, was? Jedenfalls haben wir eine Test-Markt-Kampagne für ihren neuen Margarita-Mix präsentiert. Wir zeigen diesen Mann, der wie ein mexikanischer Bandido aussieht, mit großem Chihuahua-Hut, gekreuzten Patronengurten, und die Überschrift lautet: ›Sie brauchen keinen stinkenden Barkeeper.‹ Der Kunde ist ausgeflippt. Also gönnen wir uns eine kleine Feier, bevor wir morgen wieder zurück müssen.«

Karen hörte zu. Sie sagte: »Andy? Wirklich. Wer will das wissen?«

Er runzelte die Stirn, und es war ein Ausdruck von Mitgefühl, als er fragte: »Wieso suchen Sie Streit? Wollen Sie mir sagen, was passiert ist?«

Bei diesen Typen konnte es nur ums Geschäft gehen.

Karen sagte: »Zisch ab, ja?«, und starrte Andy an, bis er sich abwandte. Sie mußte nur nachgeben, und schon würde man sie bitten, sich zu ihnen zu gesellen, und sie war nicht in der Stimmung. Dasitzen und lächeln. Okay, was tun Sie, wenn Sie nichts verkaufen? Ich bin Deputy US-Marshal, und ihr Arschgeigen seid verhaftet. Nein, das würde ihnen gefallen, also würde sie es schlicht halten müssen: ihnen sagen, daß sie bei einer Strafverfolgungsbehörde arbeitete, daß sie Federal Marshal war, und sie würden sagen: Wow, ist nicht wahr, und sich ernsthaft geben, interessiert – Tragen Sie eine Waffe bei sich? – und dann anfangen, zu allem, was sie sagte, Sprüche zu bringen, um ihr zu zeigen, wie clever und unterhaltsam Werbeleute waren, bis sie schließlich zum Punkt kamen: Wohnen Sie hier im Hotel?

Sie war ziemlich sicher, daß der Dritte glaubte, er müßte sich an sie ranmachen, oder die anderen beiden würden ihn dazu anstacheln. Früher oder später stünde er neben ihr.

Karen trank mit Freunden. Allein nahm sie vielleicht manchmal einen Drink von einem Mann an, den sie nicht kannte, wenn er nicht gerade ein vollkommener Schwachkopf war. So hatte sie Carl Tillman kennengelernt. Er gab ihr einen Drink aus und entpuppte sich als Bankräuber: von dem sie ihrem Dad erzählte – nachdem Burdon ihr mitgeteilt hatte, daß er den Mann beschatten ließ – und ihn fragte, was sie tun wollte, und er hatte gesagt: Such dir einen neuen Freund. Sie hätte noch früh genug erfahren, daß Tillman nicht ihr Typ war – selbst wenn er keine Banken ausgeraubt hätte. Es waren die kleinen nervtötenden Dinge, die er an sich hatte, zum Beispiel daß er *»ciao«* sagte, statt »bis bald« oder »wir sehen uns«, oder daß er sie »Lady« nannte, was sie an Kenny Rogers erinnerte.

Falls man sie allein ließ, wäre das hier nicht schlecht, eine neue Erfahrung, warm mitten in einem Schneesturm zu sitzen, einem Blizzard, und Sour Mash zu schlürfen. Doch als sie eben daran dachte und es spürte, die Entspannung genoß, tauchte der nächste dunkle Anzug auf, spiegelte sich in der Fensterwand, der Dritte war da, sein Glück zu versuchen. Karen wartete auf seinen Spruch. Schließlich sagte er:

»Kann ich Ihnen einen Drink spendieren?«

Ohne sich umzudrehen, wußte sie, wer es war.

Selbst ihr Innerstes wußte es, ein Muskel oder irgendwas tief in ihr hatte sich gespannt und wollte nicht loslassen. Was sie sich vorgestellt und womit sie in Gedanken herumgespielt hatte, war eingetreten, und sie fürchtete, wenn sie sich umdrehte, wäre er nicht mehr da, oder es wäre einer dieser anderen Männer. Sie starrte sein Spiegelbild an, bis sie es herausfinden mußte und sich umdrehte. Karen sah zu Jack Foley in seinem gepflegten, marineblauen Anzug auf, das Haar nicht wirklich gekämmt, aber er sah toll aus. Sie sagte: »Ja, liebend gern«, und es war geschehen, so einfach. »Möchten Sie sich setzen?«

Er nahm sich einen Stuhl und sah sie an. Jetzt saß er ihr gegenüber, ganz nah, die Arme auf der Tischkante, und keiner von beiden sagte etwas, nicht mal übers Wetter, während die drei Werbeleute herübersahen – Karen wußte es, ohne hinzusehen – und sich fragten, was hier los war. Sie sahen einen Mann hereinspazieren: weiß, siebenundvierzig, einsfünfundachtzig, fünfundsiebzig, hellbraunes Haar, blaue Augen, keine sichtbaren Narben... Nein, so nicht, sie sahen jemanden, der ihnen ziemlich ähnlich war. Nur anders. Hatte etwas an sich... Sie mußte sich bemühen, an ihn nicht im Zusammenhang mit seiner Vergangenheit zu denken, falls es – was immer sie hier taten – funktionieren sollte. Nicht an die Vergangenheit oder irgendwas, das jenseits vom Jetzt geschah. Aber es war eine Tatsache, ob man es nun beim Lesen seiner Akte erfuhr oder indem man ihn offen ansah: Seine Augen waren leuchtend blau. Seine Zähne waren weiß, ziemlich weiß... Er reichte ihr die Hand und sagte: »Ich bin Gary« und lächelte.

Sie zögerte einen Augenblick, und dann spielte sie mit, sagte: »Ich bin Celeste«, und mußte mit ihm lächeln, was ihr leichtfiel, beide in der Stimmung zu lächeln, teilten ein Geheimnis, das sonst niemand auf der Welt kannte.

Als sie ihre Hand auf den Tisch sinken ließ, sank auch seine herab und umfaßte ihre. Sie beobachtete seine Miene, als sie langsam ihre Hand darunter hervorholte, während sein Blick auf ihr ruhte, und ihre Hand auf seine legte. Ihre Fingerspitzen strichen über seine Knöchel sanft hin und her. Sie sagte: »Es dauert hier Stunden, bis man seinen Drink bekommt. Es gibt nur eine Kellnerin.«

Er wandte sich einenMoment lang ab und wollte aufstehen. »Ich kann an die Bar gehen.«

»Laß mich nicht allein«, sagte Karen.

Er sank wieder auf seinen Stuhl. »Haben dich die Typen belästigt?«

»Nein, die sind okay. Ich meinte: Du bist gerade erst gekommen.« Sie nahm ihren Drink und stellte ihn vor ihm ab. »Bedien dich.« Sie sah ihn an, während er einen Schluck nahm.

Er schmatzte mit den Lippen. »Bourbon.«

»Knapp daneben.«

Er sagte: »Du meinst, Jack Daniel's ist kein Bourbon?«

Sie lächelte ihn an, und er sagte: »Nein, ich glaube nicht. Magst du Jim Beam, Early Times?«

»Die sind okay.«

»Wild Turkey?«

»Liebe ich.«

Er sagte: »Na, dann haben wir das ja geklärt.«

Sie sah sich an, wie er noch einen Schluck nahm und das Glas vor ihr abstellte. »Hast du schon mal *Stranger Than Paradise* gesehen?«

Er sah in den Schnee hinaus, und sie wußte, er hatte.

»Die beiden Typen fahren mit dem Mädchen, das gerade aus der Tschechoslowakei oder sonstwo hier angekommen ist, nach Cleveland, um sich den Lake Erie anzusehen? Und es schneit so sehr, daß man den See nicht sehen kann? Den?«

Sie lächelte ihn an.

Er sagte: »War das so eine Art Testfrage?«

»Einer der beiden schenkt ihr ein Kleid«, sagte Karen. »Sie zieht es aus, wirft es in einen Mülleimer und meint: ›Dieses Kleid hat mich genervt.‹«

Er sagte: »Du machst gern Quatsch, nicht?«

»Wenn ich Zeit habe.«

»Was machst du beruflich?«

»Ich vertrete eine Firma. Ich bin hier, um einen Kunden zu besuchen, und die haben mir das Leben schwergemacht, weil ich ein Mädchen bin.«

»So siehst du dich?«

»Was, als Vertreterin?«

»Als Mädchen.«

»Damit hab ich keine Probleme.«

»Dein Haar gefällt mir. Und dein Kostüm.«

»Ich hatte schon mal so eins... na ja, von der Art her war es genauso, aber ich mußte mich davon trennen.«

»Wirklich?«

»Es hat gerochen.«

»Es reinigen zu lassen, hat nichts genützt, hm?«

Sie sagte nein. Sie fragte ihn: »Was machst du beruflich, Gary?« Da sah Sie, wie sich seine Augen veränderten, fast feierlich wurden. »Wie weit gehen wir damit?« sagte er.

Es bremste sie, brachte sie aus dem Gleichgewicht. Karen sagte: »Noch nicht. Sag noch nichts. Okay?«

Er sagte: »Ich glaube nicht, daß es funktioniert, wenn wir jemand anders sind. Weißt du, was ich meine? Gary und Celeste, Himmelarsch, was wissen die denn schon?«

Sie wußte, daß er recht hatte, brauchte aber einen Augenblick, bis sie sagte: »Wenn wir nicht jemand anders sind, sind wir wir selbst. Aber frag mich nicht, wohin es führt oder wie es endet, okay? Weil ich nämlich nicht den leisesten Schimmer habe. Ich hab so was vorher noch nie gespielt.«

Die Art und Weise, wie er sagte: »Es ist kein Spiel«, zeigte ihr, daß er es ernst meinte.

»Na, und macht es für dich Sinn?«

Er sagte: »Das muß es nicht, es ist einfach etwas, das passiert. Es ist, als würde man jemanden zum ersten Mal sehen – vielleicht geht man auf der Straße an ihm vorbei – und man sieht sich an…«

Karen nickte. »Man hat Augenkontakt, ohne es zu wollen.«

»Und für einenMoment«, sagte Foley, »gibt es so eine Art Wiedererkennen. Man sieht sich an und weiß etwas.«

»Was sonst niemand weiß«, sagte Karen. »Man sieht es in den Augen.«

»Und im nächsten Moment ist dieser Mensch weg«, sagte Foley, »und es ist zu spät, irgendwas daran zu ändern, aber man erinnert sich daran, weil es da war, und man hat es verpaßt, und man denkt: Was wäre gewesen, wenn ich stehengeblieben wäre und etwas gesagt hätte? So was passiert vielleicht nur ein paarmal im Leben.«

»Oder einmal«, sagte Karen. »Wieso verschwinden wir hier nicht einfach?«

»Wohin willst du?«

Karen sah auf. Die Werbeleute machten sich zum Gehen bereit, ließen Servietten fallen, schoben ihre Stühle zurück, brauchten ewig. Philip sah herüber und dann Andy. Andy winkte. Karen sah, wie sie endlich vom Tisch aufstanden und hinausgingen.

Es war still. Sie sah Foley in seinem schmal geschnittenen, marineblauen Anzug an, sein Hemd mit dem geknöpften Kragen, eine repräsentative Krawatte, dunkelrot und blau – der konservative Geschäftsmann in leitender Position – sah in seine Augen und sagte: »Gehen wir zu mir.«

»Auf dein Zimmer?«

»In meine Suite. Ich habe meine Referenzen vorgelegt, und man hat mich befördert.«

»Du scheinst dich gut zu machen, in deiner Branche.«

»Ich weiß nicht, Jack. So wie es läuft, könnte es sein, daß ich bald Arbeit suche.«

19

Maurice war im Wohnzimmer, White Boy Bob, Kenneth und der neue, Glenn, und sie machten sich bereit, hatten die Waffen und Kartons mit Patronen auf dem Kaffeetisch. Moselle stand da und beobachtete sie vom Foyer aus. Sie war diesem Glenn vorgestellt worden, hatte aber nicht erwähnt, daß jemand nach ihm suchte.

Als er kam, sagte Maurice, er sei spät dran, und Glenn sagte: »Ach, wirklich?«, und er meinte, Maurice solle mal einen Blick aus dem Scheißfenster werfen, dann wüßte er, wieso. Glenn sagte, ihm täten die Hände vom Scheißlenkrad weh, an dem er sich festhalten mußte, Mann, um auf der Scheißstraße zu bleiben. Wenn ein Auto überholte, schlug einem der ganze Matsch und Dreck auf die Windschutzscheibe. Maurice sagte: »Wenn du so ein toller Fahrer bist, überholst du die anderen, nicht sie dich.« Glenn sagte: »Ach, wirklich?« Schnippisch, dachte Moselle, für einen Mann. Er erzählte, wie er hinter einem Salzlaster landete und mit dem Zeug beschossen wurde, als prasselten Granatsplitter auf seinen Wagen ein. Er erzählte, wie eine Frau vor ihm rausfuhr und er, als er bremsen mußte, sich einmal um sich selbst gedreht hatte. Er sagte, man könne nichts sehen und bei dem Eis und Schnee zu fahren, sei echte Arbeit, Mann, das schaffte einen.

»Bist du fertig?« sagte Maurice. »Wenn du fertig bist, können wir weitermachen.«

»Ich fahr nicht«, sagte Glenn, »vergiß es.«

»Will ich doch stark hoffen, daß du nicht fährst«, sagte Maurice und sah herüber. »Moselle, willst du irgendwas?«

»Mein Haushaltsgeld.«

»Das holen wir gerade. Wir ziehen nur unsere Handschuhe über, unsere Masken, falls wir ein bißchen Skilaufen wollen... Na also. Seh ich wie ein Ninja aus?«

»Du willst rüber zu Curtis, nicht?«

»Wir sind zurück in, oh, in zwei Stunden etwa«, sagte Maurice. »Wo ist meine kleine Tuffy? Ich will ihr noch einen Kuß geben.«

»Du gehst zu Curtis«, sagte Moselle.

Maurice rastete aus, als er von seinem Hund hörte, und Glenn dachte einenMoment, er würde die ganze Sache abblasen, aber wirklich, der Typ schimpfte und zeterte. Sie stiegen in den Lieferwagen, den Kenneth besorgt hatte, und Maurice setzte sich zu ihm nach vorn, sagte, wenn er jemals rausfinden sollte, wer seine kleine Tuffy überfahren habe, würde er ihm den Arsch aufreißen. Er würde dem Mann das Haus über dem Kopf anstecken. Kenneth war voll auf Pulver, redselig, fragte Maurice, wie er den Mann denn überhaupt finden wollte. Maurice sagte, keine Sorge, den finde ich schon, aber er sagte nicht, wie. Er schlug ein paarmal mit der Faust aufs Armaturenbrett, um sich auf Touren zu halten, wie Glenn vermutete, für das, was gleich kommen würde. Kenneth stieg voll auf die Bremse, und als der Wagen seitwärts schleuderte, machte er: »Yeaaaah« und nahm die Hände vom Steuer. Maurice sagte dazu erst was, als sie schon ein paar Meilen die Woodward Avenue hinunter waren, die im Licht der Straßenlaternen unheimlich aussah, wenn der Schnee so fiel, und auf den Boston Boulevard einbogen, eine Straße mit Häusern, die größer als das von Maurice waren, wo der Wagen gegen ein geparktes Auto rutschte, abprallte, und Maurice sagte: »Was ist los mit dir?« Das war alles, bis sie zu dem Haus kamen, einem großen, finsteren Bau, in dem nur wenige Lichter brannten, trübe, und Maurice sagte: »Laß ihn auf der Straße. Damit wir nicht rauskommen und merken, daß wir festsitzen.« Kenneth sagte: »Wir schaufeln uns einen ab, und da kommt die Polizei«, hörte sich an, als glaubte er, das sei ziemlich komisch. Meine Fresse, diese Typen. Maurice sagte: »Sind wir soweit? Checkt eure Waffen.« Glenn hatte eine kleine stupsnasige .38er, die sie ihm gegeben hatten. Kenneth hatte eine Schrotflinte. White Boy Bob hatte irgendeine Pistole und eine Feueraxt. Maurice hatte eine .45er, weil Huey P. Newton mal gesagt hatte: »Eine Army .45er macht Schluß mit allem Quatsch«, und Maurice hatte von Huey P. und den Black Panthers schon als kleiner Junge gehört. Er sagte zu Glenn: »Du und Kenneth, ihr kommt mit mir hinten rum. White Boy geht vorne rein. Wenn wir hören, daß er einbricht, gehen wir auch rein.« Mit Blick auf das Haus sagte er: »Mann, das ist das richtige Wetter dafür. Die sehen einen nicht mal kommen.«

Glenn sagte: »Wie viele sind *die*?«

»Der Typ, Frankie, seine Frau Inez und ein Nigger namens Cedric, der für sie arbeitet«, sagte Maurice. »Es sei denn, sie hätten Besuch, hm?«

Sobald sie aus dem Lieferwagen waren, beeilten sie sich, liefen einzeln am Haus vorbei, wobei Kenneth einen Pfad durch den tiefen Schnee trampelte, der unter ihren Tennisschuhen quietschte, und alle drei zogen ihre Skimasken herunter, als sie hinter dem Haus waren. Im selben Moment hörten sie, wie Glas brach, als White Boy Bob sich einen Weg ins Haus bahnte, und es klang, als wollte er es mit seiner Feueraxt zertrümmern. Sie hörten, wie seine Stimme weit entfernt, aber klar und deutlich, schrie: »Polizei! Keine Bewegung!« Maurice sagte: »Mach schon«, und Kenneth schlug mit dem Kolben der Schrotflinte die Terrassentür ein, langte hinein, um sie zu entriegeln, und Glenn folgte ihnen ins Haus und um einen Eßtisch herum, als eine Tür aufflog, und Glenn einen schwarzen Mann mit einer Waffe sah, einer Flinte, und das Licht in der Küche hinter ihm brannte. Sie überraschten ihn damit, daß sie so nah waren. Er versuchte, wieder in die Küche auszuweichen, aber Maurice hielt ihm die .45er ins Gesicht und sagte Glenn, er solle ihm das Gewehr abnehmen. Maurice sagte: »Cedric, mein Freund. Du meinst, ich hätte dich vergessen, was?« Er zog Cedric von der Tür weg, damit er vor ihnen ins Wohnzimmer ging, wobei er Glenn erklärte: »Dieser Nigger hat mich verpfiffen, als ich damals in den Knast gewandert bin.« Cedric sagte etwas über seine Schulter hinweg, was Glenn nicht hörte, und Maurice zog ihm die .45er über den Schädel, als haute er ihm mit dem Lauf eine runter. Cedric zog die Schultern hoch und riß eine Hand zum Kopf.

White Boy war im Wohnzimmer, knipste eine Lampe an, und kalte Luft wehte von einem großen Vorderfenster herein, das in Scherben lag. Er sagte: »Die sind nach oben.« Maurice sagte: »White Boy, nimm Cedric hier und schieb ihn vor dir her.« Sie gingen eine Treppe hinauf, die auf dem Weg in den ersten Stock einmal kehrtmachte, und dann waren sie in einem breiten Flur voller Türen, allesamt geschlossen. Maurice stieß Cedric mit der .45er und sagte: »Bring uns zu eurem Häuptling.« Diesmal sagte Cedric nichts. Er führte sie zur Tür am Ende des Flurs, wo Maurice rief: »Polizei! Kommen Sie alle mit erhobenen Händen raus!« Wartete aber nicht, ob sie es taten. Er sagte: »White Boy«, und White Boy hieb mit seiner Axt auf die Tür ein, um das Schloß zu zertrümmern, und die Wucht ließ die Tür nach innen schwingen. Maurice stieß Cedric ins Zimmer und winkte White Boy und Kenneth mit seiner .45er herein.

Glenn folgte Maurice in der Erwartung, ein Schlafzimmer vorzufinden, aber es war wie ein Büro, sagen wir, ein Büro in einer Fabrik oder einem Lagerhaus, alte Schreibtische und Aktenschränke, gestapelte Kartons, Wodkaflaschen, Aschenbecher voller Kippen, eine Waage, eine Rechenmaschine. Ein Weißer in Hemdsärmeln stand an einem offenen Fenster. Eine Frau kam aus dem Badezimmer, und hinter ihr rauschte die Toilettenspülung. Glenn sah kleine Junkies mit strähnigem Haar in ihnen, beide drückten ihre Arme an sich, kratzten sich.

Der Mann sagte: »Polizei, Scheiße«, klang betrunken oder schläfrig, im Tran. »Maurice, bist du das, Mann?«

Maurice hob seine Skimaske an. Genauso wie White Boy und Kenneth. Glenn ließ seine über dem Gesicht.

»Wenn ich es nicht wäre, Frankie, dann wäre es jemand anders.«

Der Mann sagte: »Ich sag dir lieber gleich, daß du keine Ware finden wirst.«

»Wenn ihr das Zeug ins Klo gespült habt, wohl nicht. Nein, das glaub ich nicht. Inez, wie geht's dir, Mädchen? Nicht besonders, hm? Mann, du siehst aus wie gekaut und ausgekotzt. Frankie, du wirst dich am offenen Fenster noch erkälten.« Maurice wandte sich Glenn zu. »Das ist der Gentleman, von dem ich dir erzählt habe, der früher mal Kunde war, einen Anzug getragen und sich die Haare gekämmt hat. Teufel auch, war früher mal Frank, diese Vogelscheuche, Frank und seine hübsche Frau Inez. Siehst du, was Junk aus einem Menschen machen kann? Also dann, damit wir nicht euer hübsches Haus auseinandernehmen müssen«, sagte Maurice, »holt die Kohle da raus, wo ihr sie versteckt habt. Ich würde sagen, hier sind so vierzig-, fünfzigtausend im Zimmer. Frankie? Paß auf. Du wirst mir sagen, wo es ist, bevor ich bis drei gezählt habe. Bist du soweit?... Eins zwei drei.« Maurice hob seine .45er, richtete sie auf Cedric und schoß ihn in den Kopf. Die Wucht warf ihn gegen die Aktenschränke, und er schien dort zu verharren, bevor er zu Boden glitt. Maurice ging zu ihm hinüber, und Glenn dachte, er wollte noch mal auf ihn schießen, aber er starrte ihn nur an – bis Frankie etwas sagte und Maurice aufblickte.

»Du wolltest ihn umlegen, nicht? Scheiße, du bist ge*kommen*, um ihn umzulegen.«

»Wenn du meinst, versuchen wir es mit Inez«, sagte Maurice und wandte sich ihr zu, während er die .45er hob. »Fertig zum Zählen?«

Inez sah ihn offen an, nur Augen, die Schultern hochgezogen, die Hände zu Fäusten geballt. Sie sagte: »Gib es ihm!« mit lauter Stimme, die Worte heiser und kratzig, und sie fing an zu husten, als sie sagte: »Gib ihm, was er will.«

»Er wird dich sowieso erschießen« sagte Frankie, »er wird uns beide erschießen« und sah Maurice an. »Nicht?«

»Und zwar sofort«, sagte Maurice, »wenn du mir nicht sagst, wo das Geld ist.«

»Es ist in den Aktenschränken verteilt«, sagte Frankie, »da drüben bei Cedric.«

Kenneth sagte: »Wenn du Inez nicht mehr brauchst, kann ich sie haben?«

»Nimm sie dir«, sagte Maurice, »aber beeil dich.« Kenneth nahm Inez beim Arm, und sie ging mit ihm, die Augen starr und weit, stolperte über ihre eigenen Füße, zur Tür hinaus. Maurice verzog das Gesicht, sagte zu Glenn: »Würdest du diese Frau ficken? Kenneth, der läßt sich nichts entgehen, wenn es eine Muschi hat und nichts kostet.«

White Boy sagte: »Mann, die würd ich nicht mal mit *deinem* Schwanz ficken.«

»Also gut«, sagte Maurice und zog den Aktenschrank auf, »sehen wir mal, was hier drin ist.« Er wühlte die Akten durch, fand Banknoten, die er Glenn reichte, der sie zählte, alles kleine Scheine, und warf das Geld in einen Pappkarton. Es kamen nicht mehr als etwas über zweitausendachthundert zusammen. Das war alles. Maurice sagte zu Frankie: »Du willst uns arbeiten lassen, hm? Bist du sicher, daß du es willst?«

»Du kannst mich mal«, sagte Frankie, »du legst mich sowieso um.«

Maurice sagte nicht, ob er es wollte oder nicht. Er sagte überhaupt nichts, bis sie sämtliche Akten aus den Schränken rissen, in den Kisten nachsahen – einige mit kleinen Crackröhrchen drin – in den Schreibtischschubladen nachsahen, im Spülkasten nachsahen, überall nachsahen, wo sie nachsehen konnten, und als sie fertig waren, sagte Maurice zu Frankie: »Du hast recht« und schoß ihm zweimal in die Brust – einfach so, *bumm, bumm,* nichts dabei – und Glenn sah sich an, wie Frankie fast aus dem Fenster flog, an die Fensterbank schlug und tot umfiel. Maurice sagte: »Ich glaub, hier sind wir durch.«

Glenn – mit dem Geld – folgte Maurice den Flur entlang, wollte hier verschwinden, Mann, sofort, die Treppe runter und raus. Sie kamen zu einem Schlafzimmer mit offener Tür, und da stand Kenneth neben dem Bett, zog seine Hosen hoch, und Inez lag auf dem Bett, die Beine noch angewinkelt und gespreizt, und Glenn sagte: »Meine Güte«, ein widerwärtiger Anblick, wie diese ausgemergelte Junkiebraut so dalag, dieser dunkle Keil tief zwischen ihren käseweißen Oberschenkeln, das war häßlich, und doch erregte es ihn irgendwie.

Kenneth sagte: »Wer will noch mal?«

Glenn stand da, hielt den Karton mit dem Geld. Er war einer von ihnen, oder nicht? Er sagte: »Hast du uns was übriggelassen?« Als machte er einen Scherz.

Maurice sagte: »Paß auf«, trat in die Tür und hob seine große Armeepistole an.

Kenneth sah ihn und hob seine Hand, als wollte er ihn zurückhalten. »Warte. Was machst du da?« Beeilte sich, seinen Gürtel zuzumachen.

Maurice streckte seine .45er ins Zimmer und feuerte, und die weiße, dürre Gestalt auf dem Bett machte einen Satz. Maurice feuerte noch mal, und wieder machte die Gestalt einen Satz, wenn auch diesmal nicht so hoch. »Ist sie tot?«

Kenneth sah auf Inez hinab, während Glenn ihn betrachtete und wartete, was er sagte.

»Wenn nicht, sollte sie es sein. Mann, ich war noch nie so nah dabei.«

»Überzeug dich«, sagte Maurice.

Glenn folgte ihm die Treppe runter und zur Vordertür hinaus, als sie diese endlich aufgeschlossen hatten, den Weg entlang durch dreißig Zentimeter hohen Schnee, und atmete in der kalten Luft, atmete sie ein und stieß sie langsam wieder aus, sah seinen Atem. Mannomann, diese Typen. Er stieg zu Maurice in den Lieferwagen, der dasaß, das Haus ansah und sagte: »Komm schon, komm schon.« Sie warteten. Als sich Kenneth hinters Lenkrad setzte, sagte Maurice: »Ist sie tot?«

»Jetzt ja.«

Glenn hätte gern gewußt, was er mit ihr gemacht hatte, aber Maurice fragte nicht, also hielt er den Mund.

Sie warteten, der Motor lief, aber es war noch kalt im Wagen, ihr Atem war wie Rauch. Schließlich sagte Glenn: »Wo zum Teufel ist White Boy?«

»Da drinnen, um seine Visitenkarte zu hinterlassen«, sagte Maurice, und Kenneth lachte. »White Boy scheißt gern in fremde Häuser.«

Kenneth lachte weiter, bis Maurice ihm sagte, er solle den Mund halten. Glenn saß da in der Dunkelheit, fror in seinem wollgefütterten Regenmantel, fragte sich, was er hier machte.

Als sie nach Hause kamen, schälte Maurice ein paar Scheine für Moselle vom Bündel. Sie sah das Geld an, sagte: »Das ist alles, ja? Ich sollte mich lieber an die Polizei halten. War im Radio, die zahlen einem hundert Dollar für jede Waffe, die man abgibt, ohne daß Fragen gestellt werden.«

»Das glaubst du?« sagte Maurice. »Du glaubst, die prüfen die Seriennummern nicht, um zu sehen, welche gestohlen sind?«

»War eben erst auf JZZ. Die würden es nicht sagen, wenn es nicht so wäre.«

»Rühr meine Waffen an«, sagte Maurice, »und ich tausch *dich* ein.« Er wandte sich Glenn zu. »Du bleibst von jetzt an bei mir, damit ich ein Auge auf dich haben kann.«

Glenn runzelte die Stirn, blinzelte ihn an. »Was redest du für'n Scheiß?«

»Damit du nicht abhaust.«

Glenn blinzelte noch immer, gab sich alle Mühe, überrascht zu wirken. »Wieso sollte ich das tun?«

»Als hätte er die Gabe«, sagte Moselle zu Glenn, »und könnte deine Gedanken lesen. Ich war nicht mal dabei, und ich weiß, was du denkst. War schlimmer als du es dir vorgestellt hast, was? Baby, jetzt gehörst du zu den bösen Jungs.«

20

Sie schwieg im Fahrstuhl, schwieg, als sie in die Suite kamen, und Foley rief den Zimmerservice und erfuhr, daß es etwa eine Viertelstunde dauern würde. Als er ihr das erzählte, sagte sie: »Oh« und sah sich im Zimmer um, als fragte sie sich, wo sie sitzen wollten. Er sah, wie sie Licht anmachte und ans Fenster trat, um ihm zu berichten, daß es noch immer schneite. Er sah, wie sie zum Schlafzimmer hinüberging und sagte, sie sei gleich zurück, aber er wußte, daß der Zimmerservice kommen würde, bevor sie wieder da wäre.

Der Kellner brachte eine kleine Flasche Wild Turkey, einen Kübel Eis, eine Karaffe Wasser, zwei Gläser, eine Schale mit Erdnüssen und stellte das Tablett auf den Kaffeetisch. Foley bezahlte ihn. Er saß auf dem Sofa und schenkte Drinks ein, als Karen mit einer Zigarette aus dem Schlafzimmer kam, noch immer im schwarzen Kostüm. Sie sagte: »Oh, es ist da. Ich hoffe, du hast dafür unterschrieben.« Er sagte nicht, ob er es getan hatte oder nicht. Er aß Erdnüsse. Er stand mit Drinks in beiden Händen auf, ging zu ihr hinüber, und sie sagte: »Oh, danke«, nahm den Drink entgegen. Er sah sie an, während sie einen Schluck aus ihrem Glas nahm, dann ihre Augenbrauen hob und sagte: »Mmmmm«, als hätte sie noch nie vorher Bourbon getrunken.

»Du willst es dir noch mal überlegen«, sagte Foley.

Sie hob ihre Zigarette an und betrachtete sie.

»Ich weiß, was dich bedrückt, und ich kann verstehen, wie dir zumute ist.«

Er wartete, während sie einen tiefen Zug von ihrer Zigarette nahm und dann den Kopf abwandte, um den Rauch von ihnen fortzublasen. Als sie ihn wieder ansah, sagte er: »Du meinst, ich bin zu alt für dich.«

Wieder wartete er.

Diesmal schien sie etwas überrascht.

Er wartete mit ausdrucksloser Miene.

Sie fing an zu lächeln. Gut. Nicht sehr, aber sie sah ihn dabei offen an, und es war das richtige Lächeln, verschwörerisch, und wieder wußten sie etwas, was niemand sonst wußte. Er setzte eine ernste Miene auf und nickte. Sie sagte: »Oder ich bin zu jung für dich. Meinst du, wir kriegen das geregelt?«

Inzwischen saßen sie mit Whiskey und Erdnüssen auf dem Sofa, ohne Plan, ließen es geschehen, spürten langsam ein leichtes Glühen. Karen hatte die Schuhe ausgezogen, die Beine unter sich. Foley legte sein Jackett ab, aber nicht seine Krawatte. Er fühlte sich gut mit der Krawatte. Er dachte an den Zeitungsausschnitt, Karens Foto mit dem Schrotgewehr, und legte ihn auf den Beistelltisch. Sie sagte: »Also es war kein Zufall. Du hast rausgefunden, daß ich hier bin.« Er erzählte ihr, daß er von unten in ihrem Zimmer angerufen hatte. Sie sagte: »Wenn ich rangegangen wäre, was hättest du gesagt?« Er erklärte ihr, nun, er hätte gesagt, wer er war und ob sie sich an ihn erinnerte, und dann gefragt, ob sie sich mit ihm auf einen Drink treffen wollte. »Ob ich mich an dich erinnern würde«, sagte Karen, »ich war auf der Suche nach dir. Ich hätte gesagt, klar, machen wir. Aber du konntest doch nicht wissen, ob ich mit einem SWAT-Team auftauche. Wieso solltest du mir trauen?« Er sagte, weil es das Risiko wert sei. Sie sagte: »Du gehst gern Risiken ein«, berührte sein Gesicht mit einer Hand, dann küßte sie ihn ganz sanft und sagte: »Genau wie ich, Erdnußmund.« Er fühlte, wie ihre Hand durch sein Haar fuhr, als sie ihn wieder küßte, noch immer sanft, und es war schwer – als er ihren Duft wahrnahm, sich daran erinnerte –, sich zu beherrschen, damit er sie nicht auffraß. Er legte seine Arme um sie, spürte ihren schlanken Leib in seinen Händen, und sie strich mit ihrem Mund über seinen, sagte: »Wozu die Eile, Jack? Mußt du irgendwohin?«

Sie kannte seine Stimme aus dem Kofferraum des Chevy und seine Augen von vorher, im grellen Licht der Scheinwerfer, den stillen Blick in seinen Augen, als er sagte: »Aber du bist doch nur ein Mädchen.« Falls es einen Moment gab, diese Art Moment, von der sie gesprochen hatten, dann wäre es dieser gewesen, im Scheinwerferlicht. Jetzt war er sauber, sein Gesicht glatt und hart, ihre Finger strichen über seine Wangenknochen, die Linie seines Unterkiefers, eine winzige Narbe auf seinem Nasenrücken. Sie sagte. »Früher oder später …« Sie hielt inne, und er sah sie über den Rand seines Glases hinweg an, wollte gerade trinken. Sie liebte seine Augen. Sie sagte: »Du hast einen sanften Blick, arglos.«

»Das ist nicht das, was du sagen wolltest.«

Sie zuckte mit den Schultern, ließ es vorüberziehen. Aber früher oder später würde sie ihn fragen … früher oder später würde sie damit anfangen, ihm Sachen zu sagen, und könnte nicht mehr damit aufhören. Sie sagte: »Weißt du noch, wie redselig du warst?«

Er sagte: »Ich war nervös«, steckte ihre Zigarette an und dann seine eigene.

»Ja, aber du hast es dir nicht anmerken lassen. Du warst ein ziemlich cooler Typ. Aber als du dann in den Kofferraum gestiegen bist…«

»Was?«

»Ich dachte, du würdest mir die Kleider vom Leib reißen.«

»Das ist mir nie in den Sinn gekommen. Na ja, erst als – weißt du noch, daß wir uns über Faye Dunaway unterhalten haben?«

»Ich weiß, was du gleich sagst.«

»Ich hab dir gesagt, daß ich den Film mochte, *Die drei Tage des Kondor*, und du hast gesagt, ja, du mochtest die Dialoge? Etwa am nächsten Morgen, als sie zusammen geschlafen haben und er sagt, er braucht ihre Hilfe, und sie sagt…«

»›Hab ich dir je etwas abgeschlagen?‹«

»Ein paar Sekunden dachte ich, so wie du es gesagt hast, wolltest du dich an mich ranmachen.«

»Vielleicht wollte ich das und wußte es nicht. Redford sagt ihr, sie müßte ihm nicht helfen, und sie sagt… erinnerst du dich?«

»Nein, sag es mir.«

»Sie sagt: ›Auf die alte Agentenbraut ist immer Verlaß.‹«

»Wieso hat sie ›alt‹ gesagt?«

»Sie stellt ihr Licht unter den Scheffel.«

»Würdest du dich so bezeichnen, als Agentenbraut?«

»Ich glaube, sie stand noch immer Todesängste aus, wollte es leicht, aber hip halten. Bevor sie im Bett waren, beschuldigt sie ihn, grob zu werden. Er sagt: ›Was, hab ich dich vergewaltigt?‹ Und sie sagt: ›Die Nacht ist jung.‹ Ich dachte, Moment mal, was tut sie, will sie ihn auf dumme Gedanken bringen? Nein, das würde ich nicht sagen, absolut nicht, und ich würde mich auch nicht als Agentenbraut bezeichnen. Oder sonst was.« Sie sagte: »Du weißt, daß du mich die ganze Zeit angefaßt hast, meine Oberschenkel.«

»Ja, aber nett.«

»Du hast mich deinen Lolli genannt.«

»Was Süßes, ein Bonbon am Stiel, hört man heute nicht mehr so oft.« Er lächelte und nahm ihre Hand. »Du warst meine Belohnung.«

Seine Haut zeigte keine sichtbaren Narben, aber er hatte eine weiße Kerbe an drei Knöcheln seiner rechten Hand, und die Hälfte des Ringfingers fehlte.

»Du hast mich gefragt, ob ich Angst hätte. Ich hab gesagt, natürlich, aber eigentlich war es nicht so. Das hat mich überrascht.«

»Ich mag zwar wie ein Abflußrohr gestunken haben, aber du hast gemerkt, daß ich ein Gentleman bin. Man sagt, John Dillinger wäre auch ein ganz netter Kerl gewesen.«

»Er hat einen Polizeibeamten getötet.«

»Soweit ich gehört habe, wollte er es nicht. Der Cop fiel hin, als Dillinger auf sein Bein gezielt hat, und da hat er ihn ins Herz getroffen.«

»Das glaubst du?«

»Warum nicht?«

»Du hast gesagt, du würdest gern wissen, was passiert wäre, wenn wir uns auf andere Art und Weise kennengelernt hätten.«

»Und du hast mich angelogen, nicht? Du hast gesagt, nichts wäre passiert.«

»Vielleicht habe ich da angefangen, darüber nachzudenken. Was wäre, wenn?«

»Und wieso hast du dann versucht, mich zu töten?«

»Was hast du erwartet? Es hätte sein können, daß ihr den Wagen irgendwo abstellt, ihn versteckt, und ich bin in dem Scheißkofferraum eingesperrt. Ich hab dich erst gewarnt, oder nicht? Ich hab gesagt, du sollst die Hände hochnehmen.«

»Ja, nachdem ich gesagt hatte, daß du aussteigen sollst. Du hast gewußt, daß ich dich nicht da drinnen sitzenlasse. Du hast auf uns geschossen.«

Sie dachte an die Pistole und sagte: »Diese Sig .38 war meine Lieblingswaffe.« Sie sah ihm zu, wie er ihr einen Drink einschenkte, mit der Zigarette im Mundwinkel. In diesem Augenblick schien er aus einer anderen Zeit zu kommen.

»Ich habe mich gefragt«, sagte Karen, »was du mit mir vorhattest.«

»Ich weiß nicht, das hatte ich mir noch nicht überlegt. Ich wußte nur, daß ich dich mochte, und ich wollte dich da nicht allein lassen und dann nie wiedersehen.«

»Du hast mir vom Fahrstuhl aus zugewunken.«

»Ich war nicht sicher, ob du es gemerkt hast.«

»Ich konnte es nicht glauben. Da habe ich schon oft an dich gedacht, mich gefragt, wie es wäre, wenn wir uns tatsächlich begegnen würden. Als könnten wir eine Auszeit nehmen...«

Er sagte: »Ehrlich?« Er sagte: »Ich hab genau dasselbe gedacht. Ob wir eine Pause machen und etwas Zeit zusammen verbringen könnten.«

Sie wollte fragen, ja, aber für wie lange? Und was dann? Aber sie sagte: »Als wir uns auf der Straße getroffen haben, wußtest du, daß ich es bin?«

»Soll das ein Witz sein? Ich bin fast stehengeblieben.«

»Bist du nicht.«

»Ich wollte, aber es war mir zu peinlich, in diesem Touristenaufzug. Ich wollte nicht, daß du denkst, ich würde mich so anziehen.«

»Die schwarzen Socken in den Sandalen.«

»Teil der Verkleidung.«

»Ich hab dich die ganze Straße runter beobachtet.«

»Ich konnte es spüren.«

»Du warst auf dem Weg zu Adele, nicht?«

»Ich glaube nicht, daß wir das vertiefen sollten.«

»Nein, du hast recht. Oder Buddy. Ich werde nicht fragen, ob er bei dir ist oder was ihr hier treibt. Oder ob du Glenn Michaels schon getroffen hast.«

Er sagte: »Red nicht so, ja? Du machst mir angst.« Er sagte: »Ich überlege gerade – Faye Dunaway und Robert Redford küssen sich …«

Karen nickte. »Während er ihre Fesseln löst.«

»Wie sind sie von da ins Bett gekommen?«

Foley sah, wie sie vom Sofa aufstand und ihm die Hand reichte. Sie sagte: »Komm, ich zeig's dir«, und führte ihn ins Schlafzimmer. Er setzte sich aufs Bett, um seine Schuhe auszuziehen, stand auf, um seine Hosen abzulegen. Zog seine Socken aus. Sie sagte: »Willst du deinen Schlips anlassen?« Als er zusah, wie sie sich auszog, bis auf den schwarzen BH und ihren Slip, sagte er, er sei nicht sicher, ob seine alte Pumpe dem gewachsen wäre. Als sie aus ihrem Slip stieg und zu ihm herüberkam, ganz nah heran, um ihm mit seinem Schlips zu helfen, dachte er, vielleicht sei er schon tot und im Himmel. Als er sich ausgezogen hatte, schlang er den Schlips wieder um seinen Hals. Er sah sie im Licht, bevor sie es ausmachte, und er sagte: »Mein Gott, sieh dich an.« Noch nie hatte er eine solche Frau nackt gesehen. In Zeitschriften vielleicht, aber nicht im wirklichen Leben. In den folgenden paar Minuten wurde ihm klar, daß er noch nie mit jemanden wie ihr unter einer Decke gelegen hatte: Mann, überall gleichzeitig mit ihrem Duft, streichelte ihn, küßte ihn, sagte seinen Namen, sagte: »Oh, Jack«, mit einem Flüstern, das traurig klang. Er fragte sie, ob sie sich amüsierte, und sah ihr Gesicht im Licht vom Wohnzimmer her, das die Dunkelheit durchdrang, sah sie lächeln, doch selbst das Lächeln war traurig. Sie liebten sich, und sie sagte nichts und gab auch keinen Laut von sich, bis sie wieder seinen Namen sagte: »Jack?« Er fragte, *was*? Aber das war alles, sie sagte nur seinen Namen, sagte ihn immer wieder, bis sie ziemlich laut wurde und dann damit aufhörte. Keine Frau hatte je zuvor seinen Namen so gesagt.

»Was bin ich jetzt?«

Sie lag in seinen Armen auf dem King-Size-Bett, und das Licht aus dem Wohnzimmer reichte fast bis zu ihnen herüber.

»Du bist immer noch mein Lolli.«

Sie rückte von ihm ab, setzte sich auf und ließ die Beine aus dem Bett baumeln.

»Kommst du wieder?«

Sie sagte: »Auf die alte Bankräuberbraut ist immer Verlaß.«

Er griff nach ihr, bevor sie aus dem Bett steigen konnte, und setzte sich auf, ganz nah hinter ihr, seine Hand an ihren Brüsten, als sein Arm sie umschlang und an sich drückte.

»Machst du Witze?«

»Ich muß zur Toilette.«

»Mußt du?«

Sie sagte: »Ich weiß nicht.«

Er ließ sie los, sah, wie sie aufstand und ins Badezimmer ging. Die Tür fiel zu. Er spürte, daß sie zum Ende ihrer Auszeit kamen und er einen Pfiff hörte, wie Wärter pfiffen, womit sie einem sagten, daß man mit irgend etwas aufhören und mit etwas anderem anfangen sollte. Er wußte nicht, was er jetzt zu ihr sagen sollte, um sie zurückzubekommen. Er war nicht sicher, ob er sich in ihre Lage versetzen konnte, um herauszufinden, was sie dachte. Aber er wußte, wie man zuhörte und wartete. Er konnte gut warten. Wenn er sie nicht zurückbekommen konnte, zumindest für eine Weile – es gab da kein Zeitlimit –, dann würde er ernst werden, wollte nicht, wußte aber, daß er es wäre, und sie würden es zum Abschluß bringen.

Doch als sie wieder ans Bett kam und nackt auf ihn herabsah, glaubte er, daß er sie zurückbekommen konnte.

Sie sagte: »Ich möchte, daß du etwas weißt. Ich war nicht nur auf der Suche nach einem guten Fick, falls du das denkst.«

»Warum bist du sauer?«

»Und es ging auch nicht um irgendeine schräge Nummer. Es

mit einem Bankräuber zu treiben, wie manche Frauen gern hart rangenommen werden.«

»Was ist mit *meinem* Motiv?« sagte Foley. »Jetzt kann ich sagen, ich hab einen US-Marshal gefickt. Meinst du, das tue ich?«

Sie zögerte. »Ich weiß nicht.«

»Komm ins Bett.«

Er hob die Decke an, und sie stand da und fällte einen Entschluß, bevor sie endlich zu ihm kroch, und seine Arme umschlangen sie. Er sagte: »Ich weiß von einem Mann – seine Frau hat ihn unterdrückt, wollte ihn nicht mit den Jungs losziehen lassen, wollte ihm kein Geld geben – er hat getrunken. Also hat er eine Bank ausgeraubt, um es ihr heimzuzahlen, eine Bank, in der man ihn kannte und er sicher sein konnte, daß er geschnappt wurde. Die Frau war gedemütigt, und er war glücklich. Vierundfünzig Monate hat er abgesessen, kam raus, hat sich mit seiner Frau versöhnt und dieselbe Bank wieder überfallen. Ein anderer geht in eine Bank mit einer Flasche in der Hand und behauptet, darin wäre Nitroglyzerin. Er bekommt etwas Geld von einem der Kassierer, und auf dem Weg nach draußen fällt ihm die Flasche aus der Hand. Sie platzt auf den Fliesen, er rutscht auf dem Zeug aus, stößt sich den Kopf, und schon haben sie ihn. Das Nitro war Rapsöl. Ich kenn mehr verstörte Bankräuber als solche, die wissen, was sie tun. Ich bezweifle, daß auch nur einer von zehn eine Farbpatrone erkennt, wenn er sie sieht. Typen wie – erinnerst du dich an den Film, in dem Woody Allen eine Bank überfällt?«

»*Woody – der Unglücksrabe.*«

»Er reicht der Kassiererin den Zettel, die sieht ihn an und sagt: ›Sie haben eine Waffel? Was für eine Waffel?‹ Das ist normal, denn die meisten Bankräuber sind Vollidioten. Hast du mal die Spitznamen gehört, die manche von denen kriegen? Der Achselschweiß-Räuber, der Dicke-Backen-Bandit, der Murmler, die Dick-und-Doof-Bande? Einen nennen sie Mr.

Bügelfalte. Ein anderer, der Scheich, trägt etwas, das wie ein Turban aussieht. Der Hüpfer? Der ist immer grundlos über den Tresen gesprungen. Robby Hood?«

Sie sagte: »Wie hat man dich genannt?«

»Ich glaube nicht, daß ich einen Spitznamen hatte. Aber worauf ich hinaus will: Wenn du mit einem Bankräuber ins Bett steigst, um davon erzählen zu können, müßtest du so dumm sein wie die. Ich weiß, daß du nicht dumm bist, ich weiß, daß du nicht auf der Suche nach einer schrägen Nummer bist, wie du es nennst. Warum sollte ich das denken? Warum solltest du denken, daß ich es denke?«

Sie sagte: »Du bist nicht dumm.«

»Man kann nicht dreimal eingebuchtet werden«, sagte Foley, »und glauben, man sei klug.« Er wartete einen Moment, lag da und hielt sie in den Armen, bis er sagte: »Wenn es dir mit mir ernst wird, ist es vorbei. Du mußt aufhören zu denken.«

Jetzt ließ sich Karen Zeit, hielt sich an ihm fest. Sie sagte: »Ich will dich nicht verlieren.«

»Das gehört zu dem Gefühl, das wir beide haben. So sind wir hierher gekommen. Aber wir können nichts tun – das weißt du. Du wirst das Leben, das du führst, nicht aufgeben, und für mich ist es längst zu spät. Ich könnte es nicht mal, wenn ich wollte. Meinen Namen ändern und mir Arbeit suchen? Wenn du zu einem Sträfling das Wort ›Arbeit‹ sagst, springt er aus dem Fenster, ohne nachzusehen, in welchem Stock er ist. Hör zu, wir wußten von Anfang an«, sagte Foley, »wenn unsere Zeit vorbei ist, ist sie vorbei. Ich sage das, obwohl ich weiß, daß ich dich von ganzem Herzen liebe, das tue ich wirklich.«

Ihr Gesicht kam ganz nah an seins heran. Wieder küßten und umschlangen sie einander. Foley mit einem zärtlichen Gefühl, das er noch nie zuvor erlebt hatte. Als er in ihre Augen sah, dachte er, sie würde vielleicht weinen oder stünde kurz davor. Sie sagte: »Ich kann nicht mit dir gehen.« Sie küßte ihn noch einmal, und mit einer Stimme, die so leise war, daß er sie kaum hören konnte, sagte sie: »Ich möchte wissen, was aus uns wird.«

»Du weißt es«, sagte Foley.

Als Karen aufwachte, auf der Seite liegend, mit dem Gesicht zum Badezimmer, schlug sie die Augen nicht gleich auf. Sie wollte gern. Sie wollte einen Blick auf den Radiowecker neben ihrem Bett werfen, und sie wollte sich so weit umdrehen, daß sie eine Hand ausstrecken und, falls er da wäre, ihn berühren konnte. Solange sie nicht die Augen aufschlug und sich auch nicht bewegte, war er noch da. Sie konnte sich Zeit lassen, sich an ihn schmiegen und ihn noch einmal lieben, und sie würde hören, wie sein Name im Dunkeln aus ihr hervorbrach. Also lag sie mit dem schalen Geschmack von Whiskey im Mund da. Nur das war geblieben. Bis sie sich sagte: Meine Güte, werd erwachsen.

Und die Augen aufschlug.

Es war Viertel nach zehn. Die Badezimmertür stand offen, das Licht war aus. Sie rollte auf den Rücken und drehte ihren Kopf. Seine Bettseite war leer, im Zimmer war es still, die Fenster waren dunkel. Sie dachte daran, wie sie sich im Badezimmerspiegel gesehen und dann, als sie herausgekommen war, Sachen gesagt hatte, die ihr jetzt so verdammt dämlich vorkamen, wenn sie sich selbst hörte, ihren Tonfall, und sie erinnerte sich daran, daß er gesagt hatte: »Warum bist du sauer?« Und wie er später sagte: »Wenn es dir mit mir ernst wird, ist es vorbei.« Und genau das hatte sie getan, war emotional geworden und hatte es versaut, weil sie zuviel nachdachte, wissen wollte, wie es enden würde. Sie dachte: Na, jetzt weißt du es. Und stieg aus ihrem Bett.

Karen ging mit einer gewissen Erwartung ins Wohnzimmer hinüber. Foley war weg, aber vielleicht hatte er eine Nachricht hinterlassen. Sie sah sich um, am Schreibtisch, am Beistelltisch. Das Zeitungsfoto, das er dort hingelegt hatte, war nicht mehr da. Aber etwas, das in eine Serviette gewickelt war, lag neben der halbleeren Flasche und dem Eiskübel. Sie nahm es auf und wußte schon, was es war, während sie es auswickelte.

Ihre .38er Sig Sauer.

21

»Ich hab dich abgesetzt«, sagte Buddy, »dem Parkplatzmann den Wagen gegeben, da warten Glenn und ein Schwarzer namens Kenneth in der Lobby. Es ist drei Uhr nachmittags, der Schnee kommt runter, und sie wollen, daß wir mit ihnen einen Ausflug machen. Ich hab gesagt, du wärst gerade unterwegs, dir ein Paar Schuhe zu kaufen, und wenn sie dich da drüben suchen wollten, viel Glück. Als wir rauskommen, wartet White Boy im Wagen. Wann warst du wieder da?«

»Gegen zehn.«

»Du hast sieben Stunden gebraucht, um dir ein Paar Schuhe zu kaufen?«

Inzwischen war es Mittwoch morgen, und Buddy hatte stirnrunzelnd vor Foleys Zimmer gestanden und gefragt, wo er gewesen war.

»Ich hab Karen Sisco gesehen«, sagte Foley. »Sie wohnt im Westin.«

Buddy sagte nicht gleich etwas dazu. Erst setzte er sich an den Tisch, um Foley über das Tablett vom Zimmerservice hinweg anzusehen. Foley nahm sein kleines Frühstück in Socken und Unterwäsche ein, mit einer Flasche Jim Beam in der Nähe.

»Und hat sie *dich* gesehen?«

»Ja, das hat sie.«

Buddy sagte: »Oha« und sah sich an, wie Foley einen Schuß Jim Beam in seinen Kaffee goß. »Na, wir nehmen es aber wirklich auf die leichte Schulter, oder? Hast du mit ihr gesprochen?«

Foley nickte.
»Ihr einen Drink spendiert?«
»Ein paar.«
»Sie wußte, wer du warst?«
Wieder nickte Foley, nahm einen Schluck Kaffee und hob die Tasse an. »Möchtest du? Du kannst das Glas im Badezimmer nehmen.«
Buddy schüttelte den Kopf. »Du hast sie nett besucht, und dann bist du gegangen?« Buddy wartete, bekam aber keine Antwort, und Foley biß in eine Art Hefeteilchen. »Wie geht das? Ein gesuchter Straftäter plaudert mit einem US-Marshal?«
Foley sagte: »Du weißt, wie ich sie fand.« Er stellte seine Tasse ab. »An jenem Abend, als ich rauskam, als wir zwischen den Bäumen am Highway standen und sie in Glenns Wagen saß? Dauernd hast du gefragt, wozu ich sie mitnehmen wollte? Ich hab gesagt, daß ich nur mit ihr reden wollte. Na, und es stellt sich raus, daß sie auch mit mir reden wollte, und das haben wir getan.«
Buddy sagte: »Hast du sie gevögelt? Wenn ja, könnte ich vielleicht verstehen, wo du deinen Kopf hast. Ich kenn die Anziehungskraft, die eine Muschi auf einen Mann haben kann. Nur kann ich mir nicht vorstellen, daß du dein Leben dafür aufs Spiel setzen würdest, auch wenn ich weiß, daß so was vorkommt.«
»Es ging nicht ums Vögeln«, sagte Foley. »Du hast mir da draußen am Highway gesagt, es wäre zu spät, du weißt schon, ein ordentliches Leben zu führen. Das wußte ich. Trotzdem wollte ich wissen, was hätte sein können, wenn es anders wäre.«
»Hast du es rausgefunden?«
Foley sagte: »Ja, das hab ich«, wobei er nicht allzu glücklich schien. Aber was hatte das zu bedeuten? Er war enttäuscht von dem, was er herausgefunden hatte? Oder tat es ihm leid, daß er all die Banken überfallen hatte?«

Frag nicht, dachte Buddy. Er sagte: »Was passiert jetzt?«

»Wir sind wieder da, wo wir waren.«

»Du willst nicht weg?«

Foley nippte an seinem Kaffee mit Schuß. Er sagte: »Wenn du es willst, kann ich das verstehen, aber ich bleibe.«

»Ach, Scheiße«, sagte Buddy, »wenn du dir keine Sorgen machst – ein großer vernünftiger Kerl wie du … ich denke aber, wir sollten in ein anderes Hotel umziehen, nicht so nah dran.«

»Soll mir recht sein.«

»Weiß sie, daß Glenn hier ist?«

»Ich glaub schon, aber ich bezweifle, daß sie ihn gefunden hat.«

»Glenn ist nervös wegen dieser Typen. White Boy und dieser Kenneth sind von der Sorte, die wahrscheinlich nicht mal ihren eigenen Namen schreiben kann, aber alles besser weiß. Sie haben mich zum State mitgenommen, eigentlich ein Kino an der Woodward Avenue. Wenn uns der Schnee nicht bis zum Arsch gehen würde, könnten wir zu Fuß gehen. Diese Salzlaster, die türmen den Schnee mitten auf der Straße auf, und dann transportieren die ihn ab, kippen ihn, glaub ich, in den Fluß.«

»Um wieviel Uhr sind die Kämpfe?«

»Um acht geht's los.«

»Gehen wir so um zehn hin. Haben sie gesagt, wieso Snoopy nicht dabei war?«

»Angeblich hatte er zu tun. Ich hab ihn Glenn gegenüber Snoopy genannt, ja? Glenn wirft einen Blick auf White Boy, und ich seh im Rückspiegel, wie White Boy mich böse ansieht. Wir arbeiten mit diesen Arschgeigen nur einmal, das reicht mir.«

»Jetzt sind wir schon mal da«, sagte Foley.

»Sie haben mich mit zum Detroit Athletic Club genommen und gesagt, daß Ripley fast jeden Tag zum Mittagessen da ist, kommt am Nachmittag wieder raus und fährt nach Hause, nimmt den Chrysler Freeway. Glenn sagt, sie haben Ripley schon seit November im Auge. Aber Glenn wollte dem Snoop erst erzählen, was es da zu holen gibt, als er diesmal nach Detroit gekommen ist.«

»Wozu brauchen sie Glenn?«

»Das ist eine gute Frage.«

»Wozu brauchen sie *uns*?«

»Das ist eine noch bessere Frage.«

»Wir müssen aufeinander aufpassen«, sagte Foley.

Das taten sie schon seit Jahren. Buddy sah sich die Brötchen im Korb an. »Ißt du die noch?«

»Bedien dich.«

»Ich hab die Schrotflinte von deiner Freundin, aber ich kann sie nur in einem Koffer aus dem Hotel schaffen. Deine Sig Sauer ist kein Problem.«

»Ich hab sie nicht mehr«, sagte Foley.

Buddy strich Butter auf ein Croissant. Er sagte: »Was hast du damit gemacht?«, und biß die Hälfte ab.

»Ich hab sie ihr zurückgegeben.«

Buddy mußte ein paar Sekunden kauen, bis er sagte, noch immer mit vollem Mund: »Wenn du die ganze Sache vergessen und nach Kalifornien zurück willst, fahr ich uns.«

Burdons Stimme, die geduldig klang, sagte: »Karen, eben habe ich mit unseren Leuten da oben gesprochen, und die sagen, sie hätten noch nichts von Ihnen gehört.« Geduldig, und dann fügte er dem Singsang in seiner Stimme einen Hauch von Überraschung hinzu. »Wie kann das sein?«

»Ich hatte zu tun«, sagte Karen. Sie nahm die Zeitung und blätterte zur Lokalseite. »Daniel? ›Drei Tote bei Raubmord.‹ Gestern abend während eines Schneesturms. Die Detroit Police glaubt, einer der Männer könnte jemand sein, nachdem ich mich neulich bei ihnen erkundigt hatte. Maurice Snoopy Miller. Die Opfer hatten eine Drogenhöhle, und dieser Mann hat früher mit ihnen Geschäfte gemacht.«

»Snoopy«, sagte Burdon.

»Ja, ein Freund von Glenn Michaels. Die haben sich in Lompoc kennengelernt, und Glenn hat der Drogenfahndung erzählt, daß er letzten November bei Maurice gewohnt hat, als er hier oben war.«

»Karen, Sie weichen meiner Frage aus. Wie kommt es, daß Sie noch nicht bei unseren Leuten waren?«

»Ich habe nichts, was ich ihnen geben könnte. Wenn ich mit leeren Händen zu denen komme und sage, ich brauche Hilfe, sagen die, gut, wieso setzen Sie nicht einen Kaffee auf?«

»Ich hab denen erzählt, daß Sie kommen.«

»Ja, und was haben sie gesagt?«

»Die fanden, daß sie mit zweihundert Agenten im Staat Michigan und einem ganzen Haufen Marshals genug Hilfe hätten.«

»Sehen Sie? Zu denen will ich erst, wenn ich ihnen was geben kann, wie eine Eintrittskarte, und ich weiß, daß ich kurz davor stehe, Glenn zu finden. Tatsächlich gehe ich heute abend zu den Kämpfen und habe allen Grund zu der Annahme, daß er da sein wird.«

»›Allen Grund zu der Annahme‹ ist so, als wollten Sie mir sagen, Sie glauben, daß er da sein wird. Dazu kann ich nur sagen: Karen, wenn Sie Glenn sehen, möchte ich, daß Sie Verstärkung anfordern. Wenn Sie ihn nicht sehen, kommen Sie nach Hause, und wir finden was anderes für Sie zu tun. Sie haben mich ausgenutzt, Mädchen, mich in einem schwachen Moment erwischt.«

»Wie ist es Ihnen beim Super Bowl ergangen?«

»Gut, bis Sie gekommen sind.«

»Ich hab eine Wette mit meinem Dad gewonnen.«

»Was ist mit Foley? Haben Sie was gehört?«

»Ich bin hinter Glenn her, er ist der Schlüssel.«

»Karen, wenn Sie es versauen, schickt man mich nach White Fang, Alaska, und zwar als Special Agent vor Ort…«

»Ich komme mit«, sagte Karen.

»Worauf Sie Ihren kleinen Arsch verwetten können.«

Karen sagte: »Okay, also dann ...«

Sie hätte sagen sollen: »Sie hoffen, daß ich es versaue, oder?« Sie glaubte nicht, daß sie es schon getan hatte, denn sie betrachtete die Zeit, die sie mit Foley verbracht hatte, nicht als moralisch verwerflich, und wenn sie es nicht war und sie technisch gesehen nicht Beihilfe oder Vorschub leistete, sondern nur eine Benimmregel übertrat, konnte sie damit leben, ohne sich schuldig zu fühlen. Als sie noch jünger war, ging sie dann zur Beichte und sagte: »Vergib mir, Vater, denn ich habe gesündigt. Ich habe einen Lippenstift bei Bodine's gestohlen und zugelassen, daß ein Junge meine Brust berührt, aber wir haben nichts gemacht.« Falls sie das Bedürfnis hatte, mehr zu erzählen, fügte sie vielleicht hinzu, daß sie Zigaretten geraucht hatte, obwohl sie ihrer Mutter versprochen hatte, es nicht zu tun. Der Priester erlegte ihr zehn Vaterunser und zehn Ave Maria auf, sprach sie frei, und sie bereute ihre Sünden in gewisser Weise, und alle Schuld, mit der sie sich beladen haben mochte, war von ihr genommen. Seitdem – in den letzten fünfzehn Jahren oder so – war Karen nicht mehr zur Beichte gegangen, weil sie sich nur noch selten wegen irgend etwas schuldig fühlte. Falls sie Zweifel hatte, sprach sie mit ihrem Dad darüber, oder sie stellte sich vor, sie würde mit ihrem Dad sprechen, was für Karen so ziemlich dasselbe war:

Karen: Ich habe etwa sieben Stunden mit Foley verbracht.

Ihr Dad: Erzähl mir nicht alles.

Karen: Es gab kein bestimmtes Zeitlimit.

Ihr Dad: Aber jetzt bist du wieder im Spiel, keine Auszeiten mehr.

Karen: Ich glaub schon.

Ihr Dad: Das reicht nicht. Du mußt die Tatsache akzeptieren.

Karen: Okay.
Ihr Dad: Welche Möglichkeiten hast du?
Karen: Wenn ich ihn finde? Ihn zu verhaften.
Ihr Dad: Was noch? Was ist, wenn er zu fliehen versucht? Was ist, wenn er eine Waffe auf dich richtet?
Karen: Er hat keine Waffe.
Ihr Dad: Willst du es tun oder nicht?
Karen: Tut mir leid.
Ihr Dad: Was ist, wenn er sich der Verhaftung widersetzt, zu entkommen versucht, dich in eine Lage bringt, in der du deine Waffe benutzen mußt? Könntest du es tun?
Karen: Ich glaube nicht.
Ihr Dad: Was ist, wenn er möchte, daß du mit ihm durchbrennst?
Karen: Ich würde nicht mitgehen. Das habe ich ihm gesagt.
Ihr Dad: Würdest du ihn entkommen lassen?
Karen: Nein.
Ihr Dad: Dann würdest du auf ihn schießen müssen, oder?
Karen: Ich weiß nicht.
Ihr Dad: Würde er auf dich schießen, wenn er müßte?
Karen: Ich weiß nicht.
Ihr Dad: Er hat dir gesagt, daß er nicht zurück will.
Karen: Ja.
Ihr Dad: Wessen Entscheidung ist es also, ob du auf ihn schießen mußt?
Karen: Soll mir das eine Hilfe sein?
Ihr Dad: Wozu bist du Marshal geworden?
Karen: Nicht, um Leute zu erschießen.
Ihr Dad: Aber die Möglichkeit ist eine Tatsache, mit der du leben mußt. Kannst du es tun?

Am Nachmittag blieb Karen im Hotel und sah sich einen Film im Fernsehen an, den sie mindestens schon zweimal gesehen hatte, *Repo Man,* weil Harry Dean Stanton darin mitspielte und er sie an Foley erinnerte. Nicht sein Äußeres, sie sahen sich kein bißchen ähnlich, seine Art: beides echte Männer, die nicht mehr sein wollten, was sie waren, aber nichts dagegen tun konnten. Saßen fest, fügten sich in ihr Leben wie Leute, die sich in Jobs wiederfanden, mit denen sie nichts anfangen konnten, aber nicht wußten, was sie sonst tun sollten. Sie fragte sich, ob Foley jemals Ziele gehabt hatte. Oder ob es seine Vorstellung vom Leben war, zu Hause herumzulungern und sich Filme anzusehen.

Buddy sagte, er wollte rausgehen, nachsehen, ob er irgendwelche Huren auftreiben konnte, und sie vielleicht mit auf sein Zimmer nehmen. Foley stellte sich ein armes Mädchen vor, das mit ihren weißen Stiefeln im Schnee stand, mit nackten Schenkeln und verlottertem Pelzjäckchen, zitternd, und sie wurde mit Matsch bespritzt, wenn Autos vorüberfuhren, aber er bezweifelte, daß sie wirklich da wäre. Er wünschte Buddy Glück und drückte auf der Fernbedienung herum, bis er einen Film fand. *Repo Man*, ein klasse Film, den er schon mehrmals gesehen hatte. Der alte Harry Dean Stanton zog mal wieder den kürzeren. Machte aber Spaß zuzusehen. Das war der Film, bei dem sie den Kofferraum aufmachen, und man sieht ein seltsames Leuchten. Wie in *Rattennest* der merkwürdige Glanz in der Kiste im Schließfach, und in *Pulp Fiction* hatte man es noch mal verwendet. Geheimnisvolle Leuchtfilme – irgendein radioaktives Material, aber was es da macht, wird nie erklärt. Falls doch, hatte Foley es verpaßt. Er mochte diese Art Film. Man konnte später darüber nachdenken, wenn man nichts zu tun hatte, sich überlegen, wovon der Film handelte.

22

Maurice stand immer wieder vom Tisch auf und lief an der Bühne entlang, schrie einen der Boxer an, erklärte ihm: »Dranbleiben, dranbleiben.« Nicht direkt vor dem Publikum, der Ring war oben auf der Bühne, aber es war enervierend, und Glenn wünschte, er würde endlich die Klappe halten. Maurice kam dann an den Tisch zurück, und Kenneth ging rüber an die Seite der Bühne, wo sich die Jungs herumtrieben, große schwarze Männer, und Kenneth hing zwischen den Runden bei ihnen rum, Kenneth, voll auf Speed, bestritt das Gespräch allein. Noch nie hatte Glenn so viele große schwarze Männer auf einem Haufen gesehen, die weder Football-, noch Basketballtrikots trugen. Abgesehen von ihm und White Boy waren vielleicht noch fünf oder sechs weitere Weiße im ganzen Kino. Die Kellnerin brachte eine Runde, und White Boy kippte sein Bier in drei bis vier Zügen, verpaßte Glenns Schulter einen Jab und sagte zu ihm, komm schon, trink aus. »Du trinkst wie ein Mädchen«, und sah sich um, ob noch weitere Kretins in der Nähe waren, die das komisch fanden. Die schwarzen Männer und ihre Frauen an den Nachbartischen starrten nur herüber, tolerierten ihn wegen Maurice.

Wo früher Kinositze waren, standen jetzt Reihen von runden Nachtclubtischen, je eine Reihe davon auf vier Ebenen, Schritt für Schritt vom Theater zur Bar hinauf; lang und dunkel da oben, weitab von den Ringscheinwerfern. Leute standen auf den freien Flächen zu beiden Seiten der Bar herum. Hinter der Bar war der Gang, der das Theater von einer Seite zur anderen durchschnitt, am einen Ende eine Treppe, die zu den Toiletten führte. Hinter diesem Bereich befand sich die äußere Lobby mit einer kleinen Bar auf der einen Seite.

Ein Boxer aus einem der Kronk-Boxclubs wurde angesagt, Rap wummerte aus den Lautsprechern, und eine Prozession von Gefolgsleuten und Helfershelfern kam aus einer Tür am Seitengang. Dann drängten Frauen aus dem Publikum heran, tanzten, winkten, als der Boxer endlich erschien, die Bühne erklomm und in Rot und Gold in den Ring stieg, um vier Runden für zweihundert Mücken zu boxen, und die goldenen Troddeln an seinen roten, hohen Schuhen hüpften, als der Boxer seine Schultern mit kurzen Jabs lockerte und auf seiner Ringseite herumtänzelte. Von der anderen Seite sah ein weißer Junge aus einer anderen Stadt herüber, oder irgendein mexikanischer Bengel, der versuchte, cool zu wirken, unbeeindruckt, sich streckte und in seinen schlichten, schwarzen Hosen Beinarbeit machte, um etwas zu tun zu haben, während er darauf wartete, daß die Rap-Show zu Ende ging und der Ringrichter mit Fliege und Plastikhandschuhen sie in die Ringmitte winkte.

Seit sie hier waren, hatte Glenn nach einer Möglichkeit gesucht, White Boy die Wagenschlüssel abzunehmen, wobei Glenn zuhörte, wie er und Kenneth über gestern abend sprachen, einander angrinsten, sagten, morgen, Mann, morgen wäre Zahltag und davon redeten, wie sie in Ripleys Haus eindringen wollten. Glenn hörte den beiden Schwachköpfen zu und sah sich an, wie Maurice von einem Tisch zum nächsten wanderte und seine schwarzen Brüder begrüßte, indem sich ihre Fäuste auf rituelle Art und Weise berührten, Maurice, der Hipster, eine superscharfe, schwarze Filzmütze genau richtig auf dem Kopf, dazu eine Sonnenbrille. »Ich halt mich bedeckt«, erklärte Maurice. »Kein Kopftuch. Bei den Kämpfen halte ich mich immer bedeckt.«

Sie waren im Lincoln Town Car hergekommen, White Boy war gefahren, deshalb hatte White Boy auch die Schlüssel.

Glenn war nach unten zu den Herrentoiletten gegangen, und man hatte ihm keinen der beiden Schwachköpfe hinterhergeschickt, damit der ihn im Auge behielt. Daher war er ziemlich sicher, daß er sich hier rausschleichen konnte, über die Woodward Avenue dorthin, wo der Lincoln parkte, und wenn er die Schlüssel hatte, Scheiße, würde er sich hier vom Acker machen, rüber nach Kalifornien. Er hatte den Wagen auf einem Parkplatz in West Palm geklaut, hatte sich den Lincoln ausgeguckt, der ganz vorn parkte, abfahrbereit, und während der Parkplatzwächter damit beschäftigt war, Autos umzuparken, war Glenn in die Hütte geschlichen und hatte die Lincoln-Schlüssel vom Brett genommen – er kannte sich mit Schlüsseln aus –, dann wartete er den richtigen Moment ab, um hinters Lenkrad zu schlüpfen und loszufahren. An diesem Tag hatte er kein Werkzeug mitgebracht, war nicht sicher, mit welcher Methode er einen Wagen klauen wollte, und das Werkzeug lag im Kofferraum des Lincoln, und der Wagen wartete drüben auf der anderen Straßenseite. Aber White Boy hatte die Scheißschlüssel in der Tasche.

In den Wagen reinzukommen war nicht das Problem, er war offen. Als sie hier ankamen, wußte White Boy nicht, wo der Knopf zum Verriegeln der Türen war, so daß Glenn sagte: »Komm her, ich mach es«, stand draußen vor dem Wagen, die Fahrerseite offen. White Boy ging, und Glenn langte hinein, als drückte er den Knopf zum Verriegeln, sah, daß die drei schon die Straße zum Theater überquerten, und dann warf er nur die Tür zu. Er betete zu Gott, daß, wenn die Türen nicht verriegelt wären, gleiches für das Handschuhfach galt, damit er rankäme und den Hebel für den Kofferraum betätigen konnte. Dann das Werkzeug raus, mit dem Slap Hammer die Zündung betätigen, und er wäre unterwegs! White Boy konnte die Schlüssel behalten. Aber wenn das Handschuhfach verriegelt war, wäre er in den Arsch gekniffen. Er würde etwas finden müssen, mit dem er es aufbrechen konnte. Falls das aber zu lange dauerte – selbst wenn er den Kofferraum aufbekam –, schickte Maurice die Schwachköpfe los, um ihn zu suchen.

Das Handschuhfach mußte unverriegelt sein. Es wäre seine einzige Chance, sich von diesen Leuten abzusetzen.

Er würde warten ... nein, er wollte lieber sofort gehen. Man hörte eine Glocke, eine Runde war vorbei, und Maurice stand auf, ging zur Bühne.

Glenn wartete einen Moment, bis er sagte: »Mann, dieses Bier läuft glatt durch. Ich muß mal pissen.« Er zögerte, weil er erwartete, daß White Boy oder Kenneth ihn komisch ansehen oder einer von beiden sagen würde, er müßte auch.

White Boy sagte nur: »Wieso erzählst du uns das? Soll dir einer von uns den Schwengel halten?«

Glenn freute sich, lachen zu können. Er sagte: »Ich muß beide Hände nehmen, aber ich komm zurecht.«

Als er ging, sagte der Schwachkopf: »Hey, Glenn? Ordentlich schütteln.«

Inzwischen hatte Glenn White Boy den Rücken zugewandt und mußte nicht mehr lachen, nicht mal mehr lächeln. Er mußte hier raus, auf schnellstem Wege, weit weg von diesen Kretins. Und wenn er den Kofferraum nicht aufbekam und den Wagen nicht starten konnte, scheiß drauf, dann würde er eben nach Kalifornien laufen.

Zwei junge Männer mit rotgoldenen Kronk-Jacken schoben in der vorderen Lobby Wache. Karen kam in ihrem marineblauen Kaschmirmantel herein, eine blaue Wollmütze auf dem Kopf, mit Jeans und Wanderstiefeln, und die Wachleute lächelten und fragten, wie es ihr ging. Sie sagte: gut. Sie baten darum, einen Blick in ihre Tasche werfen zu dürfen. Sie zeigte ihren Ausweis vor und sagte: »Mehr müssen Sie nicht wissen, oder?«

Sie sagten *hey* und schienen erfreut, sie zu sehen, grinsten, musterten sie in ihrem langen Mantel von oben bis unten, als sie die beleuchtete äußere Lobby verließ und ins abgedunkelte Theater ging. Von der Bar aus überblickte sie die abfallenden Tischreihen und die Bühne, den leeren Ring, suchte nach Weißen, während von irgendwo Rap aus den Lautsprechern kam und ein paar Frauen von ihren Tischen aufstanden, um funky zur Musik zu zucken. Karen sah ein weißes Pärchen an der Seite und zwei Typen vorn unten in der ersten Tischreihe. Der Barkeeper fragte, was sie gern hätte, und Karen sagte: »Einen Moment.« Der kleinere der beiden Männer am Tisch stand auf, der andere lachte. Der kleinere drehte sich um, lachte nicht – es war Glenn – und bahnte sich einen Weg zwischen den Tischen hindurch. Karen drehte sich um und sah, daß der Barkeeper auf sie wartete. Sie sagte: »Jetzt nicht«, und drehte ihren Kopf gerade so weit, daß sie sehen konnte, wie Glenn am Ende der Bar stehenblieb und sich zu den Tischen umsah, sich Zeit ließ, bis er ging und nicht mehr zu sehen war. Ging zur Herrentoilette – da war Karen ziemlich sicher –, trug einen Sweater, keinen Mantel. Dann sah sie überrascht, als sie um den Tresen herumging, daß er eilig durch die Lobby nach draußen lief. Er konnte sie nicht gesehen haben. Es mußt einen anderen Grund geben. Sie wartete, bis Glenn durch die Tür war, und dann lief sie ihm nach. Sagte: »Hab was vergessen«, als sie an den beiden Wachleuten vorüberkam. Draußen sah sie, wie Glenn über die breite Straße voll festem, dreckigem Schnee rannte, an kriechenden Autoscheinwerfern vorbei und auf den Parkplatz, wie er in der Reihe geparkter Wagen vorn an der Straße verschwand. Karen folgte ihm, kam zum Parkplatz, sah ihn aber nicht mehr. Sie zog ihre Handschuhe an, während sie zwischen den Autos lief, blieb stehen, lauschte, ob sie hörte, wie ein Motor angelassen wurde. Nur von der Straße war etwas zu hören. Sie kam zu einem Gang zwischen den Autoreihen und sah kurz in einen Wagen, fast direkt vor ihr, Innenbeleuchtung an, dann aus, als sie hörte, wie eine Autotür ins Schloß fiel.

Karen trat an die Beifahrertür des Wagens. Sie sah seine Umrisse im Dunkeln: Glenn hinter dem Lenkrad, halb auf der Seite liegend, das Haar hing herab ... es sah aus, als versuchte er, das Handschuhfach aufzubekommen. Sein Kopf fuhr herum, als Karen die Tür aufmachte, und sie sah das Weiße in Glenns Augen, große Telleraugen, die im Licht, das anging, zu ihr aufblickten. Glenn setzte sich aufrecht, als sie zu ihm in den Wagen stieg. Die Tür klappte zu, und wieder war es dunkel.

»Glenn, versuchen Sie diesen Wagen zu stehlen?«

Er sagte: »Meine Güte. Ich glaub es nicht.«

Jämmerlich. Fast tat er ihr leid.

»Ich ruiniere Ihr Leben«, sagte Karen, »was?«

Er hob die leeren Hände. »Ich hab keine Schlüssel.«

»Das seh ich.«

»Ich meine, ich will den Scheißwagen nicht klauen.«

»Nicht?«

»Ich hab ihn schon geklaut. Letzte Woche oder wann das war, in West Palm. Ich kann ihn ja nicht noch mal klauen, oder? Ich kann nicht mal mein Werkzeug aus dem Scheißkofferraum kriegen.«

»Mal sehen, ob ich das verstehe«, sagte Karen. »Sie wollen abhauen, um von diesen Leuten wegzukommen. Hab ich recht?«

»Haben Sie mich da drinnen gesehen?«

»Und einer von denen hat den Schlüssel.«

Er sagte: »Ja«, nickte und sagte: »Hören Sie, ich muß ziemlich dringend mal.«

»Die beiden Typen, die bei Ihnen waren – der eine, das ist doch nicht Maurice Miller, oder? Ich hab Snoopys Foto in der Kartei gesehen, und das sah ihm überhaupt nicht ähnlich.«

»Woher wissen Sie von ihm?«

Der arme Kerl, verwirrt, sogar verzweifelt, sah zum Theater hinüber. Karen warf einen Blick in die Richtung. Von hier drüben konnten sie über die Dächer der Autos hinweg nur die Markise und das beleuchtete Wort STATE erkennen. Karen sagte: »Schon wieder so ein Tag, hm, an dem nichts klappen will? Glenn, ich kenne Ihre Lebensgeschichte, ich weiß, wer Ihre Freunde sind, wo Sie waren und jetzt, wie es scheint, wohin Sie gehen.«

»Wollen Sie mich für einen Autodiebstahl einkassieren?«

»Für das Auto, wegen Beihilfe und Begünstigung eines Gefängnisausbruchs und für die Verschwörung zu dem, wozu Sie hergekommen sind. Sagen Sie mal, Glenn, machen Sie jetzt in bewaffneten Raub?«

Er sagte: »Meine Güte« und schüttelte den Kopf.

»Wie gestern abend«, sagte Karen. »Sie waren dabei, nicht?«

»Ich sag kein einziges Wort mehr, und das ist mein Ernst. Himmelarsch. Ich weiß nicht mal, wovon Sie reden.«

»Legen Sie Ihre Hände oben aufs Lenkrad.«

»Wozu?«

»Damit ich Ihnen Handschellen anlegen kann.«

»Ist das Ihr Ernst? Hören Sie, diese Typen, die sind jeden Augenblick hier und suchen mich. Das sind wilde Tiere, die sind gemeingefährlich. Das ist kein Witz. Ich wollte abhauen, und mehr will ich gar nicht, so weit von diesen Typen weg wie möglich.«

»Machen sie Ihnen angst?«

»Ich scheiß mir vor Angst in die Hosen und schäme mich nicht, es zuzugeben.«

»War Foley dabei?«

»Wann?«

»Gestern abend. Um welche Uhrzeit etwa sind Sie in das Drogenhaus eingedrungen?«

»Ich sag doch, ich rede nicht mit Ihnen. Mit dem, was die da machen, hab ich nichts zu tun, genauso wie ich Foley nicht bei seiner Flucht geholfen habe. Das haben Sie selbst gesagt.«

»Ja, na ja, da habe ich mich getäuscht. Was meinen Sie, wo Foley jetzt ist?«

»Woher soll ich das wissen?«

»Sie wollen mir erzählen, Sie hätten ihn nicht gesehen?«

»Ich erzähle Ihnen vor allem, daß ich pissen muß. Und zwar dringend.«

»Wie spät war es, als Sie in das Drogenhaus eingedrungen sind?«

»Ich weiß nicht, wovon Sie reden.«

»Glenn, sagen Sie mir, was diese Leute vorhaben, und ich schlage Ihnen einen Deal vor.«

»Was zum Beispiel?«

»Ich lasse Sie pinkeln.«

»Toller Deal.«

»Wo Sie wollen.«

Er zögerte. »Sie meinen es ernst?«

»Wo Sie wollen«, sagte Karen. »Glenn, um welche Uhrzeit sind diese Leute in das Drogenhaus eingedrungen?«

Wieder zögerte er. »Es war am frühen Abend. Ich weiß nicht, so um sieben.«

Karen nahm eine Zigarette aus ihrer Tasche und zündete sie mit Hotelstreichhölzern an. Sie nahm einen tiefen Zug und blies den Rauch langsam wieder aus. Um sieben und noch mindestens zwei Stunden danach war Foley bei ihr im Hotel gewesen.

»Kann ich pissen gehen? Bitte?«

Karen regelte das so, daß sie ihn seitlich an den Wagen urinieren ließ, bei offenem Fenster, während er von Richard Ripley, dem Wall-Street-Betrüger, erzählte, wo sie ihn schnappen und zu seinem Haus draußen in Bloomfield Hill bringen wollten, morgen am späten Nachmittag. Karen nickte, während sie ihm zuhörte. Sie hatte von Ripley gehört und wußte, daß er in Lompoc gesessen hatte. Sie wollte genau wissen, wo er wohnte, und fragte dann:

»Was ist mit Foley?«

»Er soll mitkommen«, sagte Glenn mit eingezogenen Schultern vor dem Fenster. »Aber ich weiß nicht, er ist heute abend nicht gekommen.«

»Wissen Sie, wo er wohnt?«

»Keine Ahnung.«

»Wo treffen Sie sich morgen?«

»Hören Sie, ich frier mir hier draußen einen ab.«

»Wo treffen sie sich?«

»Das steht noch nicht fest.« Er richtete sich auf, um zum Theater hinüberzusehen, dann beugte er sich wieder zum Fenster herab. »Vielleicht haben Sie was in Ihrem Wagen, mit dem man den Kofferraum aufbrechen kann. Sie wissen schon, einen Wagenheber?«

»Meinen Sie, Foley ist ausgestiegen?«

»Ich weiß nicht… er hat sich mir nicht gerade anvertraut.« Glenn richtete sich wieder auf, legte die Arme um sich. »Ich frier mir hier den Arsch ab.«

»Wenn Sie hier verschwinden wollen«, sagte Karen, »laufen Sie, das wärmt einen auf. Aber, Glenn? Hören Sie zu.«

»Was?«

»Wenn Sie mich anlügen…«

»Ich weiß, Sie finden mich. Gott im Himmel, ich glaub es. Ich denk immer, wenn Sie mich letzten Sommer nicht zum Bundesgericht gefahren hätten…«

»Würden wir uns nicht dauernd über den Weg laufen?«

»Sie wüßten nicht mal, wer ich bin.«

Karen sagte: »Wenn ich Sie nicht kennen würde, Glenn, wären Sie morgen im Gefängnis oder tot. Sehen Sie es mal so.«

Die Leute gingen, als Foley und Buddy kamen. Sie fanden den Tisch, und White Boy und ein Schwarzer saßen da. Maurice kam von der Bühne herunter. Er sagte: »Wo seid ihr gewesen?«, mit scharfem Unterton. »Ihr habt die großen Jungs verpaßt, kommt gerade noch rechtzeitig zu den Schlußkämpfen. Ach, Scheiße, nehmt euch einfach einen Stuhl.« Zu dem Schwarzen sagte er: »Kenneth, das ist Mr. Jack Foley, und das ist Mr. Buddy, berühmte Bankräuber und schwere Jungs, die sagen, sie wollen bei uns einspringen.«

Foley legte seine Hand auf einen Regenmantel, der über eine Stuhllehne drapiert war. »Wer sitzt hier?«

»Dein Freund und Kupferstecher Glenn«, sagte Maurice.

»Nur ist er vor einer Stunde zur Toilette gegangen und nicht wiedergekommen.«

Foley warf Buddy einen Blick zu.

White Boy grinste sie an, sagte: »Ich glaub, er muß wohl reingefallen sein.«

»Ich hab die beiden hier losgeschickt, damit sie ihn suchen«, sagte Maurice. »Sie sind kopfschüttelnd wiedergekommen.«

»Hat Glenn einen Wagen?«

»Einen, den er aus Florida mitgebracht hat. Wir sind heute abend alle zusammen damit hergefahren.«

»Tja, wenn er seinen Mantel dagelassen hat«, sagte Foley, »und er schon eine Stunde weg ist...«

»Hey, ich weiß, was du sagen willst: Keiner sollte merken, daß Glenn abhauen wollte. Mann, das weiß ich. Ich hab White Boy noch mal rausgeschickt, um nachzusehen, ob der Wagen noch da ist. White Boy hat den Schlüssel, aber da ich Glenns Gewohnheiten kenne, dachte ich mir, es wäre besser, das zu checken. Verstehst du? Der Wagen ist noch da, und Glenn ist nicht aufzutreiben.«

Foley sagte: »Jeder ist irgendwo, Snoop. Wo wohnt Glenn?«

»Bei mir.« Maurice drehte seinen Kopf zum Ring, sah einen Moment lang zu und schrie: »Reggie, stoß ihn weg und schlag zu, Mann. Stoß ihn weg.« Er wandte sich Foley zu. »Wieso setzt ihr beiden euch nicht hin und trinkt mit mir? Was wollt ihr?«

»Wir gehen«, sagte Foley.

»Was soll der Scheiß?«

»Snoop, wenn ihr nicht wißt, wo Glenn ist...«

»Der Mann hat es sich anders überlegt, das ist alles, also ist er abgehauen. Hat beschlossen, daß der Druck zu groß für ihn ist.«

»Glenn ist ein Weichei«, sagte White Boy. »Gestern abend hat er einen Scheißdreck gemacht, nur zugesehen.«

Buddy sagte: »Wo war das?«

Eine Kellnerin kam, als er das sagte, und fragte, ob sie etwas wollten. Foley schüttelte den Kopf, Buddy auch. Die Kellnerin leerte den kleinen Blechaschenbecher in eine Serviette und ging, und White Boy sagte: »Wenn du Zeitung gelesen hättest, wüßtest du es.«

Maurice sagte: »White Boy, das ist eine andere Sache. Hast du verstanden? Das hat mit uns hier nichts zu tun.«

»Er sieht mich dauernd an«, sagte White Boy und nickte in Buddys Richtung.

»Ich kann nichts dafür«, sagte Buddy. »Wenn ich höre, wie der Snoop dich White Boy nennt, frage ich mich immer, wieso du es dir gefallen läßt.«

»So nennen sie mich im Kronk, seit ich da trainiert habe.«

»Du hast geboxt, hm?«

»Hier und drüben im Palace.«

»Hast du was getaugt?«

»Willst du es rausfinden?«

Buddy sagte: »Hast du schon mal gesessen?«

»Er fragt, ob du Leuten in die Augen stichst«, sagte Maurice. »Ob du Ohren abbeißt. White Boy hat seine eigene Technik. Aber genug von dem Scheiß. Hör zu«, sagte Maurice, nahm Foley beim Arm und trat ein paar Schritte zur Seite, bis sie mit dem Rücken zum Tisch standen. »Was machst du dir um Glenn Gedanken? Was weiß der schon?«

»Ich dachte, alles«, sagte Foley, während er sich ansah, wie die Boxer einander umtänzelten und kurze Gerade austeilten, der eine geduldig, wenn er reinging, der andere mit wilden Schwingern, die nicht trafen.

»Glenn weiß alles, was wir morgen vorhaben«, sagte Maurice. »Den Mann schnappen, wenn er aus seinem Club kommt, dann zu ihm nach Hause fahren. Das könnte Glenn jemandem erzählen, aber es hat einen Scheißdreck zu bedeuten. Verstehst du? Ich hab den Plan geändert. Glenn weiß nichts davon, weil er abgehauen ist, als wir auf euch gewartet haben. Aus welchem Grund ist ganz egal. Morgen passiert überhaupt nichts.«

Foley, mit Blick auf die Boxer, sagte: »Dieser Kampf geht keine vier Runden.«

Maurice warf einen Blick hinüber: »Der geht nicht mal zwei.«

»Du willst doch nicht sagen, er wäre abgesprochen.«

»Man muß nichts absprechen, um zu wissen, wer gewinnt. Es liegt in der Paarung, wie man sie zusammenstellt, wen man holt, damit er gegen den Homeboy antritt. Verstehst du?«

Foley hielt seinen Blick auf den Ring gerichtet.

»Wenn es morgen nicht passiert, wann dann?«

»Heute abend«, sagte Maurice. »Sobald wir hier raus sind. Wir halten kurz zu Hause, holen uns, was wir brauchen, und ziehen es durch.«

Foley sagte: »Warte mal eben«, und winkte Buddy, als er sich dem Tisch zuwandte. Hinter sich hörte er Maurice sagen: »Ihr habt zwei Minuten, mehr nicht. Überlegt es euch.«

Foley drehte sich wieder zu ihm um und stand ganz nah.

»Ich hab dich nicht um Erlaubnis gebeten. Buddy und ich gehen rauf zur Bar. Wir nehmen uns so lange Zeit, wie wir brauchen. Vielleicht gehen wir ganz. Falls wir wiederkommen, sollte klar sein, daß wir halbe-halbe machen, die Hälfte für uns. Wie ihr eure Hälfte teilt, ist eure Sache.«

»Das sehen wir dann«, sagte Maurice.

»Nein, so wird es sein, Snoop.«

Foley ging, und Buddy folgte ihm zur Bar, dem dunklen Teil abseits der Scheinwerfer am Ring.

»Er will es heute abend machen.«

»Wo ist der Unterschied, heute oder morgen?«

»Glenn. Er könnte uns verraten.«

»Glenn ist immer ein Risiko«, sagte Buddy. »Soviel ist klar.«

23

Karen erzählte ihrem Dad, daß sie nicht schlafen konnte. Er sagte: »Wirklich? Ich hatte damit keine Probleme, bis das Telefon geklingelt hat. In den Nachrichten kam nichts von meinem kleinen Mädchen, also muß ich wohl eingenickt sein. Jetzt merk ich, daß ich Letterman verpaßt habe. Was ist los?«

Sie erzählte ihm, wie sie Glenn Michaels aufgetrieben und ihn bearbeitet hatte, und ihr Dad sagte: »Das war ja ein toller Deal, den du ihm da angeboten hast. Du hast ihn laufen lassen?«

»Wenn ich Glenn aufs Revier bringe, weil er in Florida ein Auto gestohlen hat«, sagte Karen, »muß ich einem Lieutenant oder Sergeant erklären, was ich hier mache. Er könnte mich ansehen und denken ... ich weiß nicht was, aber wahrscheinlich denkt er, er sollte übernehmen. Weißt du, was ich meine? Er hat mich nicht nur noch nie gesehen, sondern ich bin ein Mädchen, das ihm einen Marshal-Stern unter die Nase hält, eine Bundesbeamtin, die einem Cop von der Straße was von Raubüberfällen erzählen will. Er müßte mich erst überprüfen. Es gäbe nichts, was man den anderen Leuten vorwerfen könnte. Ich hab nur einen gestohlenen Wagen. Also hab ich ihn laufen lassen und Raymond Cruz angerufen.«

»Mit dem du dich neulich getroffen hast.«

»Ja, und ich habe ihm die ganze Geschichte erzählt. Ich hab mir Sorgen um die Zuständigkeit gemacht. Falls diese Leute in ein Haus in Bloomfield Hills im Oakland County eindringen, sollte ich mich mit der Polizei da draußen in Verbindung setzen, dem Sheriff's Department oder mit wem? Ich konnte nichts Bundesmäßiges daran finden, wieso sollte ich also das FBI einschalten? Stimmt's?«

»Klingt logisch.«

»Ich hab dir erzählt, daß Raymond Inspector ist, zuständig für Gewalt-, Eigentums- und Sexualdelikte.«

»Ich erinnere mich.«

»Außerdem leitet er die Violent Crimes Task Force, und die steht mit sämtlichen lokalen Polizeirevieren in Verbindung, den County Sheriffs und dem FBI. Das Bureau hängt mit drin, ebenso ATF, weil es bei fast allen dieser aktuellen Raubüberfälle um Drogenhöhlen geht, aus denen Bargeld und Waffen geholt werden. Das war es soweit, mehr oder weniger.«

»Aber diesmal ist es anders«, sagte ihr Dad.

»Soweit wir es wissen oder vermuten können, ja. Das Haus von diesem Ripley in Bloomfield Hills dürfte kaum eine Drogenhöhle sein, selbst wenn er gesessen hat. Erinnerst du dich an Ripley?«

»›Dick the Ripper‹, der Insider-Händler. Ja, ich denke, der dürfte Bargeld im Haus haben.«

»Jedenfalls hat Raymond gesagt, es wäre egal, wo das Haus steht, die Tat fiele in den Zuständigkeitsbereich der Einsatztruppe, und die Bundesbeamten wären dabei, weil es bei dem Plan auch um Entführung geht.«

»Was für eine Entführung?«

»Sie schnappen sich Ripley, wenn er morgen aus dem Detroit Athletic's Club kommt… der liegt in der Innenstadt, gleich hier um die Ecke. Einer von denen steigt zu ihm in den Wagen, und die anderen folgen ihnen. Das ist Entführung.«

»Wollen die Cops Ripley warnen? Ihm sagen, was passiert?«

»Raymond sagt nein, es könnte ihre Beschattung auffliegen lassen. Er sagt, so eine Sache müßte man abwägen. Ideal wäre: Laß die Leute Ripley schnappen und den Raub ausführen, und dann hol sie dir, wenn sie aus dem Haus kommen. Nur wenn man Grund zu der Annahme hätte, daß Ripleys Leben in Gefahr wäre, müßte man vorher eingreifen. Ich habe Raymond gesagt, es sähe so aus, als handelte es sich um dieselben Leute, die gestern abend ein Haus überfallen und drei Leute ermordet haben. Er hat gesagt, dann müßte man sie schnappen, bevor sie in Ripleys Haus wären und er reingebracht wird.«

»Aber sie wegen der Entführung rankriegen«, sagte ihr Dad, »sobald sie Ripley haben.«

»Genau, und dann kann der Staat oder der Bund sie hochnehmen, ganz egal. Aber jetzt kommt es zu der nächsten Abwägung. Wenn diese Typen zu gefährlich sind, als daß man einen von ihnen zu Ripley in den Wagen steigen lassen sollte, dann hat man keinen Entführungsfall. Dann hat man nur ein paar Leute in einem möglicherweise gestohlenen Wagen, die möglicherweise bewaffnet sind. Wenn man sie aber wenigstens für zwei Jahre wegen Waffenbesitzes rankriegen will, muß es während der Verübung einer Straftat geschehen. Läßt man sie diese Entführung jetzt also durchziehen oder nicht?«

Ihr Dad sagte: »Was ist, wenn Ripley aus irgendeinem Grund morgen abend nicht in den Club geht? Oder diese Typen beschließen, direkt zu seinem Haus zu fahren?«

»Morgen früh wollen sie sich am Haus umsehen, in der Nachbarschaft und eine Beschattung aufbauen, damit sie für eine Änderung im Plan bereit sind.«

»Und was machst du?«

»Raymond sagt, ich kann morgen mit ihm fahren, wenn ich will. Mit am Tatort sein.«

»Dich aber zurückhalten?«

»Wieso sagst du das?«

»Wenn sie Olufsson Handschellen anlegen, willst du, daß er dich sieht?«

»Du bist unmöglich.«

»Ich meine Foley. Ich hab ihn mit diesem Typen in Stockholm verwechselt.«

»Vielleicht hat Foley gar nichts damit zu tun.«

»Hoffst du.«

»Nein, Glenn hat gesagt, Foley wäre heute abend zu dem Treffen nicht erschienen, beim Boxkampf.«

»Wie war es da?«

»Ich bin nicht geblieben. Ich war drinnen, um mir Snoopy

Miller anzusehen, damit ich ihn identifizieren kann, und bin gegangen.«

»Foley könnte trotzdem morgen mit dabei sein.«

»Ich weiß nicht«, sagte Karen, »könnte sein.«

»Aber du mußt nicht da sein.«

Karen sagte: »Nein« und machte eine Pause. »Was würdest du tun?«

»Es würde mir nichts ausmachen zuzusehen, wie er einkassiert wird. Ich hab mir sein Foto in der Zeitung angesehen. Ich kann nicht behaupten, daß ich beeindruckt wäre.«

»Ja, aber so sieht er gar nicht aus. Das ist ein altes Foto aus der Kartei.«

»Na, wenn man ihn gewaschen in einen Anzug steckt«, sagte ihr Dad, »ändert es was an der Tatsache, daß er ein Verlierer ist? Jemand, der sein Leben vertan hat? Ja, ich wäre dabei. Ich würde ihm die Handschellen höchstpersönlich hinterm Rükken anlegen. Und ich würde dafür sorgen, daß er sich den Kopf stößt, wenn er in den Streifenwagen steigt.«

»HerzlichenDank.«

»Du hast mich gefragt.«

Moselle sah von einem der oberen Fenster aus zu. Sie sah, wie der Lincoln Town Car in die Auffahrt einscherte und so weit vorfuhr, daß ein weiterer Wagen – ein Olds, wie es aussah – dahinter halten konnte. Die Straße war geräumt worden, und Autos, die am Bordstein parkten, waren unterm Schnee begraben. Sie sah, wie Maurice und White Boy aus dem Lincoln stiegen, und zwei Weiße, die wie Cops aussahen, aus dem Olds. Wo war Kenneth? Wo war dieser Glenn?

Maurice kam nach oben und machte das Licht im Schlafzimmer an, tat, als wäre sie gar nicht da, bis er sich hinkniete und den Koffer unter dem Doppelbett hervorzog, in dem er seine Waffen aufbewahrte. Ohne sie anzusehen, sagte er: »Der im schwarzen Mantel ist der Mann, auf den zehn Riesen ausgesetzt sind. Ich weiß nicht, ob es funktioniert oder nicht, aber ich hab schon überlegt, wie man die kassieren könnte.«

»Wo ist mein Bruder?«

»Besorgt uns einen Wagen.«

»Wo ist Glenn geblieben?«

»Hat beschlossen, daß er nicht mit will.«

»Hast du die Leiche gut versteckt?«

»Schäm dich.« Maurice holte Pistolen aus dem Koffer, wobei Moselle ihm zusah, und legte sie aufs Bett, die Pistolen und eine Schachtel mit 9-Millimeter-Hohlspitzgeschossen. »Glenn hat beschlossen, daß er mit der Sache nichts zu tun haben will, also ist er gegangen.«

»Und du hast ihn gehen lassen?«

Maurice stieß den Koffer unters Bett, stand auf und sagte: »Wenn du so weiterredest, riskierst du, eins aufs Maul zu kriegen. Dauernd stellst du Fragen. Der eine mit dem dunklen Mantel, auf seinen Kopf ist soviel Geld ausgesetzt, und trotzdem redet er noch wie auf dem Gefängnishof. Weißt du, was ich meine? Als wäre er jemand, mit dem man sich nicht anlegen sollte. Tja, na ja, ich sag zu Jack Foley: am Aaaarsch! Ich überleg nur, ob du die Polizei rufst. Sag denen, du hättest beim Boxkampf belauscht, wie er sich mit seinem Freund unterhält, und es hörte sich so an, als wollten sie jemanden überfallen.«

»Wie sollte ich so was hören?«

»Du *hast* es gehört, egal wie. Du sagst, du glaubst, es wäre der Häftling, der aus diesem Bau in Florida geflüchtet ist, wovon du gelesen hast, und du willst die Belohnung.«

»Wo finden sie ihn?«

»Im Haus von dem Mann, den er ausgeraubt hat.«

»Tot«, sagte Moselle, »erschossen.«

»So würde es aussehen, ja.«

»Was ist mit seinem Freund?«

»Genauso.«

»Wer hat sie umgebracht?«

»Das weiß keiner. Vielleicht der Mann aus dem Haus, als sie versucht haben, ihn auszurauben. Oder sein Butler. Ja, vielleicht hat der Butler es getan.«

»Die sind auch tot?«

»Ich denke, es wird so aussehen, als hätte Jack Foley sie im selben Augenblick erschossen, als sie ihn und seinen Freund Mr. Buddy erschossen haben. Irgendwas in der Art. Wenn ich wieder da bin, erzähl ich dir, wie es gelaufen ist.«

»Ich werde sagen müssen, wer ich bin«, sagte Moselle, »wenn ich die Belohnung kassieren soll. Wenn ich es tue, dann kann ich denen deinen Namen auch gleich geben. Weißt du das nicht?«

»Du willst Haushaltsgeld, du vergnügst dich gern mit diesem Dope, bis du dich nicht mehr rühren kannst, aber du willst dafür nichts tun.« Maurice trat ans Fenster und sah hinaus. »Ich hab mir schon gedacht, daß ich ihn höre. Ja, da kommt Kenneth. Hat einen Klempnerwagen besorgt. Sieht aus, als müßten wir zu diesem Noteinsatz. Dem Mann ist die Heizung ausgefallen.«

Moselle sah, wie er zum Bett zurückkam und zwei Waffen in die Hand nahm. Sie sagte: »Drei Weiße im Haus. Wenn ich versuche, die Belohnung zu kassieren, von der du redest, werden wir mehr Weiße im Haus haben, als du je gesehen hast.«

Maurice drehte sich mit einer .38er Stupsnase und einer 9-mm-Beretta zu ihr um. Er sagte: »Die hier ist für Jack Foley«, und reichte ihr die Beretta. »Und die ist für seinen Feund Mr. Buddy. Ich möchte, daß du sie ihnen bringst, während ich mich umziehe. Würdest du das für mich tun?«

»Ich ruf nicht bei der Polizei an«, sagte Moselle.

»Darüber reden wir, wenn ich zurück bin.«

»Ist mir egal, ob du mich zusammenschlägst, ich tu es nicht.«

»Honey«, sagte Maurice, »zusammengeschlagen zu werden wäre überhaupt nichts.«

Moselle hatte ihre Hände in den Taschen ihres grünen Seidenmantels, und eine Hand hielt die Karte, die Karen Sisco ihr gegeben hatte, mit der Telefonnummer darauf.

Als Kenneth hereinkam, ohne die beiden im Wohnzimmer zu beachten, stand White Boy auf und folgte ihm durch den Flur in den hinteren Teil des Hauses, vielleicht in die Küche. Kurz darauf kam diese Frau, händigte jedem von ihnen eine Waffe aus und ging. Foley sagte: »Wie kommt es, daß sich keiner zu uns setzen und mit uns plaudern will?«

Buddy checkte die .38er, stand vom Sofa auf, um sie in seinen Hosenbund zu schieben, und sah auf Foley herab, der die Beretta in Händen hielt.

»Weißt du, wie man die bedient?«

»Das sollte ich. Ich hab es oft genug in Filmen gesehen.«

Buddy nahm die Pistole von Foley, prüfte das Magazin, zog den Schlitten durch, um die Kammer zu laden, und gab sie ihm zurück.

»Fünfzehn Patronen passen rein. Du hast vierzehn drin.«

»Meinst du, das reicht?«

Buddy setzte sich wieder hin. »Diese Typen sind durchgeknallt.«

Foley nickte. »Hab ich bemerkt.«

»Die werden versuchen, uns reinzulegen.«

»Ich glaub schon.«

»Wollen uns tot am Tatort zurücklassen. Guck dir den Scheiß im Kamin an.«

»Hab ich gesehen.«

Maurice kam in einem weißen Overall ins Wohnzimmer, der maßgeschneidert aussah, und am Kragen war ein weißes T-Shirt zu sehen. Foley sagte: »Das trägt man heutzutage bei Einbrüchen?«

»Nimm es und gut, so wird's gemacht«, sagte Maurice. »Verschwende keine Zeit. Steck dem Mann eine Kanone in den Mund, zähl bis drei und frag: ›Wo hast du es?‹«

Buddy sagte: »Wie soll er es dir sagen, wenn er die Knarre im Mund hat?«

»Das ist sein Problem«, sagte Maurice. »Wollt ihr was trinken? Wir haben keine Eile. Ich würde lieber noch zwei Stunden warten.« Er sah auf seine Uhr. »Ist schon halb eins. Wir warten hier, bis alle kuschelig im Bett liegen. Wenn wir kommen, sind alle müde. Ihr versteht, was ich meine?«

Foley sagte: »Du machst dir keine Sorgen um Glenn?«

»Wenn er uns verpfiffen hätte«, sagte Maurice, »wäre die Polizei längst hier.«

»Oder sie warten am Haus von diesem Mann.«

»Keine Sorge, das checken wir. Wir sehen uns ordentlich um, bevor wir reingehen.«

Buddy sagte: »Vielleicht ist er tot.«

Und Maurice sagte: »Ja, vom Auto überfahren. Oder auf dem Eis ausgerutscht und hat sich den Schädel eingeschlagen. Glenn ist allein gegangen, mehr kann ich euch nicht sagen.«

Buddy sagte: »Tja, wir müssen noch einen Wagen besorgen. Dieser Olds ist ziemlich sauber.«

»Muß nicht sein«, sagte Maurice. »Wir passen alle in den Transporter, den Kenneth uns besorgt hat. Der Mann hat uns angerufen, weil seine Heizung ausgefallen ist. Wenn wir wiederkommen, wartet euer Wagen hier auf euch.«

Foley sah Buddy an. Buddy zuckte mit den Achseln. Maurice sah zu.

Er sagte: »Ihr habt eure Art, euch Banken vorzunehmen. Ich hab meine Art, diese Dinger durchzuziehen. Wenn wir im Haus sind, gehen wir gleich nach oben. Alle Wertsachen dürften im Schlafzimmer sein, in neun von zehn Fällen. Ich bitte euch, irgendwas zu tun, vielleicht die anderen Zimmer erst zu checken? Nachzusehen, ob irgendwelche Gäste im Haus sind? Dann tu ich das, weil ich meinen Job kenne. Versteht ihr? Nicht weil ich euch rumkommandieren will. Meine Jungs wissen, was zu tun ist, deshalb werde ich denen nicht viel sagen müssen.

Aber euch muß ich vielleicht sagen, daß ihr hierhin oder dahin gehen sollt. Versteht ihr? Was noch? Ihr sagt, ihr wollt halbe-halbe machen. Na, obwohl wir bisher die ganze Arbeit hatten, werde ich mich darauf einlassen, damit wir hier nicht rumsitzen und darüber streiten. Wir machen schnell, rein und raus, und schon ist es vorbei. Habt ihr noch Fragen?«

Buddy sagte: »Wo sind deine Leute?«

»Ich schätze, in der Küche. Willst du White Boy wieder provozieren? Ihn beleidigen, daß er sauer auf dich wird? Wozu? Denk einen Moment nach. Was würde es uns nützen?«

»Ich hab nur überlegt«, sagte Buddy, »ob die sich einen Schuß setzen oder was.«

»Ja, Kenneth hat ein bißchen Methedrin, das ihn am Leben hält. Ein bißchen Bier, mehr nicht. Noch irgendwas, was ihr wissen wollt?«

Foley sah Buddy an. Buddy zuckte mit den Achseln, und Foley sagte zu Maurice: »Hast du Bourbon im Haus?«

Maurice lächelte.

Moselle sah vom Schlafzimmer aus zu, sah sich an, wie sie in den großen Lieferwagen stiegen, auf dessen Seite der Name einer Firma stand, sah, wie die roten Heckleuchten des Wagens oben an der Straße verschwanden. Sie ging zum Telefon und betrachtete die Karte, die Karen ihr gegeben hatte, mit der Aufschrift *Karen Sisco, Deputy United States Marshal*, was wichtig klang, eine hübsche Karte mit silbernem Stern in einem Kreis darauf. Die Uhr am Bett zeigte 2:20. Fast zwei Stunden hatten sie da unten geredet und getrunken, während Moselle darauf wartete, daß sie abfuhren. Sie wußte, was sie diese Karen Sisco fragen wollte, aber nicht, was sie danach zu ihr sagen oder wie sie Fragen beantworten sollte, die man ihr sicher stellen würde. Sie hatte eine Hand am Telefon. Dann zog sie sie zurück, wollte noch etwas darüber nachdenken. Sich ihre Worte gut überlegen. Erst mal was Gras rauchen.

24

Foley sah, wie sich das Ende seines Lebens vor seinen Augen abspielte, und war still, sah sich an, wie es Szene für Szene ablief: in Maurice' Wohnzimmer, eine halbe Gallone Wodka auf dem Beistelltisch, sah, wie Maurice sich duckte und tänzelte, erzählte, wie clever er im Ring gewesen war, hörte White Boys dämliche Bemerkungen und seine nervtötende Art zu lachen, hörte Kenneth, der etwas sprach, das sich aus Hip-Hop-Sounds zusammensetzte, rhythmisch, aber so gut wie ohne Sinn. Foley hörte, wie Soziopathen ihre Referenzen vorlegten, Außenseiter, die sich Mühe gaben, nicht wie Verlierer dazustehen, und Foley merkte, Scheiße, das alles unterschied sich nicht sonderlich von dem, was sein Leben bisher ausgemacht hatte. Er hörte, wie Buddy leise Kommentare von sich gab, die treffen sollten, aber im Sande verliefen, die immer gleichen, immer gleichen aggressiven Sprüche, die man auf dem Hof hörte, aber hier hörte keiner zu, denn alle waren damit beschäftigt zu überlegen, was sie als nächstes sagen wollten. Harte Männer unter sich, dachte Foley.

Im Wohnzimmer, beim Wodka, hatte Maurice, bevor sie gingen, gestrickte Skimasken verteilt. Jetzt, hinten im großen Lieferwagen voller Plastikrohre und Ausrüstung: Kenneth fuhr, fegte die Woodward Avenue hinauf, vorbei an Meilen dunkler Ladenfronten und hell erleuchteter Gebrauchtwagenmärkte, Schnee türmte sich am Mittelstreifen, um diese Uhrzeit hatten sie die breite Straße für sich allein. Zweimal sagte Buddy zu Kenneth, er solle langsamer fahren. Kenneth grinste in den Spiegel. Buddy zog die .38er und drückte den stummeligen Lauf an Kenneths Hinterkopf. »Mach dich bereit, das Lenkrad zu übernehmen«, sagte Buddy zu Maurice, »wenn ich dieses Arschloch hier erschieße.« Kenneth sah zum Spiegel auf und fand Buddy darin, während Maurice ihm sagte: »Tu, was er sagt, Mann. Fahr langsamer.« Sie kamen zur Long Lake Road, fuhren rüber zur Vaughan und schlichen die Straße zweimal rauf und runter, suchten nach Autos vom Wachdienst oder irgendeiner Observation, bis sie auf Richard Ripleys kreisrunde Auffahrt einscherten.

Alle fünf waren jetzt ganz hinten im Lieferwagen, stießen aneinander, bis Maurice White Boy rausließ und die Türen offenblieben, damit er und Foley zusehen konnten. »Er klingelt«, sagte Maurice. »Wenn sie aufmachen, sind wir drin. Wenn sie nicht aufmachen, aber fragen, was er will, sagt White Boy, er ist der Mann, der die kaputte Heizung reparieren soll. Wenn sie sagen, sie haben keinen Heizungsmann bestellt, fragt White Boy, ob er ihr Telefon benutzen darf, um seinen Chef anzurufen, weil der ihm eine falsche Adresse gegeben haben muß. Sie werfen einen Blick aus dem Fenster und sehen den Lieferwagen. Ja, er muß die Wahrheit sagen, er ist ein Heizungsmann, stimmt, und er ist weiß.«

Sie sahen ihm zu, wie er noch mal klingelte. Diesmal verging keine halbe Minute, bis Kutscherlaternen zu beiden Seiten des Eingangs aufleuchteten. »Macht euch zum Skilaufen bereit«, sagte Maurice und zog seineMaske herunter. Dann ging die Tür auf, und er sagte: »Los geht's.«

Foley sah gerade noch einen jungen Mann in der Tür, das weiße Hemd aufgeknöpft über der Jeans, in dem Augenblick, bevor White Boy ihm einen Stoß versetzte und ins Haus trat. Maurice war aus dem Lieferwagen gesprungen, und Kenneth – mit einer Schrotflinte – kletterte ihm nach. Buddy packte ihn beim Kragen und hielt den zappelnden Mann fest, bis Foley draußen war. Doch im selben Augenblick, als Kenneths Füße die Auffahrt berührten, hielt er die Kaliber 12 auf Buddy gerichtet, der noch im Wagen war. Foley nahm den Lauf mit einer Hand, drückte ihn Kenneth ins Gesicht und sah, daß die Augen von dem Mann vom Speed wie irre waren. Foley sagte: »Geh ins Haus, bevor du dir weh tust.« Kenneth mußte sein Gesicht ganz nah an Foleys bringen und ihn lange anstarren, bevor er reinging.

Buddy sagte: »Was tun wir hier?«

Maurice hatte den jungen Mann im Foyer, das groß wie ein Wohnzimmer war, an einen Tisch gedrängt: ein gutaussehender, junger Bursche von etwa achtzehn mit schulterlangem Haar. Hosen und Hemd mußte er übergeworfen haben, als er die Klingel gehört hatte, aber ohne Schuhe, barfuß auf dem Marmorboden. Er sah ängstlich aus, und das war kein Wunder, da er sich fünf Männern mit Skimasken gegenübersah, die Waffen in Händen hielten. Foley sah, daß er versuchte, sich natürlich zu verhalten, daß er den Kopf schüttelte.

»Ich schwöre bei Gott: Er ist nicht da.«

Maurice sagte: »Heute abend ausgegangen?«

Daraufhin sah der junge Mann überrascht aus. »Er ist in Florida, Palm Beach.«

Maurice zögerte: »Wann soll er wiederkommen?«

Foley sagte: »Himmelarsch, das ist doch egal. Willst du auf ihn warten?«

»Mr. Ripley bleibt den ganzen Winter über da«, sagte der junge Mann. »Von Weihnachten bis Ostern.«

»Und jetzt sag mir, wer *du* bist«, sagte Maurice.

»Ich bin Alexander.«

Maurice sagte: »Junge, es ist mir egal, wie du heißt. Ich will wissen, was du hier treibst.«

»Ich hüte das Haus.«

»Du ganz allein?«

Er schien zu zögern, bis er sagte: »Ja, nur ich.«

Foley merkte es und warf Buddy einen Blick zu.

Maurice sagte: »Was bist du für den Mann, diesen Mr. Ripley?«

»Ich weiß nicht, was Sie meinen.«

»Wieso hat er dich eingestellt, damit du sein Haus hütest?«

»Oh, er ist ein Freund der Familie. Mein Dad und er kennen sich schon ewig.«

»Ist dein Daddy auch ein Gauner?«

»Nein … ich weiß nicht, was Sie meinen.«

»Wo ist Ripleys Safe, in dem er seine Wertsachen aufbewahrt?«

»Sein Safe? Ich habe keine Ahnung.«

»Gehen wir nach oben«, sagte Maurice und nickte dem Jungen zu, daß er vorgehen sollte.

Alexander sagte: »Wissen Sie was? Ich glaub, der Safe ist unten in der Bibliothek.«

Maurice stieß ihn zu der breiten Treppe, die auf dem Weg nach oben einmal kehrtmachte und sich zu einem offenen Bereich des Foyers samt Geländer öffnete.

»Eben hast du doch gesagt, du hast keine Ahnung, wo er ist.«

»Ich meine, ich glaube, da müßte er sein.«

»Ja, und ich glaube, du willst nicht, daß wir nach oben gehen. Mach schon, bring uns ins Schlafzimmer von dem Mann.« Auf der Treppe sagte Maurice: »Alexander?«, und der junge Mann blieb stehen und sah über seine Schulter. »Wenn du irgendeinen Alarm auslöst und vielleicht die Außenlichter anmachst, ja? Dann bist du ein toter Haushüter. Verstanden?«

Er sagte: »Ja, Sir.«

»Gibt es irgendwelche Waffen in diesem Haus?«

»Nicht, daß ich wüßte.«

Im breiten Korridor des ersten Stocks – voller Gemälde mit Pferden und Fuchsjagden auf dunkler Eiche, gepolsterten Stühlen und Lampen auf wulstigen Kommoden – sagte Maurice zu Foley: »Du gehst mit Buddy und checkst die anderen Zimmer. Sieh dir die Wand hinter den Bildern an. Sieh dir die Wände in den Kleiderkammern an, hinter den Klamotten.«

Foley sagte: »Du siehst dir die Wände an, hm?«

»Wenn der Mann einen Safe hat«, sagte Maurice, »ist er hier oben irgendwo.«

»Was ist mit seinem Haus in Florida?« sagte Foley. »Wenn du angerufen hättest, hätten wir uns seine Wände da unten vorher ansehen können. Das heißt, wenn du dich darum gekümmert hättest, wo er ist. Kannst du mir folgen?«

Maurice ließ sich Zeit. Er sagte: »Jack, leg dich nicht mit mir an. Okay? Ich hab jetzt keine Zeit dafür, daß sich jemand mit mir anlegen will.« Er wandte sich Alexander zu. »Wo ist das Schlafzimmer von dem Mann?«

»Das hier«, sagte Alexander. »Ja, der Safe könnte hier drinnen sein«, und klang dabei eifrig. Aber als Maurice ihn zur Tür stieß, merkte Foley, daß Alexander ihn ansah, verängstigt, voller Sorge... wollte er ihm was sagen? Foley wartete, während Maurice und seine Leute sich ins Schlafzimmer schoben. Drinnen ging einLicht an, und er hörte Kenneths Stimme, und Kenneth sagte: »Hey, Scheiße, Mann, guck dir das an.«

Sobald sie allein waren, rollte Foley seine Maske hoch. »Hast du so ein Ding schon mal getragen?«

»Ich kann nicht Skilaufen«, sagte Buddy.

»Was wettest du«, sagte Foley, »daß noch jemand hier oben ist?«

Sie drückten die Tür zum Nebenzimmer auf, tasteten nach einem Schalter und machten das Licht an. Eine weiße Satindecke lag auf dem übergroßen Bett. Foley machte sich zum nächsten Zimmer auf, und Buddy sagte: »Willst du dir die Wände nicht ansehen?«

»Ganz bestimmt«, sagte Foley. »Nichts tu ich lieber, als mir Wände anzusehen. Wir kommen wieder. Erst will ich sehen, wo Alexander schläft.«

»Es könnte sein, daß er Ripleys Schlafzimmer benutzt.«

»Ich weiß nicht, könnte sein«, sagte Foley. »Er scheint mir ein netter Junge zu sein, hm? Gibt sich höllisch Mühe, natürlich zu wirken.«

Die Betten in den nächsten beiden Zimmern waren gemacht.

»Wenn der Mann allein lebt«, sagte Buddy, »was braucht er dann so ein Haus?«

Im ersten Schlafzimmer, zu dem sie auf der anderen Seite des Korridors kamen, war das Bett aufgeschlagen. »Aber geschlafen hat hier keiner«, sagte Foley.

Sie kamen zum nächsten Raum, die Tür stand offen, das Licht war aus. Foley knipste es an und sah Stofftiere auf der Kommode und einen Frisiertisch, alle möglichen kleinen Tiere, Vögel, Reptilien, und ein Bett, in dem jemand geschlafen hatte, die Decken hingen auf einer Seite herunter, zerwühlte Kissen, ein Kissen am Boden, ein Paar Turnschuhe ... zwei Paar Turnschuhe, Jeans und ein Sweatshirt über eine Stuhllehne gelegt. Foley nahm es in die Hand, ein dunkelblaues, auf dem in gelben Lettern UNIVERSITY OF MICHIGAN geschrieben stand. Er ging zu dem Bett, beugte sich nah über die Kissen und nahm einen weichen Puderduft wahr. Er hörte Buddy ganz in der Nähe sagen: »Du wärst vielleicht ein guter Cop geworden.« Foley trat an die Badezimmertür, die von einem großen Spiegel verdeckt wurde, und versuchte den Knauf zu drehen. Die Tür war von innen verriegelt. Ganz nah dran, mit einer Wange am Glas, sagte Foley: »Süße, mach die Tür auf. Ist schon okay, ich tu dir nichts. Ich geb dir mein Wort.«

Schweigen.

Er richtete sich auf und sah sich im Spiegel mit dem Mantel, dem weißen Hemd mit Krawatte und Strickmütze. Er sah albern aus. Er nahm die Mütze ab und schob sie in seine Manteltasche.

»Miss? Haben Sie mich gehört?«

Die Stimme einer Frau – ganz nah an der Tür – sagte: »Wo ist Alexander?«, und klang dabei ziemlich ruhig.

»Es geht ihm gut.«

»Sagen Sie ihm, er soll was sagen.«

»Er ist nicht hier, aber es geht ihm gut.«

»Was wollen Sie?«

»Machen Sie die Tür auf, dann sag ich es Ihnen.«

Er wartete.

»Miss, ich kann die Tür eintreten. Ich will Ihnen keine Angst machen, aber Sie wissen, daß ich es kann.« Wieder wartete er, sah Buddy an und wie der sich aufrichtete, als sie hörten, wie das Schloß klickte. Foley drehte den Knauf, gab der Tür einen Stoß und ließ sie ins Badezimmer schwingen.

Die Frau stand an der Duschkabine, weitab von der Tür – nicht das kleine, süße Collegemädchen, das Foley erwartet hatte – nein, diese Frau mochte vierzig Jahre alt sein, das dicke, rote Haar offen, eine große Frau mit vollen Brüsten, die unter ihrem winzigen BH deutlich zu sehen waren, und über ihrem knappen Slip bildete ihr Nabel die Mitte eines kleinen Bauchs. Sie sah aus, als würde sie Foley schlagen, falls er sich ihr nähern sollte.

Er sagte: »Sie sind Alexanders Freundin?«, mit Zweifel in der Stimme, und sie bestätigte es.

»Ich arbeite hier. Ich bin die Haushälterin.«

Buddy ging näher heran. »Ist das hier Ihr Zimmer?«

Sie sagte: »Sieht es aus, als wäre es Mr. Ripleys?«

Buddy warf Foley einen Blick zu.

Foley sagte: »Wie lange arbeiten Sie schon für ihn?«

»Wieso wollen Sie das wissen?«

»Sagen Sie uns, wo der Safe ist«, sagte Buddy, »und wir lassen Sie in Ruhe.«

Foley sagte: »Ihr könnt da weitermachen, wo ihr aufgehört habt. Wie heißt du, Süße?«

»Ich bin nicht deine *Süße*«, sagte die Frau.

Foley konnte sich nicht vorstellen, daß sie zärtlich sein konnte, auch wenn sie alles haben mochte, was ein Junge wie Alexander sich vielleicht wünschte. Er sagte: »Ich glaube, Sie sollten hier drinnen bleiben. Gehen Sie in die Dusche und geben Sie keinen Mucks von sich.«

Inzwischen hatte sie die Hände an den Hüften, als würde ihr niemand sagen, was sie tun sollte, und sagte: »Für wen haltet ihr euch eigentlich?«

Sah die beiden finster an.

»Wenn Sie die anderen sehen«, sagte Foley, »wissen Sie, daß wir die Guten sind. Es ist mein Ernst, verstecken Sie sich in der Dusche, zu ihrem eigenen Besten.«

Sie fragte: »Was habt ihr mit Alexander gemacht? Wo ist er?«

Als sie Kenneth hörten.

»Wer ist das?«

Bevor sie sich versahen, war er im Zimmer: Kenneth kam mit seiner Schrotflinte ins Badezimmer, die Augen glasig unter der Skimaske, und seine Augen fingen beim Anblick der Rothaarigen in ihrer Unterwäsche an zu leuchten.

»Hey, Scheiße«, sagte Kenneth, »jetzt gibt's 'ne Party.«

25

Das Telefon klingelte, während Karen – im Bett – leuchtende Ziffern in der Dunkelheit betrachtete: 3:45. Sie war sicher, daß es Foley war. In dem Moment, den sie brauchte, sich auf den Ellbogen zu stützen und nach dem Hörer zu greifen, kam ihr kein anderer Name in den Sinn. Sie sagte hallo und spürte die Enttäuschung, als eine Frauenstimme sagte: »Es tut mir leid, wenn ich Sie geweckt habe.«

»Ist schon okay«, sagte Karen, »haben Sie nicht.«

»Ich ruf an, weil ich Sie was fragen muß.«

Es war Moselle.

»Fragen Sie.«

»Wenn ich weiß, was passiert – wenn ein Ding gedreht wird und ich der Polizei nichts davon sage? Bin ich… Sie wissen schon, kann man mich dafür belangen?«

»Wann soll es passieren?«

»Wissen Sie, ich wußte damals was, als jemand ermordet wurde, und ich hab nichts gesagt.«

»Das haben Sie mir erzählt. Sie haben gesagt, jemand wurde in die Luft gesprengt.«

»Genau der. Die haben gesagt, wenn ich es jemandem erzähle, bin ich genauso tot. Also hab ich es nicht gesagt. Und diesmal haben sie mir dasselbe erzählt. Nur gibt es einen Grund, daß ich diesmal mit reingezogen werden könnte, und das will ich nicht.«

»Wer hat sie bedroht? Maurice?« Was folgte, war Schweigen. »Falls Sie Informationen zu einem Verbrechen zurückhalten, ja, dann sind Sie Komplizin, machen Sie sich einer Straftat mitschuldig. Sie müssen nicht unbedingt anwesend sein. Wann findet es statt, morgen?«

»Vorher. Okay, ich hab es Ihnen gesagt, und Sie wissen, daß ich nichts damit zu tun habe.«

»Aber wann soll es passieren?« sagte Karen und wartete. »Ist Maurice da?«

»Er ist weg.«

»Sie sind allein?«

»Ich möchte nicht mehr sagen, als ich gesagt habe.«

»Moselle, ich bin so schnell wie möglich bei Ihnen. Warten Sie auf mich und gehen nirgendwohin?«

Sie hatte aufgelegt.

Karen rief Raymond Cruz zu Hause an, weckte ihn und starrte auf die Uhr, während sie mit ihm sprach. Er sagte ihr, ein Wagen mit jemandem vom Raubdezernat stünde vor ihrem Hotel, sobald sie sich angezogen hätte.

Kenneth ging zu der rothaarigen Haushälterin im Badezimmer und sagte: »Wie heißt du, Mama?« Sie wollte es ihm nicht sagen, wollte kein Wort sagen, bis er einen Finger ins Gummiband ihrer Unterhose hakte, daran zog, hineinsah und sagte: »Hey, Scheiße.«

Die rothaarige Haushälterin sagte: »Nimm deine Finger weg, du Schwein«, und schlug ihm auf die Hand.

Kenneth grinste sie an, sagte: »Das muß Maurice sehen« und führte sie am Arm aus dem Badezimmer, an Foley und Buddy vorbei, als wären sie gar nicht da.

»Er wird sie vögeln«, sagte Buddy.

Foley hielt den Mund. Sie gingen hinterher, den Korridor hinunter zum großen Schlafzimmer. Einmal sah Kenneth sich nach ihnen um. Sie schienen ihn nicht weiter zu stören. Er brachte die Frau in Ripleys Schlafzimmer: der vordere Teil wie ein Wohnzimmer, voll fetter, bequemer Sessel und einem Sofa, alle weiß, alles weiß oder schwarz, eine Hausbar, ein großer Fernseher, CD-Player, das Riesenbett von dem Mann da drinnen hinter einem Durchgang, wo Maurice, der seinen Overall abgelegt hatte, Anzüge und Sakkos aus der Kleiderkammer nahm, um sie sich anzusehen. Warf einige auf den Boden, legte andere über einen Stuhl.

Alexander war mit White Boy im Wohnzimmerteil. Als Kenneth mit der Frau hereinkam, stieß Alexander ihren Namen aus: »Midge!« und stürzte sich auf Kenneth, sagte ihm, er solle sie in Ruhe lassen. Foley kam gerade zur Tür, als er sah, wie White Boy Alexander am Hals festhielt, dem Jungen mit den Fingerknöcheln über die Kopfhaut rieb, bis er schrie, und ihn dann aufs Sofa warf.

Kenneth hatte wieder einen Finger in ihr Höschen gehakt, während Midge seine Handgelenke festhielt und Kenneth sagte, als hätte er eine Ankündigung zu machen: »Die Schlampe hat 'ne rote Muschi. Habt ihr schon mal 'ne rote gesehen?«

Foley sah, wie die Haushälterin Kenneths Handgelenk losließ und ihm ins Gesicht schlug. Kenneth stand halb abgewandt von ihr, antwortete mit geballter Faust und hieb eine Linke nach ihr, einen Haken, der sie seitlich am Gesicht traf. Sie landete auf dem Sofa, schlug mit dem Kopf ins Kissen. Sofort, während Foley zusah, rückte Alexander zu ihr rüber, strich das Haar von ihrer Wange und nahm ihre Hand, während die Frau verblüfft zu Kenneth aufsah.

»Ich hab blondgefärbte bei schwarzen Schwestern gesehen«, sagte Maurice von der anderen Seite des Zimmers her, aber eine echte rote, glaub ich, noch nie.«

»Dieser Junge«, sagte Kenneth, »hat die Haushälterin gerammelt, hat sich 'ne hübsche, kleine Hausmeistermuschi besorgt.«

Maurice sagte zu Alexander: »Wie ist sie, Kleiner, ganz gut?«

Kenneth sagte: »Ich glaube, sie würde zur Abwechslung gern mal mit einem Mann rangeln. Einmal genagelt werden, wie sie es nie vergißt.«

»Erst wenn du fertig gesucht hast«, sagte Maurice. »Würde bitte mal jemand den Scheißsafe suchen?«

Draußen auf dem Flur sagte Buddy zu Foley: »Die werden sie alle vergewaltigen. Was sollen wir tun, zusehen?«

Moselle saß auf dem Sofa, Zigarette in einer Hand, hielt ihren Mantel mit der anderen zu. Ihr Blick wanderte von dem Detective im Foyer mit seinem Telefon zu Karen Sisco, die sich über sie beugte. In letzter Zeit waren mehr Weiße in diesem Haus als damals, als hier noch Weiße wohnten.

»Ich hab ihm gesagt, es geht mich nichts an. Sehen Sie, aber er gibt gern mit dem an, was er tut. Er *weiß*, daß ich ihn nicht verrate. Aber diesmal will er, daß ich was sage. Und wenn ich es tue, wird es *mich* ganz sicher in Schwierigkeiten bringen. Sehen Sie, da sind zwei weiße Männer bei ihm …«

»Heute abend?« sagte Karen.

Moselle nickte und zog an ihrer Zigarette, wollte es richtig erzählen, ohne zuviel zu sagen.

»Genau jetzt, in diesem Moment. Sie sind mit Maurice unterwegs.« Moselle machte eine Pause, ihr Blick wanderte zum Foyer, dann hob sie ihn wieder zu Karen Sisco. »Aber die beiden kommen nicht mit ihm zurück.« Sie sah, wie Karen sich langsam auf dem Rand des Sofas niederließ, ganz nah bei ihr.

»Er läßt sie da.«

Sie verstand.

»So könnte man sagen.«

»Wissen Sie, wie die beiden heißen?«

Moselle schüttelte den Kopf. »Wir wurden einander nicht vorgestellt.«

Diese Karen sagte: »Spielen Sie mit mir?« Klang ärgerlich, nicht mehr die nette Person, die sie gewesen war. »Was ist das für ein Spiel? Was wollen Sie mir erzählen?« Bekam einen zornigen Blick in den Augen.

Moselle wich vor ihr zurück. »Ich weiß erst, wie der Mann heißt, wenn Maurice es mir sagt. Dann soll ich der Polizei erzählen, wer er ist und wo sie ihn finden, draußen im Haus von diesem reichen Mann. Okay, wenn ich es tue, stellt es mein Leben völlig auf den Kopf, und wahrscheinlich werd ich ins Gefängnis gehen. Aber wenn ich es nicht sage, werde ich diese Welt verlassen müssen, Honey. *Das* versuche ich Ihnen zu sagen.«

Karen schien etwas nachzugeben, sagte: »Aber wieso sollen Sie diesen einen Mann verraten?«

»Weil Maurice die Belohnung kassieren will, die man kriegt, wenn man ihn meldet. In der Hoffnung, Sie verstehen, daß auch bezahlt wird, wenn der Mann tot ist.«

Moselle drückte ihre Zigarette in einem Aschenbecher aus, den sie auf der Sofalehne festhielt, und spürte, daß Karen Sisco sie anstarrte.

»Sehen Sie, der Mann ist ein entflohener Sträfling aus Florida.«

Spürte ihren Blick und spürte dann, daß sie aufstand, und als Moselle hinsah, war Karen in ihrem langen Mantel schon durchs ganze Zimmer und auf dem Weg hinaus.

Sie hatten ihre Masken vom Kopf und Ripleys Schlafzimmer auseinandergenommen: Schubladen rausgezogen und ausgekippt, Bilder von den Wänden, Bettbezüge heruntergerissen, die Matratze aufgeschlitzt.

Foley und Buddy, die von ihrem Rundgang durch die anderen Zimmer zurück waren, standen im Flur und sahen herein. Foley sagte: »Würdest du dein Taschengeld in einer Matratze verstecken?«

»Ich laß meins auf der Kommode liegen«, sagte Buddy. »Das ist ein Haufen Scheiße. Am Ende nehmen diese Arschgeigen den Fernseher mit.«

»Willst du gehen?«

»Jederzeit«, sagte Buddy, »aber was ist mit der Haushälterin und dem Jungen?«

»Ich weiß nicht«, sagte Foley und sah zu ihnen hinüber, auf dem Sofa im Wohnzimmerbereich. Er wußte es, wollte es aber nicht sagen. Sie wirkten starr, hielten einander bei den Händen, rührten sich aus Angst nicht von der Stelle. Kenneth war in ihrer Nähe, nahm Flaschen mit Wein und Schnaps aus einem Schrank und reihte sie an der Hausbar auf.

Buddy sagte: »Ich sehe, daß du nicht mit dem Herzen bei der Sache bist.«

»War ich nie.«

»Bevor wir gehen«, sagte Buddy, »werden wir uns, glaub ich, mit diesen Arschgeigen einigen müssen.«

Foley nickte. »Ja, wahrscheinlich.« Da drehte er sich zu Buddy um. »Hör mal, wieso gehst du nicht, und ich räum hier auf?«

»Was redest du?« Buddy runzelte die Stirn.

Foley antwortete nicht, weil er nicht erklären konnte, was er empfand, daß dieses die letzten Szenen seines Lebens waren, daß es ziemlich bald vorbei sein würde, und er hatte sich damit abgefunden. Hier, nicht am Zaun irgendeiner Strafanstalt. Es war wie bei Clyde Barrow, als er '34 diese Landstraße entlangfuhr und wußte, daß er auf all diese Texas Rangers stoßen würde, und er konnte nichts dagegen tun. Wie erklärte man jemandem ein solches Gefühl? Selbst Buddy. Buddy war schon jetzt verwirrt genug, und deswegen wirkte er rastlos. Foley sagte: »Nimm den Lieferwagen und hau ab.«

Buddy runzelte noch immer die Stirn, sagte: »Ich weiß nicht, was du denkst, aber wir gehen zusammen, sobald ich Kenneth die Schlüssel abgenommen habe.«

Dann hörten sie, wie Maurice, der da drinnen Sachen anprobierte, zu Kenneth sagte: »Leg ein bißchen Musik auf«, und sahen, wie Kenneth an der Hausbar in den CDs herumkramte.

»Der hat nur Frank Sinatra«, sagte Kenneth, »und noch ein paar, den kleinen Sammy Davis, nur Scheißmusik.«

»Leg Frank Sinatra auf«, sagte Maurice, während er sich in einem großen Spiegel betrachtete. »Frank Sinatra geht noch.«

»Hey, Scheiße, der Mann hat Esther Philips.«

»Das ist doch was. Leg Esther auf.«

»›Confessin' the Blues.‹«

»Sieh nach, ob ›Long John Blues‹ drauf ist.«

Foley und Buddy, an der Tür, sahen von Maurice zu Kenneth.

»Ja, Nummer zehn.«

»Spiel es, Mann. Die Frau geht zu Long John, diesem zwei Meter großen Zahnarzt«, sagte Maurice, sah sich an, drehte sich im Spiegel hin und her, als würde ihm das Sakko passen, wenn er es in einem bestimmten Winkel betrachtete, und nicht wie ein Sack an ihm hängen, daß nur die Fingerspitzen zu sehen waren. »Ja, genau, Long John sagt der Frau, ihr Loch braucht eine Füllung.« Maurice betrachtete sich, sein Kopf wippte in Zeitlupe auf und ab, bewegte sich kaum, war aber im Takt. Er sah im Spiegel, daß Foley und Buddy ihn von der Tür her beobachteten. »Wie sieht's aus? Habt ihr was gefunden?«

Foley hielt seine leeren Hände hoch. Dann drehte er sich

um, als White Boy an ihnen vorbei ins Zimmer drängte, wobei er ein Bündel Banknoten mit Gummiband hochhielt.

»Sechshundert, hab ich in der Küche gefunden.«

»Das ist doch ein Anfang«, sagte Maurice, als Alexander vom Sofa aufsprang.

»Das ist meins. Mr. Ripley hat es mir gegeben.«

Alexander griff nach dem Geld, und White Boy hielt es auf Armeslänge über seinem Kopf.

»Komm schon, ich brauch es für die Schule.«

White Boy sagte: »Ach so, okay, hier«, hielt ihm das Bündel hin, doch als Alexander es nehmen wollte, hob White Boy seinen Arm in die Luft, grinste ihn an, hielt ihn mit seiner anderen Hand von sich.

»Raubt ihr kleine Kinder aus?« sagte Buddy. »Wie wär's mit alten Frauen?«

»Jeden, den wir kriegen können«, sagte Kenneth, und sein Kopf nickte zu Esther Philips. »Wenn du ein Räuber bist, dann ist das dein Beruf, Mann. Du raubst Leute aus.«

Buddy wollte ins Zimmer stürmen, und Foley hielt ihn am Arm fest, um ihn zurückzuhalten. Sie sahen zu, wie White Boy mit Alexander spielte, das Geld in seine Richtung wedelte, es dann außer Reichweite hielt, wenn er danach greifen wollte. Sie sahen, wie Midge aufstand, um Alexander zu helfen, und Kenneth sofort vor sie trat, seine Hände hob und ein paar Boxhiebe auf ihre Brüste antäuschte. Sie sahen, wie White Boy Alexander bei den Haaren zu einem Schrank zerrte, ihn hineinwarf und die Tür schloß.

Buddy riß seinen Arm los, und Foley sagte: »Halt dich da raus.«

»Das kann ich nicht.«

»Laß uns mit dem Snoop reden.«

Sie gingen rüber, wo er vor dem Spiegel stand und sich bewunderte. »Hier ist kein Safe«, sagte Foley. »Hier gibt es weder Bargeld noch Steine irgendwo.«

Maurice betrachtete sein Profil. »Habt ihr richtig gesucht?«

»Glenn hat geträumt.«

»Dieser Arsch«, sagte Maurice. »Ja, na ja, man nimmt, was man kriegen kann. Willst du einen Anzug? Willst du ein Sakko? Die da auf dem Boden, die könnt ihr haben, die kann ich nicht brauchen. Wollt ihr Schuhe? Der Mann hat... das müssen zwanzig Paar da in dem Schrank sein. Zu groß für mich.« Er sah an ihren Spiegelbildern vorbei und schrie: »White Boy! Da sind Pappkartons im Lieferwagen. Schmeiß den Scheiß raus, der da drin ist, und bring die Kartons hier rauf. Wir nehmen den Wein und den Schnaps... Hey, und sieh in der Küche nach, in der Kühltruhe. Guck nach, ob du was siehst, was dir gefällt.«

Sie sahen im Spiegel, daß White Boy rausgehen wollte, dann stehenblieb und sich umsah.

»Wie wär's, wenn mir jemand helfen würde?«

Maurice sagte: »Wollt ihr beiden ihm zur Hand gehen?«

»Wir gehen ganz«, sagte Foley.

»Wir gehen alle, ziemlich bald schon.« Maurice drehte sich um und schrie White Boy an: »Hol Kenneth!«

»Der ist nicht hier.«

»Na, und wo ist er?«

»Er ist mit der Rothaarigen den Flur runter«, sagte White Boy.

Und Foley dachte: Jetzt geht's los.

Streifenwagen von Stadt und Sheriff standen an der Vaughan Road aufgereiht, mattes Blech im Dunkeln, der Himmel bedeckt, unmarkierte Wagen am Schneewall, an der Mauer vor dem Anwesen, und sie blockierten beide Enden der kreisrunden Auffahrt.

Der Detective vom Raubdezernat sagte: »Ich seh mal nach, was da vor sich geht« und stieg aus dem Wagen. Auf dem Weg hierher hatte er sich nach dem Gefängnisausbruch im GCI erkundigt, und das war so ziemlich alles, worüber sie sich unterhalten hatten. Der Detective vom Raubdezernat sagte, er hätte noch nie von Jack Foley gehört.

Karen war ausgestiegen, als er von der Gruppe zurückkam, die an einem der Wagen vom Sheriff stand. Er sagte ihr, sie warteten auf Inspector Cruz, der sei noch nicht gekommen. Sie gingen zum näher gelegenen Ende der Auffahrt, und der Detective vom Raubdezernat deutete auf den Lieferwagen, der vor der Haustür parkte. Er sagte, sie hätten bei der Firma angefragt und herausgefunden, daß der Wagen vermißt wurde und anscheinend am Abend gestohlen worden war.

Karen sagte: »Es sieht aus, als wäre die Haustür offen.«

»Stimmt«, sagte der Detective. »Vor einer Minute ist jemand rausgekommen. Hat ein paar Kisten aus dem Wagen geholt, ist mit ihnen reingegangen und hat der Tür einen Tritt gegeben, aber sie ist nicht ganz zugegangen.« Karen starrte die Haustür an. Der Detective sagte: »Raymond müßte bald da sein.« Er sagte: »Möchten Sie rauchen? Hier an der Mauer ist es okay.« Karen schüttelte den Kopf. Er hatte Schwierigkeiten mit seinem Feuerzeug, es anzubekommen. Schließlich steckte er sich seine Zigarette an, blickte auf und sagte: »Hey, wo wollen Sie hin?«

Karen ging über die Auffahrt zum Vordereingang, die rechte Hand in der Manteltasche hielt die Sig Sauer .38.

Foley sah, was geschah, als er in den Spiegel schaute, und in gewisser Weise war es wie im Kino.

»Kenneth ist wie ein Ochsenfrosch: Er fickt, was sich bewegt«, sagte Maurice, drehte sich hin und her, bewunderte sein Spiegelbild, dann setzte er eine todernste Miene auf, als er stillhielt und zu Buddy sagte: »Mann, was machst du damit?«

Dann sah Foley die stupsnasige .38er in Buddys Hand, der sie auf Maurice gerichtet hielt, und Buddy sagte: »Ihr Jungs seid böse, Snoop.«

Und Maurice sagte: »Du weißt, Mann, böse ist heutzutage

gut«, als Buddy einen Schritt nach vorn tat und ihm mit der linken Hand auf den Mund schlug, und Maurice taumelte gegen den Spiegel und stand mit der Hand am Gesicht da, während seine Augen einen verschlagenen Blick annahmen.

»Paß auf den Snoop auf«, sagte Buddy. »Ich geh Kenneth suchen.«

Foley holte die Beretta aus seinem Mantel, sah, wie Maurice' Blick Buddy einen Moment folgte und wieder zu ihm zurückkehrte, wobei Maurice seinen blutigen Mund berührte, während er die Waffe ansah. Als er das Sakko auszog, sagte er: »Jack, du benutzt doch keine Waffe, oder?«

»Kaum mal.«

»Bist du nervös?«

»Ein bißchen.«

Maurice ließ das Sakko auf den Boden fallen und ging an Foley vorbei zum Bett. Als er seinen weißen Overall aufhob, sagte er: »Dieses Ding hier… ihr habt doch keine Ahnung, was ihr tut. Sei ehrlich… habt ihr?«

»Du hast recht«, sagte Foley, streckte die Beretta aus und schoß durch den Overall, den Maurice vor sich hielt. »Deshalb dachte ich: Wozu ein Risiko eingehen?« sagte Foley, schoß noch einmal und sah den blutigen Mund vom Snoop und den starren Blick, glasig, sah, wie er den Overall fallen ließ und dieser auf den Teppich fiel, irgendwas Schweres in einer der Taschen, und sah das Blut mitten auf dem weißen Sweatshirt vom Snoop. Er sah, wie er sich aufs Bett setzte, dann mit offenen Augen nach hinten kippte und so blieb. Foley nahm dem Snoop die Kanone ab, noch eine Beretta, aus dem Overall, und rannte hinaus.

Er sah, daß Buddy vom anderen Ende des Flures herübersah, einen Arm angehoben, wartete auf ihn. Er sagte: »Two-Gun-Foley. Was hat der Snoop gemacht? Gezogen?«

»Er hatte es vor«, sagte Foley. »Hör mal, Kenneth dürfte bereit sein, wenn er nicht taub ist.«

»Ich spring da rein und schieß ihn ab«, sagte Buddy. »So was hab ich noch nie gemacht, jemanden erschossen.«

»Du weißt, daß er diese Schrotflinte hat.«

»Wenn du dich neben der Tür an die Wand lehnst, streck eine Hand aus und dreh den Knauf... Weißt du, was ich meine?«

Foley schob die Pistole in seiner Linken in die Manteltasche, drückte seinen Rücken an die Wand und sah zu Buddy, der jetzt vor der Tür stand. Foleys linke Hand griff nach dem Knauf. Er drehte ihn. Buddy trat gegen die Tür, ging mit ihr hinein, und die Schrotsalve warf ihn rückwärts in den Flur – an Foley vorbei, der schon in der Tür stand. Er sah sie nackt, beide aufrecht im Bett. Kenneth lud die Pumpgun durch, Midge wandte sich von ihm ab, raffte die Decke zusammen, die auf ihrer Seite vom Bett herunterhing, drehte sich um und warf sie wie ein Netz nach Kenneth, als das Gewehr losging und die Decke Feuer fing und Foley ein, zwei, drei Kugeln in Kenneth irgendwo darunter pumpte. Foley sah, wie Midge splitternackt aufsprang, die brennende Decke vom Bett riß und sah dann Kenneth, die Einschußlöcher in seiner Brust.

Foley kniete im Flur über Buddy, tastete an seinem Hals nach dem Puls und sagte: »Scheiße.« Er blickte auf und sah, daß sich Midge – der Frau war es egal, daß sie noch nackt war, oder vielleicht war es ihr gar nicht bewußt – über ihn beugte. »Er ist tot«, sagte Foley.

Es dauerte einen Moment, bis sie sagte: »Wo ist Alexander?«

»Im Schrank«, sagte Foley und stand auf. »Aber bleiben Sie hier. Einer von denen ist noch da.«

Karen stand in der offenen Haustür. Sie sah Pappkartons am Boden des Foyers und einen Mann auf der Treppe, einen großen Kerl mit einer Waffe in der Hand. Beim Geräusch der Schüsse von oben war er stehengeblieben und schien jetzt nicht mehr zu wissen, was er tun sollte. Karen behielt ihn im

Auge, beide warteten, lauschten. Von draußen hörte sie Bewegung, eilige Schritte auf dem harten Schnee, dann Stille und dann eine Stimme, die sie rief: »Karen?«

Sie sah, wie sich der Mann auf der Treppe bei dem Geräusch umdrehte und dann Foley, der in diesem Moment den offenen Teil des oberen Korridors betrat und sie übers Geländer hinweg ansah. Da kam sie in Bewegung, schnell, rannte zum unteren Ende der Treppe, richtete ihre Sig Sauer auf den Mann, der ihr zugewandt stand, und sagte: »Polizei! Waffe weg oder Sie sind tot! Sofort fallen lassen!» Sie sah, wie sich der Mann unbeholfen bückte, um seine Waffe auf die Treppe zu legen. Er sah aus, als wäre er zu Tode erschrocken. Sie sagte: »Jetzt kommen Sie runter«, und sah Foley, der inzwischen oben an der Treppe stand und sie beobachtete.

Er sagte: »Das ist White Boy Bob. Allen Ernstes, so nennen sie ihn. Die anderen beiden sind tot.« Er machte eine Pause. »Buddy auch.«

Karen sagte: »Keine Bewegung.«

Sie brachte White Boy durchs Foyer zur offenen Tür, zu den Uniformierten und Detectives, die dort in der Auffahrt standen. Sie sah Raymond Cruz im Licht der Kutscherlaternen und sagte: »Da ist noch einer. Lassen Sie mich ihn rausholen?

Raymond zögerte. »Wieso?«

»Ich kenne ihn.«

»Ein Freund?« Klang überrascht.

»Ich kenne ihn«, sagte Karen.

Foley war heruntergekommen und stand da, wo die Treppe kehrtmachte. Als Karen durchs Foyer zum Fuß der Treppe kam, sah sie, wie er seine Strickmütze übers Gesicht zog, und jetzt trug er eine Skimaske.

Sie sagte: »Komm schon, Jack … nicht.«

»Stell dir vor, ich wäre jemand anders.«

»Glaubst du, ich würde dich erschießen?«

Foley zog die Pistolen aus seiner Tasche. »Wenn du es nicht tust, dann einer von den Typen da. Ich hab dir gesagt, daß ich nicht zurückgehe.«

Jetzt waren sie im Foyer, hinter ihr, Raymond Cruz und ein halbes Dutzend andere standen aufgereiht, sahen zu.

»Was bist du?« sagte Karen. »Ein Desperado? Leg die Waffen weg.«

Er hob sie auf Hüfthöhe, und sie hörte etwas hinter sich und hob eilig eine Hand, obwohl sie sich weder umdrehte noch umsah. Karen ließ sich Zeit. Sie sagte: »Okay, Jack«, fast mit einem Seufzen, hob die Sig Sauer mit einer Hand und schoß, und er fiel auf die Treppe, ließ die Waffen fallen, hielt seinen rechten Oberschenkel. Sie drehte sich zu Raymond um und sagte: »Warten Sie, okay?«, dann ging sie die Treppe hinauf dorthin, wo Foley lag. Sie saß auf einer Stufe, zog ihm vorsichtig und sanft die Skimaske vom Kopf und sah in seine traurigen Augen.

»Tut mir leid, Jack, aber ich kann dich nicht erschießen.«

»Das hast du eben fast getan, verdammt.«

»Du weißt, was ich meine.« Sie sagte: »Du sollst wissen, daß du in meinen Augen ein echt cooler Typ bist. Keinen Augenblick hatte ich das Gefühl, du wärst zu alt für mich.« Sie sagte: »Aber ich fürchte, in dreißig Jahren werde ich anders darüber denken. Tut mir leid, Jack, ehrlich.«

Der arme Kerl, er sah aus, als hätte er Schmerzen.

Um acht Uhr früh, als sie mit ihrem Dad sprach, sagte Karen: »Sie wissen noch nicht, ob sie ihn wegen der Morde rankriegen wollen. Ich möchte es bezweifeln. Das FBI hat ihn in Gewahrsam genommen. Das heißt, daß er wieder nach Florida zurückgeht, wenn sie mit ihm fertig sind.«

»Das wär doch was, wenn sie dich schicken, um ihn abzuholen.«

»Möglich wär's.«

»Viel Spaß mit ihm im Flugzeug – ihr könntet mit eurer Episode, oder wie du es nennen willst, da weitermachen, wo ihr aufgehört habt. Und dann bring ihn in den Knast.«

»Er wußte, was er tat«, sagte Karen. »Keiner hat ihn gezwungen, Banken auszurauben. Du kennst den alten Spruch: Kannst du den Knast nicht ertragen, darfst du das Ding nicht wagen.«

»Mein kleines Mädchen«, sagte ihr Dad, »der Satansbraten.«